LE DERNIER AMOUR DE JAN
L'ENNEMI DE JAN

MARIE-ANNE DESMAREST

LE CYCLE DE TORRENTS

LE
DERNIER AMOUR
DE JAN

L'ENNEMI
DE JAN

roman

FRANCE LOISIRS
123, boulevard de Grenelle, Paris

Éditions du Club France Loisirs
avec l'autorisation des Éditions Denoël.

ISBN 2-7242-0551-0

LE DERNIER AMOUR DE JAN

Redonnez-moi, ô dieux, ma raison obscurcie,
Et détournez de moi cette image fatale...

A. POUCHKINE.

PREMIÈRE PARTIE

I

Jan Yvarsen se pencha sur le plan :

— Naturellement, vous avez prévu une salle préopératoire? demanda-t-il, les sourcils relevés.

Le visiteur, un petit homme brun au visage glabre, tendit un doigt nerveux :

— Ici même, vous voyez, juste en face des trois salles d'opération.

— Mais possibilité d'isolement absolu?

— Absolu!

— Place pour combien de malades?

— Nous pourrons y anesthésier cinq personnes simultanément.

Jan continuait à questionner, toujours de cette même manière un peu sèche mais très précise qui lui était habituelle quand des médecins venaient le consulter, lui demander conseil pour la construction ou l'amélioration de cliniques, d'hôpitaux, de laboratoires de recherches.

— Qu'avez-vous prévu pour abaisser la température des corps?

Le confrère hésita :

— C'est-à-dire que...

Imperturbable, Jan trancha :

— Voici ce qu'il vous faudra . des draps de caoutchouc enveloppant le malade et entre lesquels vous faites circuler de l'eau glacée.

— Parfait! parfait!

— Vous avez l'intention de passer par les Etats-Unis avant de rentrer en Argentine, n'est-ce pas?

— Mais oui, tel est mon projet.

— Alors, je vous conseille d'aller à Rochester pour y visiter la nouvelle Mayo Clinic, vous y verrez des salles préopératoires équipées de manière impeccable.

Une heure plus tard, Jan reconduisait son visiteur jusqu'à la grille. Quand il se retrouva seul, il s'adossa au tronc rugueux d'un cyprès et ferma les yeux.. Son imagination l'emportait. Il n'était plus là. Il était sous le dôme en plexiglas d'une salle d'opération. La lampe de champ éclairait violemment le malade. L'infirmière anesthésiste avait les yeux fixés sur les ampèremètres de contrôle qui oscillaient. Un instrument brillant tomba dans la main tendue de Jan; sa main s'approcha du corps à opérer... A cet instant, il rouvrit les yeux. Il eut une exclamation de dépit :

— Ah, à quoi bon? A quoi bon rêver, me torturer?

Cette visite, une fois de plus, venait de réveiller en lui la nostalgie de son métier. Une salle d'opération, l'amphithéâtre d'une faculté de médecine : les lieux où il avait régné, où il avait passé les meilleures, les plus belles et les plus enivrantes années de sa vie. Chaque fois qu'un médecin ou un chercheur venait troubler sa retraite, il sentait se rouvrir en lui la plaie du souvenir. Le souvenir... Il y en avait un autre encore, plus tenace, plus douloureux.

Jan jeta un regard pensif vers la villa voisine et prit le chemin de la terrasse où Thérèse faisait la sieste.

— Est-il enfin reparti, ce fâcheux? s'exclama Thérèse, dès qu'elle aperçut son mari.

— Mais pourquoi donc « fâcheux », ma chérie?

— Sont-ils autre chose, tous ceux qui viennent nous déranger dans notre havre de paix?

Jan passa la main sur son front :

— Oh non, pas tous! De temps en temps, j'aime retrouver, ne serait-ce que par personne interposée, l'ambiance des cliniques, l'effort opiniâtre de mes confrères plus jeunes. La vie d'un homme, vois-tu, c'est d'abord et avant tout son métier...

Sentant que Jan allait glisser vers la mélancolie, Thérèse fit aussitôt diversion :

— As-tu pu lui être utile, au moins?

— Je pense, oui; il est reparti très satisfait. La principale salle d'opération portera mon nom, ce qui est plutôt gênant; mais je n'ai pas pu refuser.

— Tu es trop modeste, Jan! Pourquoi serait-ce gênant?

— Je suis un homme, avec les défauts et les limites d'un homme. Je n'aime pas voir mon nom à certains frontons. Je n'entends pas que l'on me prenne pour un de ces êtres parfaits et omniscients... Et puis...

Il s'interrompit et fixa les flots bleus de la Méditerranée, au-dessus desquels tournoyaient les mouettes :

— Parlons d'autre chose! Dans quelques jours, ce sera le premier anniversaire de *Journey's End,* ma chérie; ne penses-tu pas qu'il y aurait là l'occasion d'une petite fête de famille?

— Oui..., murmura Thérèse, l'année dernière à la même époque, nous pendions la crémaillère. Un an, déjà...

— Tu n'as pas répondu à ma question, insista Jan.

— Quelle est ton idée?

— Inviter nos enfants, Erling et Flavie, Ide et

Norbert, à venir passer quelques jours avec nous, ici, à *Journey's End.*

Thérèse eut un mouvement de joie :

— Décidément, s'écria-t-elle ravie, tu devines mes pensées les plus secrètes et les plus chères!

— Tu avais envie de les revoir?

— Peux-tu en douter? Et eux, ils seront tellement heureux de nous voir ici, si joliment installés dans ce havre de paix.

— Oui, sans doute, fit Jan d'une voix changée.

Il ferma les yeux pour ne pas voir sa femme, pour ne pas avoir à supporter son clair regard interrogateur. « Havre de paix », quelle duperie! C'était la deuxième fois en quelques minutes qu'elle employait cette expression. Quel mensonge, oui... Pas pour elle, bien sûr, pour elle qui ignorait tout de son supplice secret, du désir exacerbé qui le rongeait. Depuis le premier soir de leur installation à *Journey's End,* un démon s'était glissé en lui, un démon qui ne cessait guère de le tourmenter.

— Qu'as-tu, Jan? interrogea Thérèse, tu parais subitement soucieux...

Il rouvrit les yeux, agacé par cette question importune :

— Ce n'est rien, un léger malaise.

Thérèse s'alarma :

— Tu ne te sens pas bien?

— Ce n'est rien, c'est déjà passé.

— Peut-être devrais-tu te ménager un peu...

— Non, non...

— Es-tu sûr de ne pas trop te fatiguer sur le bateau ou bien quand tu t'avances si loin dans la mer en nageant?

Jan réprima un geste d'impatience :

— Non, répondit-il avec une certaine sécheresse. Ce sont justement ces exercices qui me permettent de rester physiologiquement jeune.

Mais Thérèse ne désarmait pas si vite :

— Quand même, j'ai souvent l'impression que tu exagères, que tu dépasses tes forces.

Jan s'approcha de sa femme et lui posa la main sur l'épaule, un peu durement, sans aucune tendresse. Il avait légèrement pâli. Ses traits s'étaient crispés, signe chez lui d'emportement :

— De nous deux, ma chérie, c'est toujours moi le médecin, n'est-ce pas? demanda-t-il d'une voix sarcastique.

— Bien sûr, Jan; n'empêche que...

Il lui coupa la parole :

— Dans ce cas, je t'en supplie, épargne-moi donc toutes ces questions stupides au sujet de ma santé!

Thérèse se révolta :

— Stupides?

— Oui, parfaitement!

— Voilà un mot blessant, Jan...

— Brisons là, veux-tu?

— Je ne pensais qu'à ton bien... Pourquoi es-tu soudain si dur et injuste envers moi?

Elle se redressa sur sa chaise longue :

— Que t'ai-je fait?

Jan eut un mouvement d'irritation :

— Nous n'allons tout de même pas nous quereller pour des enfantillages! Tu ne m'as rien fait! Je ne suis pas malade! Là...

Et d'un ton plus aimable, il ajouta, conciliant :

— Alors, c'est d'accord, j'envoie des télégrammes d'invitation à Stockholm et à Krittelwerk?

Thérèse baissait la tête :

— Comme tu voudras, répliqua-t-elle d'une voix où perçaient la tristesse et un certain ressentiment.

— Tu es fâchée? Tu m'en veux?

— Non, je suis simplement attristée par ton emportement.

— N'as-tu pas entendu le vent, cette nuit?

— Si.

— C'est lui qui m'a rendu irritable, je ne le supporte pas.

— Tu l'aimes pourtant, quand tu es en haute mer.

— C'est différent. Le jour, le vent m'exalte, me stimule; la nuit, il me ronge, s'attaque à chacun de mes nerfs.

Il mentait, mais pouvait-il dire la vérité? Pouvait-il avouer à Thérèse que, ce qui l'empêchait de dormir, ce n'étaient pas les gémissements du vent, mais une certaine sonate de Mozart?...

Cette musique ne lui laissait plus de répit; depuis qu'il l'avait réentendue, il avait entrepris des recherches pour l'identifier. Finalement il avait trouvé. Il s'agissait en l'occurrence de l'andante en si bémol de la *Sonate en fa,* Kœchel 533, de Mozart. Cet andante, avec ses sixtes et ses tierces déchirantes et qui se terminait sur la clarté lumineuse d'une mélodie sereine, était assez mal interprété, très mal même, comme Elle aussi, jadis, avait eu l'habitude de l'interpréter : d'une manière trop appuyée et romantique, comme on jouerait du Chopin ou du Schumann.

Une sonate de Mozart, mal jouée, massacrée, voilà ce qui ravageait ses nuits. Et puis, aussi... Non, il n'y fallait plus songer! Au contraire, il fallait écarter, balayer cette image!

— Alors, tu vas à la poste, mon chéri?

L'interrogation de Thérèse le tira de sa rêverie. Jan sourit... Le calme était revenu entre eux, l'orage semblait apaisé.

— Oui, répondit-il, il faut faire vite, afin qu'ils aient le temps de boucler leurs valises.

— Et après?

— Comment, et après?

— Après la poste, tu rentreras immédiatement?

Ce jeu de questions et de réponses commençait à le lasser; cependant, il se maîtrisa et n'en laissa rien voir :

— Non, j'ai l'intention d'aller retrouver Yannakos et de faire un tour en bateau avec lui

— Vous irez loin?

Cette nouvelle question provoqua chez Jan une réaction dont la violence le surprit lui-même. Il explosa :

— Vas-tu enfin cesser de me traiter comme un gamin? Suis-je adulte, oui ou non?

Thérèse leva la main, comme pour se protéger contre la brutalité de l'assaut. Tout en criant, en laissant échapper des paroles blessantes, Jan se sentait profondément injuste envers sa douce compagne. Ses imprécations, en réalité — et il le savait — s'adressaient ailleurs, à l'ombre qui ne cessait de le tourmenter.

— Vous êtes toutes les mêmes, une race de fauves dangereux, des dominatrices!

Thérèse, très pâle, s'était levée. Elle se détourna brusquement de son mari et se dirigea vers l'intérieur de la maison. Alors l'aveugle fureur de Jan tomba d'un seul coup. Avec la lucidité, vint la peine d'avoir si cruellement blessé ce cœur fidèle. Il se précipita vers elle, il la prit par un bras :

— Reste, demanda-t-il d'une voix blanche, reste. Oublie ce qui vient de se passer.

Thérèse le regarda droit dans les yeux :

— Je ne suis ni un pantin ni une girouette, Jan, tu le sais bien. Comment pourrais-je oublier si rapidement tes paroles si dures, si injustes? Non, laisse-moi...

L'étreinte de Jan autour de son bras se fit plus ferme :

— Reste, répéta-t-il, et essaie de me comprendre.

— Qu'y a-t-il à comprendre, sinon que ma présence te fatigue, que le son de ma voix t'agace?

Il la tira doucement à lui :

— Ne sois pas injuste à ton tour, Thérèse. Sans toi, tu le sais, ma vie n'aurait plus de sens. Maintenant que j'ai pris une retraite définitive...

— Et avant?

— Soyons francs : je t'ai dit tout à l'heure que la vie d'un homme, c'était d'abord et surtout son travail. Avant, j'aurais pu vivre seul, à la rigueur... C'eût été très douloureux, certes, mais mes malades m'auraient fait oublier mes propres peines, mon propre malheur. Aujourd'hui, c'est différent : il n'y a plus que toi au monde pour justifier mon existence... Viens, allongeons-nous côte à côte dans ces deux chaises longues.

Sans mot dire, Thérèse se laissa faire. Quand ils furent installés, Jan reprit :

— Le mariage est une gageure, vois-tu; il présuppose une entente parfaite et, de tous les jours, une union absolue et durable, entre deux êtres qui continuent néanmoins à mener une existence physiologique et psychologique autonome. Malgré l'amour qui les unit, fût-il le plus fort, le plus passionné, l'homme et la femme restent bien deux personnes distinctes et continuent à avoir chacun sa vie. C'est pourquoi les conflits sont inévitables; car le contact quotidien, permanent, engendre nécessairement des déceptions et des rancunes, même inconscientes, qui s'accumulent pour former un abcès; et cet abcès, il faut le crever tôt ou tard : alors c'est l'orage.

— Tu peux être si violent, murmura Thérèse.

— Je le sais bien, et je suis le premier à le regretter. D'ailleurs, tu dois avouer que nos orages ne sont pas très fréquents.

— C'est vrai, oui...

— La dernière fois que je me suis ainsi emporté injustement, c'était...

Thérèse prit la main de son mari, pour faire comprendre qu'elle avait déjà pardonné. C'est elle qui enchaîna :

— A Prétoria! Tu étais rentré de l'hôpital accablé brisé...

— Je me rappelle cette nuit épouvantable, oui, fit Jan d'une voix sourde. Le malade était mort dans mes mains. Maladie de Richter. Stade aigu. Bloom avait disparu.

— Laisse, mon chéri, ne pense plus à cela.

— Une nuit de défaite...

— Mais le lendemain déjà, rappelle-toi quel triomphe, devant toute la presse, les caméras de cinéma et de télévision!

— Seul Bloom était responsable de cette mise en scène.

— Il avait bien fait.

— Peut-être... Il me fallait cette dernière opération réussie, pour avoir le droit d'annoncer publiquement ma décision. Pour prendre une retraite définitive. Me consacrer enfin à ma famille, c'est-à-dire à toi.

La main dans la main, plus unis que jamais, ils restèrent silencieux. On n'entendait plus que les soupirs discrets de la mer qui venait mourir sur la grève.

II

Hugo Stiffenacker regarda Judith Collins. Elle était assise devant lui, dans l'un des salons de l'hôtel Schweizerhof à Interlaken. Certes, elle était très belle, splendide même, avec ses cheveux dorés coiffés en chignon, à la mode romaine, ses yeux au gris lointain qui faisait songer aux mers du Nord sous les premiers feux de l'aurore, son visage toujours radieux, ses épaules de madone italienne, son corps classique. Mais voyait-il tout cela, seulement? Aucune femme parviendrait-elle à chasser de sa mémoire l'image de Flavie Yvarsen?...

— Alors, s'inquiéta Judith, c'est d'accord? Vous acceptez mon invitation?

Judith Collins était une très riche héritière américaine, âgée maintenant de vingt-cinq ans à peine. A vingt ans, elle avait fait son premier voyage d'Europe, et depuis, séduite par le charme du vieux continent, elle partageait sa vie entre Rome, Paris et le Cap-Ferrat où elle possédait une propriété. Passionnée de musique, elle avait été une des premières à découvrir le talent exceptionnel du violoniste. L'influence et l'appui de Judith Collins lui avaient valu une série de contrats extrêmement intéressants et favorables à sa carrière. Judith encore avait eu l'idée de cette tournée de concerts aux Etats-Unis qui venait de consacrer la notoriété mondiale de Stiffenacker.

— Eh bien, Hugo, vous me regardez comme si vous ne m'aviez jamais vue?

Hugo sourit et, sur le ton un peu sarcastique qui lui était devenu coutumier quand il faisait des compliments aux femmes :

— C'est que tout homme qui vous approche, ma chère Judith, est plongé dans un ravissement absolu, dans une espèce d'hébétude heureuse.

Judith tapa du pied, ce qui, chez cette jeune fille gâtée par la vie, était également une habitude :

— Pas de compliments, Hugo! Cela ne vous va pas du tout! Et d'abord, quelle idée saugrenue avez-vous eue là, de venir vous reposer en Suisse après cette tournée de concerts dans nos *dear old States!* Ce pays est souverainement ennuyeux.

Le violoniste secoua la tête :

— Je ne trouve pas; au contraire, j'aime beaucoup la Suisse, pour ma part. En tout cas, j'y trouve ce dont j'ai toujours le plus urgent besoin : des hôtels très confortables et — le silence.

— Vous ne comprenez pas! Pour nous autres Américains, l'Europe, ce n'est pas ici. C'est Paris, le Midi de la France. C'est l'Italie, l'Espagne et la Grèce!

— Et tout le reste? Les autres pays?

— Ressemblent trop au nôtre pour que nous nous y sentions vraiment dépaysés. La Suisse, la Hollande, la Suède, et même l'Allemagne sont trop américanisés, trop propres et trop fades pour nous séduire.

— En somme, si je comprends bien, fit Hugo un peu vexé d'entendre sa patrie qualifiée de fade, pour vous, l'Europe véritable, c'est d'abord et surtout... la crasse?

— Que vous êtes sot, *young man!* D'ailleurs, c'est seulement un air que vous vous donnez.

— L'Allemagne n'est pas un pays fade. Elle a donné naissance aux plus grands poètes, la naissance et l'inspiration.

— Votre cher Hölderlin, par exemple?

— Parfaitement!

— Je connais la chanson, mon ami : l'Allemagne, patrie des poètes et des penseurs. C'était vrai il y a cent ans; aujourd'hui, c'est le pays des autoroutes. Seulement voilà : nos propres autoroutes sont encore meilleures que les vôtres. Alors, et puisque votre romantisme n'est plus aujourd'hui que du passé, pourquoi voulez-vous que nous venions chez vous?

— Si je pouvais vous faire visiter le port de Hambourg, vous changeriez d'avis.

Intéressée, Judith se pencha en avant :

— C'est vrai, fit-elle, vous avez vécu un certain temps dans la fameuse ville de la Hanse... Racontez-moi un peu comment était votre vie, là-bas.

Hugo fit la moue :

— Je n'aime pas parler de moi...

— Si, si, j'insiste! Racontez!

Le violoniste ferma les yeux, comme pour retrouver l'ambiance des soirées de Hambourg :

— Nous faisions souvent de la musique de chambre, dit-il d'une voix lointaine.

— Qui cela, « nous »?

— Mon patron, l'armateur Stadelmann, était un fanatique du violon. Il avait formé un quatuor à cordes et j'y tenais la contrebasse.

— Je sais, s'exclama Judith en riant, vous avez commencé votre carrière en jouant de cette corde un peu bizarre!

Amusé, Hugo rétorqua :

— C'est que j'étais bizarre moi-même! Si l'on devait en croire les épouses de ces messieurs, je tenais à la fois de Méphistophélès, de l'étudiant famélique, de Torquemada et de lord Byron.

— Magnifique! Comme j'aurais voulu vous connaître à cette époque!

— J'étais *aussi* passablement ridicule.

— Le talent donne droit à toutes les excentricités, mon cher. Mais, dites-moi, en dehors de ce milieu d'armateurs, vous n'aviez pas d'autres fréquentations, plus insolites?

Hugo sourit :

— Plus insolites?

— Mais oui, mieux assorties à votre tempérament d'alors?

— Je fréquentais les matelots du port. Il m'arrivait aussi de m'entretenir avec les vieux bateaux fatigués. Ils me parlaient de leurs lointains voyages.

— Les bateaux parlent?

— Oui, à celui qui sait comprendre leur langage.

Judith se pencha vers lui :

— Et le violon, le maîtrisiez-vous déjà?

— Je m'entraînais en cachette. Le jour où, pour la première fois, j'ai pu oser me produire en public, mon patron s'est senti le plus heureux des hommes. C'était un fanatique du violon, vous savez.

— Comme je le comprends! Mais..., dites-moi, que préparez-vous actuellement?

— Le *Concerto en mi bémol,* Kœchel 268, de Mozart.

— Délaisseriez-vous les Romantiques?

— C'est-à-dire que, voici, je vais vous expliquer...

Enflammé par son sujet, Hugo se leva et se mit à arpenter nerveusement la pièce :

— Si je m'attaque à Mozart, c'est que sa sérénité lumineuse est à l'opposé de mon propre caractère, toujours un peu tourmenté et inquiet. D'instinct, je suis plutôt porté vers les Romantiques, surtout Tchaïkovsky.

— En somme, en abordant Mozart, vous cherchez la difficulté.

— Pas la difficulté, l'effort!

— Et comment se fait cette initiation au maître de Salzbourg?

— Je me suis retiré ici, à Interlaken, pour pouvoir converser avec lui, loin du vacarme des grandes villes.

— Converser? Si je comprends bien votre langage un peu hermétique, vous lisez tous les ouvrages consacrés à Mozart, en même temps que vous étudiez ses partitions?

— Oui, et il me semble que nous sommes déjà de vieux amis. Car, voyez-vous, pour bien interpréter un concerto, il faut que le compositeur me soit devenu très proche, que je sente sa présence, que sa pensée et son art me soient en quelque sorte fraternels.

A son tour, Judith se leva. Elle alla vers le grand piano à queue qui occupait l'un des coins du vaste salon :

— Je vais vous faire entendre ma mélodie préférée, annonça-t-elle, elle est justement de Mozart.

Après les premières mesures, s'interrompant, elle se retourna vers Hugo :

— Alors, fit-elle, vous l'identifiez?

— Très bien, répondit le musicien sans hésiter. Il

s'agit de l'andante en si bémol de la *Sonate en fa*, Kœchel 533.

— Et que vaut mon interprétation?

— Tout aussi mauvaise que la mienne...

Judith eut une moue navrée :

— Vous m'expliquez?

— Vous jouez ce morceau d'une manière trop appuyée, trop romantique, vous comprenez? Vous l'interprétez comme s'il s'agissait d'une œuvre de Chopin ou de Schumann.

Hugo avait accepté d'accompagner Judith au Jungfraujoch. C'était l'unique excursion que la jeune fille eût décidé d'entreprendre avant son retour au Cap-Ferrat. Tôt le matin, ils avaient pris le train qui les conduirait à la Petite-Scheidegg, d'où part la ligne à crémaillère qui monte jusqu'à trois mille cinq cents mètres. Maintenant, le train serpentait à travers les pâturages déserts, dominés par les cimes neigeuses de l'Eiger, du Mönch et de la Jungfrau. Judith était comblée; elle guettait surtout les charmantes marmottes qui se montraient çà et là, dressées sur leurs pattes de derrière et paraissaient contempler, avec un étonnement toujours nouveau, ce monstre mécanique qui venait troubler le grand silence de la montagne. Hugo, lui, était ailleurs... Depuis l'instant où Judith lui avait demandé d'évoquer ses souvenirs de Hambourg, il ne pensait plus qu'à Flavie Yvarsen.

L'homme qui aime n'est plus qu'un étranger sur terre. Car, à ses yeux, tout ce qui n'est pas l'être aimé devient grisaille inconsistante. Pour l'amoureux véritable, le monde se transforme en un décor de théâtre, flou et flottant, un brouillard qu'on traverse dans une totale inconscience. Mais s'il est musicien, chaque œuvre nouvelle qu'il crée, ou seulement qu'il interprète, est un message d'amour, une prière, une plainte, un sanglot. La musique est son langage secret; grâce à elle, il peut s'entretenir, sans passer par les mots, sans utiliser aucun des termes souillés et ternis par des siècles de mensonge, de lâcheté de machinale indifférence, s'entretenir avec l'Unique.

Si son amour n'est pas partagé, l'amoureux vivra perpétuellement dans un songe douloureux. Il aura deux visages; l'un, qui pourra rester empreint d'urbanité, servira au contact quotidien avec ses semblables; mais ce « visage-pour-les-autres » ne sera qu'un masque, destiné à cacher l'autre, le vrai, celui qu'il retrouve dès qu'il est seul, celui qui exprime ses sentiments réels, sa peine et sa solitude.

L'amour et la solitude, deux thèmes que la poésie de tous les temps a toujours étrangement mêlés. Etrangement? Non, car la solitude est pleine d'appels à l'amour, et l'amour terrestre se mue fatalement, puisqu'il est mortel, en solitude.

Deux images de la solitude : le jeune homme romantique qui, sur un rivage désert, contemple sans le voir l'infini de la mer, songeant à celle qui n'a pas écouté sa plainte; le vieillard courbé qui vient déposer un bouquet de fleurs sur la tombe de celle qui l'a quitté trop tôt. Le printemps et l'hiver de la vie.

Entre ces deux images doit s'intercaler celle de l'amour vivant, de la solitude surmontée grâce à la communion totale avec l'être aimé. L'été de la vie est le temps de l'amour véritable. Malheur à ceux qui laissent passer l'été, leur seul été... Avec les premiers frimas viendra le temps des regrets. « J'aurais dû... », début de phrase, début des longues veillées mélancoliques. Solitude la plus douloureuse, celle à qui manque même le souvenir du bonheur. Le vieillard incliné sur une tombe a le pouvoir de se transporter dans le passé, de revivre des jours heureux. Il est seul, certes, mais il ne l'a pas toujours été; au fond de son regard, la lueur de l'amour continue de veiller. Mais vous, vous qui entrez dans l'hiver de la vie sans avoir connu cela, il ne vous reste qu'à répéter inlassablement : « J'aurais dû, j'aurais dû... »

Hugo le savait bien, que son amour était condamné d'avance; Flavie était mariée avec un homme jeune et brillant, qu'elle aimait de toute son âme. Mais que valent donc les arguments de la raison quand il est question de passion! Hugo s'accrochait à l'image de Flavie avec la rage du désespoir. Pourquoi fallait-il qu'elle se fût liée avant de le connaître? N'était-ce pas à lui, Hugo, qu'elle avait été destinée de toute éternité? Qu'avait-elle à faire, cette créature de rêve, aux côtés d'un médecin? d'un clinicien? d'un homme de laboratoire!

— A quoi pensez-vous donc, mon cher Hugo? demanda Judith. Tout à coup, vous voici bien sombre...

Il regarda la jeune fille avec étonnement. Il avait oublié jusqu'à sa présence :

— Oh, ce n'est rien, répondit-il, une difficulté technique d'exécution qui me préoccupe.

— Dans ce *Concerto* de Mozart?

— Oui, oui...

Toujours le mensonge, toujours le masque! N'avoir qu'un rêve, qu'une pensée... et, toujours, le cacher à tous!

Depuis un moment déjà, le train s'était engagé sous le tunnel qui monte jusqu'à la station terminus du Jungfraujoch. « C'est bien l'image de ma vie, pensa Hugo, un long boyau noir et ténébreux qui débouche sur les cimes glacées de la solitude. Et dire qu'ils me croient heureux, les autres! Comblé! N'ai-je pas tout ce qu'un musicien peut souhaiter? Des amis puissants, des triomphes dans toutes les salles du monde, la célébrité, la gloire? Quand j'apparais sur la scène, les applaudissements montent vers moi en larges vagues houleuses. Les femmes me trouvent beau, les hommes sont bouleversés par mon jeu. On me voit en habit, l'air détaché, presque serein; l'image d'Epinal de l'homme parfaitement heureux et qui n'a qu'une seule maîtresse : la musique. Tout cela, le contraire de la réalité, de ce tourment qui me ronge... »

Arrivés au Jungfraujoch, ils allèrent s'attabler dans une salle du restaurant Berghaus, près d'une fenêtre d'où la vue s'étendait sur l'immense glacier d'Aletsch.

— A quelle altitude sommes-nous maintenant? demanda Judith, émue, impressionnée par ce décor grandiose.

— A trois mille cinq cents mètres, répondit Hugo. Il ne semblait pas montrer beaucoup d'enthousiasme.

— Magnifique! Mais, dites-moi, comment se fait-il qu'un pareil spectacle vous laisse indifférent, vous un artiste, un homme sensible? Ce glacier qui paraît sans fin, et ces colosses qui le dominent, ces colosses de pierre...

— Je suis loin d'ici, Judith.

— Cela se voit! Et ce n'est pas précisément très aimable pour moi. J'ai le sentiment pénible d'être ici comme un meuble gênant.

— Je suis un ours, excusez-moi!

Judith secoua la tête :

— Non, non, je ne vous excuse pas, pas sans conditions. Vous oubliez que je suis femme, donc curieuse. Je veux connaître votre secret!

Une lueur s'alluma dans les yeux du musicien :

— Le voulez-vous vraiment?

Pour toute réponse, elle se pencha vers lui. Alors,

Hugo prit la résolution de parler, de se libérer, pour une fois, du fardeau du silence. Au fond, Judith Collins était sa seule amie, son soutien le plus sûr. A qui se confier, sinon à elle?

— Du premier jour où je vous ai connu, j'ai lu une douleur cachée au fond de votre regard, dit la jeune fille d'un air pensif. Votre secret ne date pas d'aujourd'hui, n'est-ce pas?

— Il date de Hambourg.

— Je le devinais!

— Vous êtes d'une rare discrétion, Judith, car vous n'avez jamais fait la moindre allusion à cette découverte. J'étais persuadé que mon masque dissimulait parfaitement mon visage véritable.

— Pour un observateur superficiel, peut-être, vous n'étiez rien d'autre que le brillant virtuose, oui, l'homme heureux et un peu fantasque, comblé des dons de la vie. Mais, je vous le répète, je suis femme, Hugo, et j'ai suivi votre ascension de très près. J'ai toujours ressenti qu'il y avait quelque chose d'obscur dans votre passé, quelque chose qui vous tourmentait.

— Et cependant, vous ne m'avez jamais questionné...

— C'eût été vulgaire et incorrect; chaque être a le droit de préserver des zones d'ombre dans sa vie, jamais l'on ne doit essayer de forcer une conscience.

— Que vous êtes sage pour vos vingt-cinq ans, et si peu américaine!

— Et vous, Hugo, vous venez d'être très mal élevé: on ne fait jamais mention de l'âge d'une femme, l'ignoriez-vous?

— Je suis un ours, je vous l'ai déjà dit.

— Trêve de badinage. Allons, votre secret!

— C'est très banal, une histoire vieille comme le monde. Voici, à l'époque où je...

Judith l'interrompit :

— Une minute, mon cher Hugo! Pardonnez-moi cette

intrusion des choses matérielles, mais j'aperçois la serveuse qui vient prendre notre commande. Que penseriez-vous d'un bon alcool, en guise d'apéritif? Un gin sec, par exemple? Vous me trouvez très barbare, maintenant, n'est-ce pas? très américaine?

— Non, non, c'est une excellente idée; l'alcool apporte l'oubli.

Quand elle eut commandé les boissons, Judith s'exclama :

— Il n'est pas question d'oublier, mais de raconter! Et sachez que vous n'abuserez jamais de l'alcool tant que je serai là pour vous surveiller!

Puis elle ajouta, d'un ton soudain plus calme :

— Et maintenant, j'écoute.

— C'était à Hambourg, commença Hugo, quand je travaillais encore pour l'armateur Stadelmann.

— Là où vous faisiez de la musique de chambre?

— Oui, le jour j'étais commis, et le soir musicien. D'ailleurs, c'est justement à cause de ces concerts que tout est arrivé.

— Racontez!

— L'une de nos auditrices les plus ferventes et les plus avisées était la jeune épouse d'un médecin, ou plutôt d'une espèce de savant, de chercheur, établi depuis peu dans la ville. Elle était très belle... Je l'ai aimée, et je l'aime toujours, mais elle est demeurée, fidèlement, la femme d'un autre. Voilà, vous voyez, mon récit est bref. C'est tout ce que j'avais à raconter.

— Elle était très belle..., dit Judith d'une voix changée. On eût dit qu'elle parlait en rêve.

— Très, oui..., répondit Hugo, le regard absent.

Judith baissa la tête. A l'instant même où Hugo avait prononcé ces paroles : « Et je l'aime toujours », la vérité, stimulée par l'aiguillon de la jalousie, s'était précipitée sur elle : elle-même était amoureuse!

De longues minutes, ils demeurèrent silencieux. Hugo restait abîmé dans ses souvenirs. Il s'était éloigné, dans le temps et dans l'espace, pour retrouver le sourire de Flavie Yvarsen... Judith, elle, goûtait amèrement sa première expérience, douloureuse, déjà, de l'amour. Comment avait-elle pu rester si longtemps aveugle, se leurrer si naïvement, ignorer la vraie nature du sentiment qui l'engageait à protéger le jeune virtuose? Et maintenant, maintenant qu'elle comprenait ce qui l'avait poussée vers lui, c'était pour apprendre qu'il en aimait une autre.... Comme elle la détestait, cette femme lointaine qui avait jeté un charme sur le musicien! Détestait? Le mot était trop faible. Avec effroi, Judith devait le constater : le sentiment qu'elle nourrissait pour sa rivale était déjà de la haine. Aussitôt elle décida de réagir. De lutter contre cette haine, qu'elle jugeait basse et indigne d'elle. De lutter, aussi, contre l'emprise que cette inconnue exerçait sur Hugo. D'une voix ferme et décidée, elle rompit le silence :

— Il faut l'oublier, Hugo, l'oublier *définitivement*.

Hugo eut un geste de lassitude :

— J'ai essayé, depuis bien longtemps.

— Vous ne pouvez quand même pas passer votre vie aux côtés d'un fantôme!

— Je sais. Voyez-vous, je suis près d'entrer dans l'été de ma vie; je ne voudrais pas rester plongé dans cette navrante solitude.

— Il vous faudra lutter contre ce souvenir néfaste! dit Judith, véhémente.

— Quand je pense à elle, le reste du monde m'apparaît néant. Tout disparaît dans un brouillard.

— Effacez de votre mémoire l'image de cette femme! Que vous aura-t-elle apporté? La douleur, et le regret.

— C'est son sourire, surtout, qui est inoubliable.

— Taisez-vous! s'exclama Judith, vous parlez comme

un drogué. C'est une cure de désintoxication qu'il vous faudrait!

Cette violence le tira de sa rêverie mélancolique. Tout de même un peu étonné, il regarda la jeune fille :

— Alors, que faire?

— Acceptez mon invitation, venez au Cap-Ferrat!

— Cela ne changerait rien.

— Pourtant, vous adorez la mer?

— Oui, mais elle invite à la rêverie, et pour moi, la rêverie, c'est une pente fâcheuse.

— Je serai là pour vous empêcher de glisser. Ce qu'il vous faut éviter, dans cet état, c'est d'être seul. Vous verrez, nous ferons de la musique, des promenades...

Et Judith ajouta, songeuse :

— Dommage que vous ne soyez pas venu chez moi il y a deux ans. Quand il y avait encore ce vieux parc abandonné.

Hugo essaya de s'intéresser :

— Un vieux parc abandonné? Voilà qui fait très romantique et très anglais.

— Vous l'auriez aimé, j'en suis sûre.

— Il n'existe plus?

— Non. Il touchait ma propriété, voyez-vous, et je pouvais y pénétrer par une brèche dans le mur. Malheureusement, le terrain a été vendu à des Suédois, qui ont eu la méchante idée d'y faire construire une maison; une très belle maison, d'ailleurs, je dois dire, avec une splendide terrasse sur la mer. Ils ont appelé ça *Journey's End,* « la Fin du Voyage ».

— Un parc abandonné, « la Fin du Voyage »..., nous sommes décidément en plein romantisme, ma chère Judith.

— Il paraît que mon nouveau voisin était, très récemment encore, un chirurgien célèbre; il s'appelle Yvarsen, je crois.

Hugo tressaillit :

— Qu'est-ce que vous dites? Yvarsen?

— Que se passe-t-il, Hugo? Ce nom vous rappelle-t-il quelqu'un ou quelque chose?

— Non, non, ce n'est rien, je confondais avec un nom allemand.

— Alors, maintenant répondez-moi : acceptez-vous mon invitation, oui ou non?

Et d'une voix soudain plus basse, un peu triste, elle ajouta :

— Un refus me blesserait profondément, Hugo...

Le musicien eut un sourire ému.

— Avec joie, dit-il simplement.

Judith se sentit soulevée par une vague de bonheur.

III

Jan avait lancé sa Bentley noire à toute vitesse. Il revenait de Nice où il avait commandé une corbeille pour Thérèse. De très belles fleurs pour se faire pardonner, lui faire oublier... Deux jours avaient passé depuis la dispute avec sa femme, mais le remords continuait de le tourmenter, le regret de s'être laissé aller à cette colère injuste. La douce Thérèse ne méritait pas cela. « Tant que j'aurai cette musique dans la tête, se dit-il, tant que je ne saurai pas qui est cette invisible pianiste, je resterai irritable et violent. Il faut en finir une fois pour toutes! Aujourd'hui même, je questionnerai Yannakos! Il le faut... »

Arrivé à Beaulieu, il gara sa voiture près de la Réserve comme d'habitude, et descendit au port où l'attendait son bateau. Un fin petit voilier, à la ligne svelte et racée, également équipé d'un puissant moteur Rolls-Royce. Là-bas, en Suède, Jan avait fait surtout du cheval, son sport préféré; ici, sur la Côte, il s'était découvert une nouvelle et tardive passion : le yachting. Assis à l'arrière de son bateau, il aimait à foncer vers le large, en regardant la poupe ouvrir un sillon d'argent sur le bleu profond de la mer. Mais la Suède restait présente, car le yacht avait été baptisé *Trollhättan...*

Dès qu'il aperçut Jan, Yannakos s'écria :

— Le vent est bon, patron! On file?

D'origine grecque, ancien marin, Yannakos était venu à Beaulieu pour terminer, dans un calme relatif, une vie qui avait été particulièrement mouvementée. Il avait trouvé là un travail à sa convenance : l'entretien des bateaux de plaisance. Coiffé d'un serre-tête noir à la mode crétoise, son visage raviné et bronzé lui donnait l'air d'un ancien corsaire. Jan n'avait pas tardé à se lier d'amitié avec cet homme fruste et en même temps doté d'une prodigieuse expérience de la vie. Yannakos lui avait appris à manœuvrer un voilier. Debout sur la proue, le regard farouche, cet étonnant personnage était de toutes les croisières du *Trollhättan,* prêt à intervenir pour corriger les maladresses de Jan. Il ne craignait pas de traiter le grand chirurgien comme il eût fait d'un simple mousse; amusé, Jan se laissait sermonner. Il savait bien que Yannakos méritait, beaucoup mieux que lui-même, de commander le yacht. Et puis, quand le Grec lui faisait la leçon, le grondait comme un gosse maladroit, il se sentait si jeune...

Yannakos n'avait pas de femme, il était marié avec la mer. Il connaissait tous ses caprices, ses sautes d'humeur. Il lui parlait sans ménagements :

— Qu'est-ce que c'est que cet air mauvais que tu as ce matin? disait-il en la voyant houleuse, couleur d'ardoise. Tu n'as pas honte de me traiter ainsi? Espèce de virago, va!

Et, l'interpellant comme une épouse acariâtre :

— Mauvais caractère! Juste aujourd'hui où le patron

et moi nous voulions faire sortir le *Trollhättan!* Sais-tu seulement qui c'est, le patron? Un chirurgien, un *grand* chirurgien. Tu devrais lui faire honneur, te dis-je... Au lieu de cela, tu fais la mauvaise tête! Tu me le paieras, va, tu me le paieras!

La mer, pourtant, n'aime pas qu'on soit injuste. Quand il était très content d'elle, il lui arrivait de passer une main caressante sur ses flots...

Jan n'avait pas répondu. Yannakos se fâcha :

— Alors quoi, patron, serais-tu devenu sourd? Tu n'as pas entendu ma question?

Il tutoyait tout le monde, ignorant totalement l'usage du « vous ».

— Non, fit Jan, aujourd'hui nous restons au port, j'ai à te parler.

— Misère! Le vent est pourtant fameux.

— Demain nous irons à Menton.

Yannakos se révolta :

— Demain! demain! Le temps sera peut-être pourri, demain!

— Je te propose d'astiquer les cuivres, aujourd'hui, répliqua Jan, imperturbable. Ils en ont besoin.

Aussitôt le Grec s'empara d'un chiffon et, avec des gestes rageurs, se jeta sur les garnitures. Jan s'approcha de lui :

— Je t'ai dit que j'avais à te parler...

— Rester à terre pour commérer, grommela le vieux marin. Tout comme les bonnes femmes! Si c'est pas malheureux!

— Il s'agit d'un renseignement.

— Des ragots, c'est bien ce que je pensais!

Puis, ayant déversé sa bile, Yannakos ajouta, plus conciliant :

— Que veux-tu savoir, patron?

— Tu connais un peu tout le monde ici, non? Enfin,

je veux dire presque tous les habitants de la Côte entre Villefranche et Beaulieu, en passant par Saint-Jean, n'est-ce pas?

Yannakos hocha la tête :

— Assez, oui.

— A qui appartient la propriété voisine de la nôtre? Avec cette grande maison blanche, enfouie sous les pins...

— Tu veux parler de « Santa Monica »?

— Oui, c'est ainsi qu'elle s'appelle, je crois.

En fait, Jan le savait fort bien. Combien de fois n'avait-il pas interrogé, d'un regard intrigué, la plaque de marbre noir où ce nom était gravé en lettres d'or? Mais il ne voulait pas avoir l'air de s'être déjà renseigné, d'attacher trop d'importance à ce détail.

— Je connais. La propriétaire est une demoiselle, dit Yannakos. Miss Judith Collins, ajouta-t-il en écorchant le nom.

Les yeux de Jan brillèrent :

— Une Anglaise? demanda-t-il. Une vieille miss digne et respectable?

Le Grec eut un sourire espiègle :

— Digne et respectable, c'est possible... Mais pas vieille! Et puis, d'abord, ce n'est pas une Anglaise, c'est une Américaine. Riche héritière, avec ça, très belle, encore toute jeune.

— Voilà beaucoup de qualités réunies...

— Je pense bien, patron! Les hommes sont attirés par ça, comme les mouches par le miel!

— Tu la connais... personnellement?

— Bien sûr, puisque c'est moi qui entretiens son yacht. Il s'appelle *Santa Monica,* lui aussi.

Jan eut un regard, autour de lui, vers les nombreux bateaux de plaisance qui entouraient le *Trollhättan.*

— Il n'est pas ici, dit Yannakos. Miss Judith a préféré qu'il soit ancré au port de la Darse, à Villefranche.

— Elle s'en sert souvent?

— Oh non, ce qu'elle aime, elle, c'est surtout la nage.

— La musique aussi, n'est-ce pas?

— Ça, patron, je n'en sais rien!

— Moi, je le sais. Elle fait du piano.

Yannakos le regarda d'un air surpris :

— Pourquoi tu t'échauffes comme ça, patron? C'est pas son piano que j'ai à entretenir, moi, c'est son bateau!

— Je ne m'échauffe pas, Yannakos.

— Mais si! mais si! Et ça n'en vaut vraiment pas la peine, patron, tu sais... Votre piano, à vous autres, qu'est-ce que c'est? Une grosse caisse de bois, remplie de bruits. Ça vous casse les oreilles, cet instrument-là! Pouah... Dans mon village, en Grèce, on sait ce que c'est, la musique... Sais-tu ce que c'est, un santouri, patron?

— Une espèce d'instrument à cordes, non?

— Une espèce! une espèce! As-tu jamais entendu le santouri?

— Non.

Une lueur de pitié passa dans les yeux du Grec :

— Alors, dit-il, tu n'as rien entendu, patron, rien! Et tu ne sais pas ce que c'est, la musique.

— Comment est-ce, le santouri?

Yannakos laissa tomber son chiffon et se mit à réfléchir :

— Difficile à t'expliquer, patron... Quand j'entends le santouri, vois-tu, je suis dans la mer, je me laisse porter par les vagues. La mer, elle me câline, elle me caresse, comme une bonne épouse qu'elle est. Je suis seul avec elle, tu comprends, patron? Elle me berce et me chante à l'oreille. Pas un nuage dans le ciel; un soleil superbe, tout rond et doré. Et moi, je flotte..., je flotte comme une méduse. Ou bien encore, je suis assis près de la fontaine de mon village. Et il y a toutes les jeunes filles qui passent devant moi pour aller prendre de l'eau. Les plus belles... Elles passent avec leur démarche ondulante et me jettent des regards espiègles. C'est ça, le santouri, patron.

— Tu n'as pas honte de penser aux jeunes filles, à ton âge, observa Jan en riant.

Vexé, Yannakos fulmina :

— Mon âge! mon âge! Je ne suis pas encore un vieillard! Et puis je vais te dire, patron, le jour où une belle femme ne me fera plus monter le sang à la tête, ce jour-là, maudit soit-il d'avance, je serai un homme mort... Mon âge! Mais il n'y a pas d'âge pour admirer la beauté!

Et, subitement calmé, avec un éclair de malice dans les yeux :

— Et toi-même, patron, pourquoi tu me questionnes au sujet de la jolie voisine? Pourquoi tu t'intéresses à elle, tout d'un coup?

— Parce que je l'ai entendue jouer du piano, c'est tout.

— Tu n'as pas pu l'entendre ces jours-ci, elle n'est pas là.

— Je sais, je sais... Enfin, je veux dire que je l'ai remarquée. Où est-elle? En Amérique?

— Non, elle est allée passer quelques jours en Suisse.

— Donc, elle reviendra bientôt.

— J'ai reçu une carte d'elle, ce matin... Une belle carte postale en couleurs. Dommage, je ne l'ai pas sur moi! Ça m'a fait froid dans le dos, patron, je te jure, toutes ces montagnes couvertes de neige, tous ces glaciers. Je me demande comment un honnête homme peut chercher des pays pareils. Tu y comprends quelque chose, toi, patron, qui es savant?

— Ce n'est pas de cela qu'il s'agit pour le moment, Yannakos! Que dit-elle sur cette carte, miss Judith?

— Ce qu'elle dit? Ça t'intéresse vraiment?

— Puisque nous en parlons.

— Elle m'annonce qu'elle rentrera après-demain. Elle demande que le bateau soit prêt pour la promenade en mer. Là, tu es content?

Jan, sans répondre, se répétait : « Après-demain. »

— Je n'aime pas ça, patron, dit Yannakos, de sa voix perpétuellement enrouée.

— Quoi?

— Tu es marié. Pour son âge, ta femme est encore belle. Et puis, tu n'es pas plus jeune que moi.

— Que veux-tu dire?

— Tu le sais parfaitement bien, patron.

— Non, explique-toi!

Yannakos soupira :

— Quels comédiens vous faites, vous autres les gens du monde!

— Une fois pour toutes, parle clairement!

— Tu t'intéresses trop à cette jeune fille, patron.

— C'est ridicule! Que veux-tu insinuer par là? N'ai-je pas le droit de me renseigner sur mes voisins?

Yannakos secoua la tête d'un air désapprobateur :

— Tu nies, donc c'est encore plus grave que je ne pensais. Tu l'as vue, n'est-ce pas, et tu en es tombé amoureux?

— Tu es fou, Yannakos! Je l'ai entrevue un jour, silhouette furtive sous les pins, une chevelure blonde tout de suite disparue. Non, si je me suis renseigné sur elle, c'est que j'ai été frappé par sa manière très personnelle de jouer une certaine mélodie de piano, une sonate.

Le Grec contempla Jan avec stupéfaction :

— Tu veux dire que tu es tombé amoureux d'elle à cause du piano? Et sans l'avoir jamais vue? Décidément, je ne comprendrai jamais rien à vous autres, gens du Nord!

— Changeons de conversation, Yannakos. Il faudra que le *Trollhättan* soit fin prêt pour l'anniversaire de *Journey's End,* qu'il brille de tous ses cuivres.

Yannakos frottait avec acharnement, en maugréant :

— *Trollhättan, Journey's End...,* comment veux-tu qu'un honnête chrétien prononce des noms pareils? En attendant, ne te fais pas de soucis, ce bateau te fera honneur, malgré son nom barbare.

— Le suédois est une très belle langue, Yannakos.

— Je veux bien, patron, mais pour le parler il faut d'abord se couper la langue en deux, ou en quatre! Mais, dis-moi, tes invités ont tous répondu?

— J'ai reçu un télégramme de Stockholm et un autre d'Afrique du Sud.

— Ils disent oui?

— Bien sûr, un oui enthousiaste! Finalement, j'ai décidé d'inviter aussi Stephen Wells et sa femme Cora.

— Ce fouilleur de vieilleries que tu as rencontré à Mikonos?

— L'archéologue, oui.

— Et ils ont accepté?

— Pas encore; j'ai envoyé le télégramme hier, à leur domicile londonien.

— Je souhaite que ta fête soit bien réussie, patron, conclut Yannakos.

— Qu'elle soit réussie, oui... Et qu'ils viennent tous... et toutes! répondit Jan en tournant les yeux vers le large.

IV

Cora s'allongea sous un pin parasol; derrière elle se dressait une colonnade de marbres; devant elle, sur le rivage qui s'incurvait tendrement vers la mer, les vagues de la Méditerranée venaient mourir avec langueur. Le sable doré, où couraient de petits crabes affairés; les pins pensifs inclinés vers le large; la luminosité irréelle du ciel; le bleu sombre des flots, strié de crêtes d'argent; les colonnes figées dans une attente immémoriale; et sur le tout, un silence infini, cosmique, rendu plus absolu encore par les soupirs d'une mer inlassable. Paysage de rêve, paysage éternel. Le temps? Une chimère inventée pour les tâches hâtives d'un Occident besogneux; ici, un décor de marbre et d'azur était baigné par l'insaisissable rayonnement de la pérennité. Un vers latin vint aux lèvres de Cora :

regina ad templum, forma pulcherrima Dido,
incessit.

la reine Didon, très belle de formes, vers le temple
s'avança.

Elle prononçait le latin à la manière antique, comme Stephen le lui avait appris; ainsi retrouvait-elle la musique de Virgile, sa sonorité un peu âpre et hautaine. Pourquoi ce passage de *l'Enéide?* Pourquoi Virgile? Parce qu'elle était sur le continent de Carthage? Non, aucune réflexion n'avait guidé son choix; les mots s'étaient formés presque d'eux-mêmes, s'étaient imposés. D'ailleurs, pouvait-on, dans la fierté, la noblesse de ce décor, parler, penser autrement qu'en latin? Pouvait-on ne pas se servir de cette langue où respire un mépris latent pour tout ce qui n'est pas grand ou ne veut pas le devenir? Etait-il possible d'oublier Rome, à Leptis Magna?

Leptis Magna..., aujourd'hui Lebda; ancienne colonie phénicienne située à environ quatre-vingts milles à l'est de Tripoli, sur la côte barbaresque de la Libye. Port florissant au temps de la gloire de Carthage, alliée de Pompée contre César (ce qui lui valut, de la part de

Rome, l'imposition d'un lourd tribut annuel), elle devint la ville favorite de l'empereur Septime Sévère, qui en fit l'une des cités les plus belles et prospères de l'Empire romain. La chute de l'Empire entraîna la sienne; saccagée par des Vandales et des Berbères, elle disparut bientôt sous des dunes de sable, abandonnée, dépeuplée. Redécouverte au XVIIe siècle par un consul français, l'ancienne perle de la côte barbaresque sortit lentement de la poussière de l'oubli; cependant, les fouilles sérieuses, qui durent encore, ne commencèrent qu'au XXe siècle. Stephen Wells et sa femme faisaient partie d'un groupe d'archéologues britanniques, qui vivaient dans un village de toile et dirigeaient de nouvelles recherches dans l'antique cité de Septime Sévère.

Non, sur ce rivage chargé d'histoire, il n'était guère possible de parler un autre idiome que la vieille langue latine. Mais..., pourquoi parler? pourquoi penser? Les yeux de Cora se noyèrent dans le frémissement de l'or solaire qui s'étendait sur les flots en nappe de feu. Elle eut l'impression de voguer dans un espace infini, d'avoir vaincu la pesanteur. Les colonnes de marbre, mutilées par le temps et les hommes, se dressaient vers le ciel, tels des bras suppliants ou menaçants, et blâmaient le destin d'avoir laissé sombrer dans l'oubli la superbe cité de Leptis Magna. Face à l'immensité de l'horizon marin, les vieux pins, courbés par l'âge et le vent, méditaient en silence...

Soudain, une silhouette noire vint s'interposer entre le soleil et le regard ébloui de la jeune femme. Cora perçut une voix familière.

— Hello, *dear, asleep?* Tu dors, ma chérie?

Elle quitta ses limbes dorés, revint sur terre :

— Non, Stephen, je rêvais.

Son mari vint s'asseoir à côté d'elle, s'adossa contre le tronc rugueux de l'arbre.

— J'ai une invitation à te transmettre, annonça-t-il.

Cora ne put s'empêcher de rire :

— Une invitation? Ici, dans ce désert?

Stephen commença par bourrer méticuleusement sa pipe. La jeune femme s'impatienta :

— Allons, *dear,* parle, pas de mystères!

Enfin, quand il eut allumé son brûle-gueule, l'archéologue daigna s'expliquer :

— Tu sais qu'Harpers vient de rentrer de Tripoli. Il a ramené du courrier...

— Oh! s'exclama Cora, j'avais complètement oublié! Y a-t-il une lettre pour moi?

Stephen secoua la tête :

— Non, rien de personnel; quelques lettres d'affaires concernant notre travail ici.

— Mais alors, cette invitation?

— Attends, attends... Il y avait aussi un télégramme, retransmis de Londres.

Il tira un papier de sa poche :

— Voici, le professeur Jan Yvarsen nous invite à venir passer quelques jours — une semaine, deux semaines, à notre guise — dans sa propriété du Cap-Ferrat, *Journey's End.*

Cora battit des mains, ravie :

— C'est magnifique! Quelle charmante distraction pour nous! Et combien inattendue!

Stephen tirait nerveusement sur sa pipe.

— Alors, s'impatienta la jeune femme, tu ne dis rien? Tu n'es pas content?

Une expression de regret se dessina sur le visage de l'archéologue. Il demeura silencieux.

— Mais enfin, Stephen, qu'est-ce que tu as? Quelque chose qui t'a choqué, froissé?

Puis il lui vint une autre idée :

— Tu ne vas quand même pas me dire, s'écria-t-elle, que nous allons refuser?

Stephen fit « oui » de la tête; puis il se décida à s'expliquer :

— C'est impossible, *dear, absolutely impossible!*

— Mais pourquoi?

— Harpers, Wicket et Richardson vont partir demain pour rentrer en Angleterre; nous venons d'en décider ainsi.

— Et nous-mêmes?

— Nous restons ici avec les ouvriers des fouilles et nous continuons le travail. Vois-tu, Cora, c'est ici que se décidera l'avenir de ma carrière. C'est moi qui ai eu l'idée de ces nouvelles excavations, c'est moi le principal responsable. Si mes prévisions sont exactes, nos découvertes étonneront bientôt le monde entier. Partir maintenant, accepter cette invitation, ce serait une désertion.

— Je te comprends, mon chéri... Nous serons donc les seuls Européens à rester à Leptis Magna?

— Oui. Cela te fait peur?

— Non, Stephen; tu sais combien j'aime ce pays. Mais... je trouve quand même un peu injuste que nous ne puissions pas accepter l'invitation du professeur Yvarsen! J'aurais été si heureuse de revoir Ide et Norbert, car eux aussi sont sûrement invités.

Stephen mit le bras autour des épaules de sa femme et l'attira contre lui :

— Ne seras-tu pas beaucoup plus heureuse encore de vivre toute seule avec moi sur ce rivage enchanté? N'aurons-nous pas l'impression d'être au paradis?

Cora lui sourit. L'amour reprenait ses droits, écartait impitoyablement tout ce qui n'était pas lui. Ils s'embrassèrent... Sur le sable fin de la plage, les vagues chuchotaient doucement.

V

Assis sur la terrasse de *Journey's End,* Jan lisait des poèmes d'Alexandre Pouchkine, dans la belle traduction de Jacques David. Une œuvre, surtout, l'avait frappé, celle intitulée *A un rêveur;* il en relut à haute voix les dernières lignes :

Redonnez-moi, ô dieux, ma raison obscurcie
Et détournez de moi cette image fatale.
Je n'en puis plus d'aimer : rendez-moi le repos !...

L'image fatale... Cela avait commencé dès le premier jour de leur installation à *Journey's End.* Après le dîner pris en tête à tête avec Thérèse, Jan était descendu seul sur le rivage désert. La mer immense s'étendait à perte de vue sous la pâle clarté des étoiles. Et soudain, au-dessus du grand silence de la nuit, une mélodie de piano s'était élevée. Jan écoutait, ému, bouleversé. Dès le premier instant il lui avait semblé reconnaître le jeu fiévreux et torrentiel de Sigrid. Puis, pendant quinze jours, sans doute durant un voyage de l'inconnue, le piano s'était tu, et Jan avait oublié. Mais, bientôt, la mélodie renaissante avait à nouveau jailli de l'obscurité pour flotter au-dessus de la mer, tel un irrésistible appel du destin.

L'andante en si bémol de la *Sonate en fa,* de Mozart. Combien de fois Sigrid ne l'avait-elle pas joué pour lui, là-bas, en Suède, après une promenade auprès du Trollhättan? Mal joué, bien sûr, car la sérénité douloureuse de Mozart était à l'opposé du caractère de la superbe Sigrid. Et voici que, tant d'années plus tard, une inconnue, une étrangère, interprétait cette œuvre de la même manière, étouffait le génie de Mozart sous un jeu trop saccadé et romantique.

Depuis ce jour-là, l'évocation musicale avait fait renaître tout le passé. La belle suicidée du Trollhättan était ressuscitée; son image radieuse et hautaine ne cessait plus de s'imposer au regard intérieur de Jan. Elle était devenue sa hantise, son tourment. Ce fantôme allait-il s'attaquer à Thérèse, essayer de se venger d'elle? La morte allait-elle reprendre la lutte acharnée contre la vivante?

Aucun homme ne peut oublier son premier grand amour, sa première passion véritable. Le souvenir accentue la beauté, atténue les défauts. A la fin, ne subsiste dans la mémoire qu'une image lointaine, estompée dans le brouillard du passé, mais toujours lumineuse.

Jan savait qu'au fond de son cœur, dans les couches les plus obscures de son inconscient, toujours avait sommeillé le désir inassouvi, le regret de Sigrid. Il savait qu'en son for intérieur, il n'avait jamais cessé de chercher, de trouver des excuses aux pires crimes commis ou projetés par l'envoûtante Suédoise. Pourquoi? Parce qu'elle avait été la première, la fiancée, celle qui était destinée à l'émouvoir, à l'ouvrir à l'amour.

D'autres femmes étaient entrées dans sa vie : Ide, qu'il avait aimée d'un sentiment profond et sincère; Thérèse, qui avait redonné un sens à son existence, Thérèse à laquelle il était attaché maintenant par toutes les fibres de son âme. Pourtant, depuis tout ce temps écoulé, l'ombre de Sigrid n'avait cessé de veiller. Même la mort tragique de cette altière beauté n'avait pu dissiper le charme, puisque, après tant d'années, il avait suffi de quelques accords échappés d'un piano pour faire réapparaître sa fascinante figure.

Soudain irrité contre lui-même, Jan jeta le livre qu'il tenait et quitta la terrasse. Dans le jardin, il aperçut Thérèse qui s'affairait autour de la grande volière qu'elle avait fait installer. Son cœur se serra : ne cesserait-il donc jamais de trahir l'amour si pur et si total de cet être d'élite? Permettrait-il au spectre de Sigrid de se dresser entre eux, de détruire une entente devenue si parfaite? Non, mille fois non! Il fallait chasser, balayer tout cela, ces chimères! Extirper impitoyablement ce désir inassouvi qui couvait au tréfonds de son cœur! Effacer, gommer, détruire l'image de Sigrid! Annihiler jusqu'au souvenir de cette femme maudite! Agir et penser comme si jamais elle n'avait existé!

Thérèse aperçut son mari, eut un geste d'affection vers lui. Au mouvement de ses lèvres, Jan devina qu'elle lui demandait où il allait; il désigna la mer. Thérèse comprit qu'il avait envie de sortir son bateau, elle lui sourit. Ce sourire le brûla comme un fer rouge. Ne témoignait-il pas de la confiance infinie qu'elle avait mise en lui? Et aussi de sa tendresse sans bornes? Oui, il était grand temps de rayer Sigrid, définitivement, de sa mémoire! Mais... le moyen?

Jan secoua les épaules. En ce moment, il n'avait plus qu'une pensée : lancer le *Trollhättan* vers le large, se réfugier dans l'enivrante aventure de la mer. De cette façon, l'oubli viendrait peut-être...

Une heure plus tard, le *Trollhättan* croisait au large du Cap-Ferrat. Yannakos ayant été retenu à Villefranche pour la mise en cale sèche d'un voilier, Jan était seul à bord. Il n'était pas trop rassuré, car pour manœuvrer un yacht de la taille du *Trollhättan,* normalement deux hommes au moins étaient nécessaires.

Pour sortir du port, un pêcheur de Beaulieu l'avait aidé; maintenant il se trouvait livré à lui-même, sur ce bateau qui n'avait jamais cessé de l'intimider. Heureusement, la mer était très calme! Elle ressemblait à une vaste nappe d'huile, irisée par un soleil radieux. Cependant, pour ne pas risquer d'être débordé, Jan n'avait hissé aucune voile; seul le moteur assurait la propulsion. Debout à la barre, tous ses tourments oubliés pour l'instant, Jan scrutait l'horizon. Pour un peu, il aurait fermé les yeux, il se serait laissé aller au doux balancement du *Trollhättan* qui fendait fièrement l'azur.

Soudain, Jan entendit un cri d'angoisse. En même temps il aperçut, sur l'eau, un bras qui battait l'air. Un naufragé? C'était impossible, dans ces parages et par un temps pareil. Un nageur trop téméraire? C'était probable. Jan mit le cap sur ce bras qui continuait à s'agiter et ralentit le moteur. Le *Trollhättan* s'approcha doucement du nageur. Jan perçut une voix féminine :

— Jetez-moi une bouée! Vite!

Après avoir bloqué la barre, il se pencha au-dessus du bastingage, lança la bouée vers le bras tendu. L'instant d'après, il aidait une jeune fille à monter l'échelle de cordages fixée contre la coque.

Epuisée, la nageuse se laissa tomber sur une chaise longue installée sur le pont.

— Merci, monsieur! Merci! murmurait-elle sans arrêt. Vous m'avez sauvé la vie!

Jan prit un gobelet, le remplit de cognac :

— Tenez! buvez ceci, vous en avez besoin.

Pour boire, l'inconnue ôta son bonnet de bain, et sa tête s'entoura subitement d'une auréole dorée. A ce moment seulement, Jan remarqua ses épaules magnifiques et son corps admirable. Il en fut troublé, et l'image de Sigrid surgit à nouveau devant lui.

— Que vous est-il arrivé? demanda-t-il d'une voix un peu hésitante, que lui-même eut peine à reconnaître.

— Une crampe terrible, répondit la jeune fille en montrant sa jambe gauche. Je ne pouvais plus bouger, j'avais l'impression effrayante que tous mes muscles venaient de se déchirer. Alors, j'ai fait la planche, espérant être poussée vers la côte. Malheureusement, la mer est presque immobile aujourd'hui; je restais sur place, angoissée...

Elle le regarda droit dans les yeux :

— J'ai vraiment eu peur de mourir, vous savez.

Puis, désignant encore sa jambe :

— J'ai toujours atrocement mal...

Jan la trouvait de plus en plus adorable. Il fallait surmonter cet émoi. Il annonça d'une voix neutre :

— Je suis médecin; peut-être pourrai-je...

La jeune fille l'enveloppa d'un regard suppliant :

— Alors, je vous en prie, docteur, prenez soin de ma jambe. Je n'en peux plus!

Une seconde, Jan hésita, puis le réflexe professionnel prit le dessus. Les longs doigts du chirurgien palpèrent les muscles du mollet, montèrent vers le genou. La jeune fille poussa un cri de douleur.

— Là, là, ce n'est rien, fit-il, calmez-vous. Tout est en place, maintenant.

Et subitement, il oublia qu'il avait affaire à une belle, une très belle nageuse. Le médecin, le guérisseur, s'était réveillé. Il se mit en devoir de masser doucement, régulièrement la jambe de la jeune fille, sans plus prêter la moindre attention à la beauté des formes, à l'éclat des yeux. Ne l'aurait-il pas soignée avec le même dévouement si elle avait été laide et repoussante? En ce moment, il n'était plus qu'un praticien, et elle, une malade.

— Ça va mieux? demanda-t-il en achevant le massage.

La jeune fille soupira, mais de contentement :

— Oh, oui! Et je me sens si détendue, maintenant, si soulagée.

— Pouvez-vous vous tenir debout? Essayez un peu!

Elle se leva, fit quelques pas sur le pont :

— Magnifique! s'exclama-t-elle, je ne sens plus rien du tout. Vous êtes un véritable magicien, docteur!

Jan eut un geste confus et, s'éloignant, revint avec un peignoir, que Thérèse avait laissé à bord. Il le tendit à la rescapée :

— Couvrez-vous, mademoiselle. Je sens un vent frais qui se lève, vous risquez d'attraper un gros rhume.

La jeune fille rougit et fut absolument charmante :

— C'est vrai, fit-elle, je suis en costume de bain. Excusez-moi, docteur!

Jan avait retrouvé son calme et son assurance habituels :

— Voyons, voyons, répondit-il, pas de mondanités, mademoiselle!

Il regarda autour de lui :

— Et maintenant, il faut que je m'occupe de mon bateau, qui m'a tout l'air de dériver.

— Vous allez me laisser seule?

— Non, non, vous n'avez qu'à venir vous asseoir dans la timonerie; là nous pourrons bavarder sans que cela m'empêche de diriger mon petit yacht.

— Il n'est pas tellement petit, votre bateau, observa-t-elle en le suivant. Vous n'avez aucun équipage?

— D'habitude, je suis secondé par un vieux marin grec, un homme remarquable. Malheureusement, il a été retenu à Villefranche aujourd'hui. Il s'appelle Yannakos.

— Mais je le connais! s'écria la jeune fille.

Jan eut un pressentiment : la rescapée n'avait-elle pas

un soupçon d'accent américain? Avec cela, elle connaissait Yannakos... Il se tourna résolument vers elle :

— Je pense que nous ferions bien de nous présenter.

Et il ajouta, avec une petite inclinaison de la tête :

— Jan Yvarsen.

— Mon voisin!

— Vous seriez donc Judith Collins?

— Oui, docteur, c'est moi. Quelle étrange coïncidence, n'est-ce pas? Nous sommes voisins depuis un an, et c'est en mer que nous faisons connaissance!

Jan avait repris place à la barre :

— C'est assez singulier, en effet, murmura-t-il d'une voix changée.

Il désigna une banquette de velours :

— Asseyez-vous, je vous en prie; il faut faire reposer votre jambe.

Judith, en s'asseyant, lui lança un charmant sourire :

— Merci, merci, docteur! Je vous dois la vie, vous savez.

— N'en parlons plus.

— Vous êtes trop modeste.

— N'importe qui aurait agi de la même manière que moi, miss Collins.

— Mais vous n'êtes pas « n'importe qui », docteur. On dit même que vous avez été un chirurgien célèbre; est-ce vrai? demanda-t-elle un peu ingénument.

Jan se sentit rougir comme un collégien. Heureusement, il lui tournait le dos!

— J'avais une certaine réputation, mais n'exagérons rien.

Judith secoua la tête. Ses superbes boucles dansèrent autour de ses épaules :

— J'ai vraiment l'impression que vous êtes *très, très* modeste, docteur Yvarsen.

— Ne vous fiez pas aux apparences.

— Puis-je me permettre une question?

— Je vous en prie.

— Où allons-nous en ce moment?

— Je retourne à Beaulieu, mon port d'attache. Ma voiture m'y attend, je vous déposerai chez vous. Car je pense que vous êtes entrée dans l'eau à partir de votre petite plage privée et que vous n'avez pas laissé d'affaires ailleurs, n'est-ce pas?

— En effet.

— Donc, mon plan vous agrée?

— Ne pourriez-vous me laisser près de la côte? Je pourrais nager jusque chez moi.

— Vous n'y pensez pas!

— Pourquoi non?

— Après cet accident?

— Vous m'avez complètement guérie, docteur; je ne sens plus le moindre mal.

— Quand même, je ne vous laisserai pas rentrer dans l'eau; pas maintenant, ce serait de la folie. Demain, si vous voulez, vous pourrez de nouveau...

— De la folie? Mais n'est-il pas bon d'être un peu fou de temps en temps?

— Peut-être. Non pas en jouant avec sa vie!

Judith s'inclina :

— Je suivrai donc les conseils de la raison et de la sagesse.

— D'ailleurs, fit Jan, pourquoi vous êtes-vous aventurée si loin? C'était proprement une tentative de suicide!

La jeune fille sourit :

— Pensez-vous, docteur! Je n'ai aucune raison ni aucune envie de quitter la vie.

— Je répète qu'il n'est pas raisonnable de s'aventurer si loin de la côte.

— Les choses raisonnables sont souvent ennuyeuses, docteur, vous devriez le savoir.

— Je n'ai aucune estime pour le risque inutile, gratuit.

— J'adore la nage, que voulez-vous! J'aime m'enfoncer dans la mer, me sentir toute seule, loin de tout ce qui est mesquin, petit, sale. Au large, l'eau est très pure, vous savez; on se sent lavé de toutes les impuretés de notre civilisation... Comprenez-vous ce que je veux dire?

— Oui, car j'aime la mer, moi aussi.

— En bateau, ce n'est pas la même chose.

— Il m'arrive de faire comme vous, de nager très loin du rivage.

— Alors, de quel droit me critiquer?

— Je suis un homme.

— Et moi, une faible femme! Nous y voilà, l'éternelle chanson! Sachez, cher docteur Yvarsen, que je ne pense jamais au risque, jamais!

« Je ne pense jamais au risque! La même audace que Sigrid... De visage, elle ne lui ressemble pas du tout, non. Du reste, elle est encore plus belle! La beauté de Sigrid était plus altière, plus nordique, plus rigide. Celle de Judith est plus harmonieuse, plus vivante, plus complète peut-être. Et elle est si charmante! Sigrid n'était pas *charmante,* elle était envoûtante... Mais les cheveux sont exactement de la même teinte, oui. Et il faut bien avouer qu'il y a quand même beaucoup de ressemblance! Cette impétuosité, par exemple, cette fougue! Possible aussi que mon imagination, mon désir subconscient, *souligne, accentue* leur ressemblance... » Ainsi allaient les pensées de Jan. Il se sentait envahi par un lourd sentiment de fatalité. Ne venait-il pas de quitter la terre ferme afin d'échapper au spectre de Sigrid? Qu'avait-il cherché en mer, sinon l'oubli? Mettre un terme à l'envoûtement exercé sur lui par la suicidée du Trollhättan, voilà ce qu'il avait voulu. Qu'avait dit Pouchkine?

Redonnez-moi, ô dieux, ma raison obscurcie,
Et détournez de moi cette image fatale...

Cette image fatale, il avait voulu la fuir, Dieu lui en était témoin; il avait voulu l'effacer, la rayer définitivement de sa mémoire, pour ne plus appartenir qu'à la douce Thérèse, sans trouble et sans partage. Au lieu de cela...

— Que vous arrive-t-il, docteur, vous voici bien silencieux tout à coup, remarqua Judith.

Jan se déroba :

— J'avais l'impression que mon moteur allait faire des siennes, il s'était mis à crachoter d'une manière assez inquiétante. Et comme je suis seul... Mais tout est rentré dans l'ordre. N'ayez crainte, nous arriverons à bon port!

— Je vous fais confiance, capitaine!

— Vous avez un yacht, vous aussi, miss Collins, il me semble?

— Le *Santa Monica,* oui. Yannakos vous en a parlé?

— Oui! Il vous aime beaucoup.

— C'est un brave homme; et quelle expérience de la vie!

— C'est vrai! A côté de lui, je me sens toujours ignorant.

— Vous êtes suédois, docteur, n'est-ce pas?

Jan fut étonné par cette question inattendue. Il se tourna vers la jeune fille :

— Je suis suédois, c'est exact. Mais vous avez l'air d'être intriguée par quelque chose.

Elle fit « oui » de la tête :

— Vous parlez français sans le moindre accent. N'est-ce pas extraordinaire?

Il allait répondre : « C'est que ma femme est française », mais il se reprit pour dire :

— C'est une langue que j'ai apprise dès mon plus

jeune âge. Mes voyages, mes séjours dans de nombreux pays m'ont obligé à devenir polyglotte.

« Pourquoi n'ai-je pas fait allusion à Thérèse? Pourquoi ce silence compromettant? Si je n'y prends garde, cette jeune fille prendra la place de Sigrid dans mon cœur... Il y aura transfert; c'est sur elle que se portera mon désir le plus secret. Ce désir, si je pouvais le détruire à sa racine, l'extirper! Mais comment? Comment? Je ne puis quand même pas la jeter à l'eau? Judith Collins... Tel est le nom qu'aura pris mon destin, ma fatalité. Fatalité? Destin? Des mots pour cacher ta faiblesse. A ton âge, c'est une honte, une lamentable défaite de ta volonté. »

Il questionna à son tour :

— Mais, et vous-même, où avez-vous appris la langue de Racine?

— Racine, c'est beaucoup dire. J'étais encore *quite a little baby,* quand je savais déjà chanter *Au clair de la lune.* Ma gouvernante était française.

— Et depuis, vous avez fait de très sérieux progrès en musique, n'est-ce pas?

— Que voulez-vous dire, docteur? Je sens que vous avez une idée derrière la tête.

Jan sourit un peu malicieusement :

— Je vous entends jouer du piano, de temps à autre...

Judith soupira :

— J'aime la musique, c'est vrai. On pourrait se fondre en elle comme dans la mer, et on ressentirait la même extase, la même satisfaction presque voluptueuse.

Et elle ajouta, rêveuse :

— C'est comme une danse de l'esprit, une évanescence du « moi » dans l'harmonie des sphères, une participation au chant solaire, une ivresse ineffable...

— Que vous voilà donc lyrique! et si peu américaine.

La jeune fille fit la moue :

— Vous autres Européens, fit-elle avec un accent de

reproche, vous avez une idée très fausse de la femme américaine. Vous pensez que nous rêvons uniquement voitures et frigidaires. C'est absolument erroné...

Elle crut bon de préciser :

— ... du moins, en ce qui me concerne.

Et, comme si elle avait parlé en songe, elle confessa :

— Moi, ce que j'aime plus que tout, c'est mon piano, la nuit, devant la fenêtre ouverte sur la mer...

— Oui, je sais, l'interrompit Jan, et votre mélodie préférée, c'est l'andante en si bémol de la *Sonate en fa,* de Mozart.

Judith battit des mains :

— C'est magnifique! Vous êtes musicien! Vous avez su identifier mon andante.

Elle interrogea, narquoise :

— Et le numéro du catalogue Kœchel, vous le connaissez?

— Parfaitement! Il s'agit en l'occurrence de l'œuvre notée par Kœchel sous le n° 533.

— Vous êtes un homme étonnant, docteur! Mais, dites-moi, que pensez-vous de mon interprétation de cette sonate?

— Me demandez-vous une réponse franche?

— Bien sûr, toujours!

— Vous feriez mieux de choisir Chopin ou Schumann.

— Quelle insolence! Mais qu'entendez-vous exactement par là? Aurais-je un tempérament trop romantique?

— Pour jouer Mozart, oui.

— Donc, je l'interprète mal.

— Votre jeu est trop appuyé, trop fougueux.

— Comme c'est curieux...

— Pardon?

— Oui, c'est étrange... Hugo Stiffenacker m'a fait la même critique; en fait, il s'est exprimé en termes identiques. Vous avez vraiment un jugement très sûr, docteur.

— Vous aurais-je blessée?

— Non, non, je ne suis pas sotte, voyons. Ce qui me surprend, c'est votre profonde connaissance de la musique.

— Vous exagérez mon savoir et mes dons, miss Collins. J'ai parlé en simple amateur.

— Un amateur dont le jugement se rencontre avec celui d'un très grand professionnel.

— J'ai toujours admiré Mozart, et la plupart de ses œuvres me sont familières. Donc, quand on le joue mal, je suis choqué; il n'y a là rien d'extraordinaire.

— Toujours cette modestie.

— Croyez cependant, ajouta Jan, que j'aime beaucoup cette musique nocturne que vous faites flotter au-dessus de la mer... Ces notes qui scintillent dans la nuit, dans le clignotement des lointaines étoiles.

— Et poète avec cela, s'exclama Judith. Décidément, il va falloir que je vous présente Hugo.

— Stiffenacker?

— Oui.

— C'est un nom que j'ai déjà entendu quelque part...

Judith eut un mouvement d'enthousiasme. Ses yeux brillèrent d'un éclat plus vif encore :

— Sûrement! Tout le monde connaît son nom! Enfin, tous les vrais mélomanes!

— Rappelez-moi ce qu'il fait. Est-il compositeur, ou chef d'orchestre?

— Comment? Vous ignorez qu'il est l'un des plus brillants virtuoses de notre temps?

— Nous menons une vie très recluse, vous savez.

— Pourtant, vous venez de le dire à l'instant, son nom ne vous est pas inconnu...

— C'est juste; quelqu'un m'a parlé de lui, mais je ne me rappelle plus dans quel contexte.

Sincèrement scandalisée, la jeune fille s'écria :

— Qu'un homme de haute culture comme vous, docteur Yvarsen, ne soit pas au courant de la foudroyante carrière d'Hugo Stiffenacker, c'est... c'est...

Elle chercha le mot le plus fort :

— ... une honte! Oui, j'ose le dire, une honte!

Jan eut un indulgent sourire :

— Vous ne m'avez toujours pas renseigné, miss Collins... Quel est donc l'instrument de votre idole, le piano, le violon?

Judith tapa du pied, ce qui la rendit plus adorable encore aux yeux de Jan.

— Hugo est violoniste! Et je puis vous assurer qu'on le cite déjà au même rang que Menuhin, Kogan et Oïstrakh!

— Si je comprends bien, c'est votre protégé?

— Oui, j'ai fait tout mon possible pour favoriser sa carrière, et il le mérite bien.

— Je serais heureux de le connaître.

— Il est mon invité en ce moment, ce sera facile. Vous verrez que c'est un être tout à fait remarquable. Il s'intéresse beaucoup aussi à la poésie.

— Ce qui me le rend sympathique. J'en ai trop connu, de ces brillants virtuoses sans âme, techniciens d'un instrument donné, qui ne pénètrent jamais le sens profond des œuvres.

— Hugo est exactement le contraire! Comprenez-vous l'allemand? Oui? Alors, écoutez! Voici un poème de Nietzsche qu'il m'a fait apprendre par cœur; il est intitulé *Venedig, Venise...*

J'étais debout sur le pont,
La nuit était brune.
Des chants lointains
Vinrent s'abattre, gouttes dorées,
Sur la surface tremblante.

Des gondoles, des lumières, de la musique —
Le tout se fondit dans l'ivresse du crépuscule...

Mon âme, délicat instrument à cordes,
Se chanta à elle-même, touchée par des doigts invisibles,
Une secrète chanson de gondolier,
Tremblante de gaie félicité.
— Quelqu'un l'a-t-il entendue?

Elle avait cité Nietzsche dans le texte allemand. Jan était émerveillé par la facilité avec laquelle la jeune Américaine passait d'une langue à l'autre.

— Vous avez une diction magnifique, dit-il après un silence. Vous avez su recréer la musicalité wagnérienne de la langue de Nietzsche.

— N'est-ce pas que ce poème est très beau?

— Très beau. Il s'en dégage un charme tendre et crépusculaire.

— D'ailleurs, fit Judith très naïvement, tout ce qu'Hugo dit et fait est très beau. Il est artiste dans l'âme. Il faut *absolument* que vous le connaissiez! Viendrez-vous demain?

— Chez vous? A la villa « Santa Monica »?

— Oui, bien sûr! Venez donc à quatre heures, nous prendrons le thé ensemble.

« J'ai l'impression d'être pris dans une immense toile d'araignée, une toile tissée par mon propre désir... Mais comme elle a bien dit ce poème! Sigrid aussi avait ce même talent... »

— Eh bien, docteur, s'impatienta Judith, vous ne me répondez pas?

— Je vous ferai remarquer, miss Collins, que nous sommes en train d'entrer dans le port de Beaulieu, et qu'il faut que je fasse très attention à la manœuvre.

— Cela n'empêche pas de dire oui! Donc, c'est entendu, vous venez?

— Oui!

Lentement, fièrement et sans encombre, le *Trollhättan* accostait; mais les traits de Jan étaient crispés.

VI

Eh bien, maintenant, les riches! Pleurez, hurlez sur les malheurs qui vont vous arriver. Votre richesse est pourrie, vos vêtements sont rongés par les vers. Votre or et votre argent sont rouillés, et leur rouille témoignera contre vous : elle dévorera vos chairs; c'est un feu que vous avez thésaurisé dans les derniers jours! Voyez : le salaire dont vous avez frustré les ouvriers, qui ont fauché vos champs, crie, et les clameurs des moissonneurs sont parvenues aux oreilles du Seigneur des Armées. Vous avez vécu sur terre dans la mollesse et le luxe, vous vous êtes repus au jour du carnage. Vous avez condamné, vous avez tué le juste : il ne vous résiste pas.

D'un geste dramatique, Hanna referma l'Evangile; puis elle enleva ses lunettes à monture d'acier, et annonça :

— Voilà, c'est fini, je vais aller me coucher.

Erling se tourna vers elle :

— Voulez-vous me rappeler de quel passage des Ecritures sont extraits les versets que vous venez de lire?

— De l'épître de saint Jacques, monsieur, répondit la brave Allemande avec un air de reproche.

Un savant comme Monsieur avait-il le droit de poser une question pareille? Ne devait-il pas connaître par cœur les Saintes Ecritures? « Quelle époque, pensa-t-elle, quelle époque! »

C'était devenu une tradition chez les Yvarsen de Stockholm : tous les soirs, après le dîner, Hanna venait s'asseoir à la table de ses maîtres et lisait à haute voix des extraits de l'Evangile. Ce qu'elle préférait, c'était les réquisitoires contre les incroyants, les hypocrites, les luxurieux et les riches. Lorsque, dans la journée, son cœur s'était ulcéré de quelque injustice, de quelque horreur lue dans un journal, elle se soulageait le soir en dénonçant sans appel les péchés de ce monde. Il ne déplaisait pas à Erling, qui lui-même avait une certaine tendance à la rigueur morale, que le petit Jan reçut ainsi une première initiation aux Ecritures saintes.

— J'emmène le petit? demanda Hanna.

— Mais oui, répondit Flavie. Et, regardant tendrement son fils, qui avait maintenant sept ans passés, elle ajouta :

» Il a les yeux tout fatigués.

— Oui, oui, renchérit Erling, il est temps pour lui d'aller se coucher, car il doit m'accompagner à l'Institut, demain.

— Tu me montreras de nouveau les microscopes, papa? s'enquit Jan, pour lequel ces visites à l'Institut « Erling Yvarsen » étaient toujours de grands événements.

— Bien sûr, bien sûr! Maintenant, va dormir, afin d'être frais et dispos demain matin.

L'enfant s'approcha de sa mère pour l'embrasser :

— Bonne nuit, maman!

Flavie le serra dans ses bras :

— Bonne nuit, Jan...

Erling fut un peu plus sec, comme il convient à un père, mais non moins affectueux :

— Bonne nuit, mon fils.

Sur le seuil, l'enfant se retourna pour fixer une dernière fois ses parents de ses beaux yeux bleus, si attachants et émouvants. Cette séparation quotidienne lui était très pénible; il aurait voulu la retarder, poser d'autres questions à son père, le faire parler de ces mystérieux instruments qui l'intriguaient tant. Mais déjà, de son bras vigoureux, Hanna l'entraînait.

— Cet enfant témoigne déjà d'une singulière curiosité scientifique, observa Erling. Il faut l'encourager dans ce sens!

Flavie sourit :

— Oui, oui, mon chéri, mais à condition de ne pas oublier une chose : il est encore presque un bébé.

— A sept ans, un garçon n'est plus un bébé! Il convient donc de songer à sa future orientation, de le préparer lentement, progressivement, mais sûrement, à son métier.

— Et ce métier sera lequel?

Erling haussa les épaules :

— Tu le sais bien, Flavie chérie, le mien!

— Comme tu es catégorique!

— C'est au père qu'il appartient de décider de l'avenir de son fils.

Il se reprit :

— Avec l'accord de son épouse, naturellement.

Puis, posant sa main sur celle de Flavie :

— Je suis un tyran, n'est-ce pas?

— Non, un enfant.

— Comment?

— Te rappelles-tu certaine conversation que nous avons eue à Hambourg?

Erling eut un geste d'étonnement :

— A Hambourg? Quand?

— A l'époque des concerts de musique de chambre chez l'armateur Stadelmann.

— De quoi parlions-nous?

— De l'éducation de Jan. Tu reprochais à Hanna de lui raconter de vieux contes allemands, de « lui bourrer la cervelle avec ces histoires ineptes ».

— Je vois, je vois, fit Erling en riant. Je n'ai pas

oublié tes propos d'alors : « Vous autres hommes, vous ne tenez jamais compte de l'âge des enfants. Jan est encore un bébé, et tu parles déjà d'en faire un homme de science. »

— Sur ce, le docteur Erling Yvarsen m'a appris qu'il n'était « jamais trop tôt pour inculquer aux enfants des principes de raison »! répliqua Flavie d'un air enjoué et moqueur.

— Et quelle fut votre réponse à cette docte sentence, chère madame?

— Ce que j'ai répondu? Voici : « Vous êtes très savant et érudit en médecine, monsieur, mais dès que vous abordez l'éducation de votre fils, vous-même vous redevenez un enfant. »

— Charmant compliment! Et moi qui me prenais pour un remarquable pédagogue!

— Tu l'es, mon chéri, tu l'es! Tu n'as qu'un seul défaut, c'est de vouloir aller trop vite.

Erling était devenu songeur :

— Hambourg..., les soirées chez Stadelmann... les représentations théâtrales chez l'exportateur Dobenfeet...

— L'admirateur de Voltaire et du grand Frédéric!

— Oui...

— Tout cela te paraît déjà très loin, mon chéri, n'est-ce pas?

— Oh oui, un passé presque aussi lointain que la préhistoire...

— Tu exagères toujours!

— A peine.

— Pourtant, construire l'Institut n'a pris que dix-huit mois, et il n'y a guère plus d'un an que nous y travaillons.

Erling se carra dans son fauteuil :

— Dix-huit mois seulement, oui, une prouesse technique, due en grande partie à l'utilisation du verre et de l'aluminium. Quel tour de force! Si tu penses qu'il a fallu deux ans pour édifier la maison des rêves de nos parents, *Journey's End*...

— Avoue aussi, mon chéri, que tu passais ton temps à harceler ces malheureux architectes et entrepreneurs.

— C'est vrai, j'ai horreur de tout ce qui est lent, de tout ce qui traîne! Une fois la création de l'Institut décidée, il fallait faire vite!

— Et tu ne regrettes pas notre vie hambourgeoise, ces charmantes soirées dans les vieux salons patriciens?

Erling secoua la tête :

— Je ne regrette rien; ma vie, maintenant, c'est la lutte contre le cancer, c'est l'Institut « Erling Yvarsen »! Le reste doit être impitoyablement écarté.

Flavie l'enveloppa d'un regard interrogateur :

— Impitoyablement écarté? Et ta famille? Et le petit Jan?

Le jeune savant serra la main de sa femme qu'il avait continué à tenir dans la sienne :

— Veux-tu ne pas dire de sottises! Tu sais bien que toi et moi, nous ne formons qu'une seule personne. Rien ne pourra jamais nous séparer. Nous sommes mieux que des époux : des camarades de travail, des compagnons de recherche, des amis... Et notre enfant est l'incarnation de notre amour.

— Je t'aime, Erling..., murmura Flavie. Oui, je t'aime aussi quand tu laisses tomber le masque un peu rigide et austère du médecin, du chercheur, quand tu redeviens tout simplement un homme, un être droit, fin et sensible.

— Fin? Tu me flattes, ma douce chérie. Je suis souvent rude, presque brutal.

— C'est ta pudeur de sentiment qui te rend parfois rude. Tu veux cacher ta sensibilité.

Quelques minutes, ils restèrent silencieux. Du dehors, leur parvenaient les sourdes rumeurs de la capitale du Nord. Par la baie vitrée de la salle à manger, on pouvait voir le bleu sombre du ciel, piqué d'étoiles argentées. Une gigantesque enseigne publicitaire au néon s'allumait et s'éteignait dans le firmament nocturne; ils n'en apercevaient que le mot *dricka,* bière, tracé sur le ciel en immenses lettres rouges. Le carillon d'une pendule anglaise résonna dans le vestibule de l'appartement; la voix grave d'une horloge d'église lui répondit : il était dix heures du soir. Une bande d'étudiants et d'étudiantes passa dans la rue en chantant des refrains d'école. Une nuit de Stockholm, semblable à mille autres..., semblable et pourtant différente. Erling et Flavie étaient heureux...

La jeune femme fut la première à rompre le silence :

— Tu sais, fit-elle, j'aimais bien notre maison de Hambourg... Son grand jardin si soigneusement entretenu, son jet d'eau entouré d'une couronne de capucines et d'iris, les tilleuls, les chênes et les ormes sous lesquels nous aimions nous promener...

Erling continua la rêverie :

— Jan aimait s'asseoir entre les plates-bandes de fleurs et jouer avec Otto, son petit âne à roulettes.

— Pauvre Otto, il avait de si belles oreilles de velours. Aujourd'hui, il est délaissé, rongé par les mites.

— C'est la loi de la vie. Les enfants grandissent, deviennent indifférents aux jouets qu'ils adoraient naguère.

— Et Hugo Stiffenacker, le musicien-poète, tu t'en souviens, mon chéri?

— Celui qui était amoureux de toi?

— L'ancien commis de Stadelmann...

— Oui!

— Il a fait son chemin depuis.

— C'est vrai. Le contrebassiste excentrique est devenu, presque du jour au lendemain, un brillant virtuose du violon! Je me suis toujours douté qu'il avait de l'étoffe, ce garçon-là.

— Il joue comme un dieu!

— N'est-ce pas toi, ma chérie, qui exagères un peu à présent? N'es-tu pas particulièrement indulgente envers ce jeune homme?

— Pas du tout! Toute la critique pense comme moi, et tu le sais bien. Ah, tu aurais dû l'entendre quand il était de passage à Stockholm.

Erling soupira :

— J'étais retenu à l'Institut, ce soir-là; mais toi, tu l'as entendu, tu l'as vu.

— Oui, il y a déjà une dizaine de mois de cela... Grâce à Hanna, j'avais appris que le « célèbre violoniste allemand » Hugo Stiffenacker allait interpréter le *Concerto* de Mendelssohn. Naturellement, j'y suis allée.

— Une soirée extraordinaire, certainement. Tout Stockholm, tous mes confrères en ont parlé. J'ai bien regretté de n'avoir pas été là.

— Tu te sacrifies à ta tâche...

— Il le faut!

— De temps en temps, tu devrais dételer.

— Le cancer, lui, ne dételle jamais.

— Deviendrais-tu un fanatique, Erling, un Torquemada de la médecine?

— Ma charge est écrasante. Peut-être ai-je vu trop grand, mais la direction de l'Institut est vraiment un fardeau.

Flavie lui reversa une tasse de café.

— L'invitation de papa arrive au bon moment; enfin, tu vas avoir quelques jours de détente.

— Au bon moment? je ne trouve pas!

— Que veux-tu dire?

— Wainsfield et Halbermann, les deux spécialistes de Chicago, sont attendus à l'Institut pour après-demain.

— Eh bien?

— Ils viennent spécialement pour me communiquer les résultats de leurs recherches.

— Ils pourront discuter avec tes adjoints.

— Curieuse façon de recevoir des gens qui ont franchi l'Atlantique pour entrer en contact.

— Quand même! Ils comprendront que tu ne peux pas rester constamment enchaîné à l'Institut.

— Non, non, ce ne serait pas sérieux.

— Tu aurais donc l'intention de refuser l'invitation de papa?

— Je ne peux pas faire autrement. Tu t'y rendras seule, ma chérie, cela te fera une distraction.

Flavie fut catégorique :

— Non, non et non! Ou bien tu m'accompagnes, ou je reste ici avec toi.

— Quel entêtement...

— C'est toi qui n'es pas raisonnable, Erling! Tu reçois la visite quotidienne de nombreux savants étrangers, du monde entier. L'arrivée de ces deux Américains n'a donc rien d'exceptionnel et ne justifie nullement que nous renoncions...

— Ils ont fait des découvertes importantes, tu le sais bien, ma chérie, tu es au courant de leurs travaux.

— Bergmann pourra te remplacer auprès d'eux; il connaît la question presque aussi bien que toi.

— L'Institut est encore très jeune; le laisser sans direction serait trop risqué.

— Bergmann est l'homme le plus consciencieux que je connaisse; il mettra un point d'honneur à éviter toute perturbation dans les services en ton absence.

— Ce voyage sur la Côte te paraît tellement important?

— Papa serait très peiné de notre abstention.

— C'est vrai...

— Et puis n'oublie pas que nous n'avons jamais vu *Journey's End* autrement qu'en chantier.

— Oui...

— Maman sera si heureuse de nous montrer son jardin, sa volière...

— Et papa nous fera les honneurs de son voilier, le *Trollhättan*.

— Alors, tu acceptes?

— Je ne sais vraiment pas si...

Flavie ne le laissa pas achever :

— Il *faut* que nous y allions, tu m'entends? il le *faut!* Et ainsi, par-dessus le marché, nous aurons quelques jours de détente.

— Et le petit?

— Nous l'emmenons avec nous!

Erling parut pensif :

— Ce déplacement ne sera-t-il pas trop fatigant pour lui? Car nous ne prendrons pas l'avion, mais le train.

— Que vous êtes illogiques, vous autres hommes! s'écria Flavie. Tout à l'heure encore, tu étais déjà prêt à faire de lui un scientifique, maintenant tu veux le traiter comme un bébé. C'est prodigieusement paradoxal!

— Tu sais que, sans être fragile, il est d'une constitution plutôt délicate.

— Justement! Le soleil et l'air de la Méditerranée lui feront beaucoup de bien.

— J'avais encore une autre raison pour ne pas l'emmener...

— Laquelle?

— Mon père meurt d'envie de revoir son petit-fils...

Flavie était complètement déroutée.

— Là, fit-elle, je ne te comprends plus... Car enfin, ce serait, au contraire, une raison pour aller tout de suite au Cap-Ferrat, tous les trois!

Erling livra son secret :

— J'aurais souhaité que mon père vînt à Stockholm; j'ai... j'ai besoin de lui.

La jeune femme comprit que cet aveu avait été

pénible. Elle se garda d'insister; elle savait d'expérience qu'Erling finirait bien par s'expliquer.

— Aurais-tu envie d'une liqueur, mon chéri? demanda-t-elle, pour faire diversion.

— Plutôt un alcool. Un petit verre de cognac, peut-être.

Les bruits de la ville se faisaient plus sourds, plus lointains. Mais l'enseigne publicitaire, de ses flammes rouges, continuait d'inonder les hauteurs du ciel. Quand il eut vidé son verre, Erling ouvrit son cœur à son épouse :

— Notre Institut n'est pas seulement un centre de recherche, mais aussi une clinique; nous admettons des malades atteints de cancers...

— Je sais tout cela. Alors?

— Nous manquons d'expérience, Flavie.

— Nous finirons bien par l'acquérir.

— Oui, mais je ne veux pas que ce soit au détriment des malades que nous avons à soigner *maintenant*. Je suis absorbé par la recherche, tu le sais, et l'organisation rationnelle d'une clinique moderne me dépasse un peu. Nos laboratoires, nos salles de recherche sont des modèles du genre, bon, je l'admets volontiers; mais il reste beaucoup à faire pour le bien-être de nos malades.

— Et comment comptes-tu remédier à cette situation? s'enquit Flavie, vivement intéressée par le problème.

— Il n'y a qu'un seul homme au monde qui puisse nous donner des conseils véritablement utiles.

— Papa!

— Oui, car il ne faut pas oublier une chose : sa clinique, la plus moderne de Stockholm, c'est lui qui l'a créée. Il est donc familiarisé avec tous les problèmes que nous devons affronter.

— Pourquoi ne lui as-tu jamais écrit dans ce sens?

Erling se tut, sirotant son café qui était devenu complètement froid.

— Serait-ce encore votre vieille rivalité?

— Plutôt une question d'amour-propre. J'ai voulu voler de mes propres ailes, j'ai refusé de prendre la direction de la clinique qu'il avait fondée et où j'aurais pu m'installer comme dans un nid, donc, à moi de me tirer d'affaire par mes propres forces!

— Enfantillages que tout cela! trancha Flavie. Papa ne t'a gardé aucune rancune, je le connais mieux que toi, et c'est avec plaisir qu'il t'aidera.

— Encore faudra-t-il qu'il vienne à Stockholm, objecta Erling.

— Je le lui demanderai moi-même, gentiment, quand nous serons là-bas, à *Journey's End,* et je suis sûre qu'il acceptera de venir ici pour une semaine ou deux.

Soudain elle se rappela le télégramme qu'ils avaient envoyé au Cap-Ferrat.

— D'ailleurs, s'exclama-t-elle, comment as-tu pu songer à rester ici, puisque nous avons déjà télégraphié notre oui!

— Je n'avais pas pensé à Wainsfield et Halbermann...

— Oublions-les! Le docteur Bergmann se chargera de les recevoir, sois sans crainte. Donc, c'est d'accord, définitivement, nous partons tous les trois?

Une lueur de tendresse s'alluma dans les yeux d'Erling :

— Oui, murmura-t-il en attirant Flavie contre lui, tous les trois!

VII

Judith Collins vint elle-même au-devant de Jan :

— Je suis très heureuse de vous recevoir à « Santa Monica », mon cher docteur Yvarsen!

Jan fit un geste d'excuse :

— Je suis venu seul, ma femme n'est pas bien.

— Elle est souffrante?

— Ce n'est rien, une migraine...

Il mentait, et il en avait honte. La vérité, c'était que Thérèse ignorait tout de sa visite à la propriété voisine; il ne lui avait même pas raconté comment il avait sauvé la jeune Américaine trop audacieuse d'une mort presque certaine. Non, il avait caché sa rencontre, n'avait soufflé mot de Judith.

« Où en suis-je arrivé? pensait-il, pendant que Judith le conduisait au salon de « Santa Monica » en bavardant gaiement, qu'est-ce qui m'incite à agir si injustement envers Thérèse? Quel démon me pousse? Je sais, il porte un nom : Sigrid... Jamais je ne l'oublierai! Elle était... la séduction même. Envoûtante, grisante... Judith a presque les mêmes cheveux qu'elle, oui... Mais, de visage et de corps, elle est encore plus belle... » En même temps, il interrogeait :

— Comment va cette jambe?

— Mais elle était déjà complètement guérie hier docteur, vous le savez bien!

Il insista :

— Vous ne sentez vraiment plus rien? Plus de tension un peu douloureuse dans les muscles?

— Rien du tout!

Et Judith observa, avec un charmant sourire :

— Serait-ce anormal? inquiétant?

— Non, c'est parfait!

— J'ai déjà fait quelques brasses, aujourd'hui, et je n'ai jamais été plus brillante.

Ils étaient arrivés dans le salon. La jeune fille fit un grand geste circulaire :

— Alors, docteur, s'exclama-t-elle, comment vous plaît ma pièce préférée? Voyez! Une baie s'ouvrant sur la mer, et l'autre donnant sur ma pinède.

— Elle est à votre image, cette pièce. miss Collins. C'est-à-dire qu'elle est très belle.

Judith le menaça du doigt :

— Voulez-vous être sérieux!

« Tu es ridicule, mon pauvre ami, ridicule... A ton âge, faire la cour à cette jeune fille, c'est... répugnant! Que faire? Extirper cette passion que je sens naître en moi, ce désir fou! Si je le pouvais, oui... »

— Et les meubles, vous les aimez?

— Beaucoup, dit Jan d'un air approbateur. Ils sont clairs, sobres, ils s'effacent en quelque sorte devant la magnificence du site qui fait irruption de toutes parts.

Il laissa errer son regard :

— Quelle luminosité! Je dois vous avouer que je vous envie ce salon, il est splendide!

Judith était ravie :

— Et mes fauteuils anglais, fit-elle avec le sourire heureux de la jeune maîtresse de maison qui tient à faire admirer son intérieur, n'est-ce pas qu'ils sont confortables?

— Cela, je vous le dirai tout à l'heure.

Jan désigna l'imposant piano qui occupait tout un angle de la pièce :

— C'est un instrument superbe que vous avez là...

— Un Pleyel! Ils me l'ont fabriqué sur commande spéciale; je voulais qu'il fût exactement du même bois que mes autres meubles.

— Et la sonorité?

— Sublime!

— Décidément, vous êtes comblée, miss Collins.

Judith fit la moue :

— Hugo n'aime pas mon piano.

— Et pourquoi donc?

— Il dit que c'est un instrument « à la Hollywood » trop voyant pour son goût; il voudrait me le faire changer contre un piano de concert noir. Quel homme!

— Hugo Stiffenacker, ne deviez-vous pas me le présenter? s'étonna Jan.

Judith était confuse :

— Figurez-vous, docteur, qu'il a disparu, cet être impossible!

— Disparu?

— Oh, il n'est pas très loin, quelque part dans le parc... Il adore s'y promener, rêver sous les arbres.

— Il est vrai que vous avez une très grande et très belle propriété.

— *Trop* grande, puisqu'on peut y disparaître! Je lui avais pourtant dit que vous viendriez cet après-midi, je lui avais demandé de rester au salon. En vain! Il n'en fait qu'à sa tête!

— Laissons-le à ses méditations.

— Oui, oui, il ne faut pas le déranger! D'ailleurs, je suis sûre qu'il apparaîtra d'un moment à l'autre... Asseyez-vous, docteur! Ici, tenez, c'est le fauteuil le plus confortable de la maison.

Elle s'assit en face de lui :

— Qu'allons-nous faire? Prendre le thé immédiatement ou bien attendre Hugo?

— Attendons, attendons...

— Vous allez me parler de vous, docteur.

— De moi? Sujet peu intéressant.

— Toujours cette affreuse modestie!

— Non, non, la vérité. J'ai eu une vie très chargée, mouvementée même, mais enfin, ce fut une vie de médecin, c'est-à-dire passée surtout dans des cliniques et des hôpitaux.

— Destin admirable, pour un homme!

— Peut-être... Mais à une jeune fille aussi saine que vous, aussi remplie d'élan vital, on ne vient pas parler de salles d'opération ou de procédés d'anesthésie.

— Me jugeriez-vous frivole?

— Je ne pense pas.

— Alors, pourquoi de tels sujets m'ennuieraient-ils? pourquoi les éviteriez-vous?

— Parce que vous êtes américaine.

— Je ne comprends pas, docteur.

— Parce que vous êtes américaine, que vous aimez l'Europe, que vous êtes venue *vivre* en Europe.

Judith ne comprenait toujours pas :

— Voudriez-vous m'expliquer le fond de votre pensée? Je vous avoue que je ne vois pas bien...

— Vous me permettez une question?

— Je vous en prie!

— Qu'est-ce qui vous attire en Europe?

La jeune fille regarda, rêveuse, vers la mer :

— Ce qui m'attire?

Elle se tourna à nouveau vers Jan. Et lui, pour éviter ce regard qui éveillait tant de souvenirs en lui, les souvenirs de sa première, de sa plus forte passion, il baissa légèrement la tête.

— Ce qui m'attire vers l'Europe? Mais, son art, sa poésie.

— C'est bien ce que je pensais, fit Jan. Vous aimez chez nous tout ce qui vous manque là-bas.

— Certainement, mais je ne vois toujours pas le rapport...

— Vous allez comprendre!

Et Jan expliqua :

— Aux Etats-Unis, vous avez d'aussi bons médecins, sinon meilleurs, que nous en Europe. Vos cliniques — pensez à la « Mayo Clinic » de Rochester, par exemple — et vos laboratoires sont beaucoup mieux équipés que les nôtres. La plupart des prix Nobel de médecine vont à des Américains.

— C'est vrai, mais pourquoi me dites-vous tout cela?

— Pour vous démontrer que, ne manquant ni de médecins ni de bonnes cliniques aux U.S.A., ce n'est donc pas cela que vous êtes venue chercher ici.

— Sans doute pas, non.

— Si vous deviez tomber gravement malade — ce qui me paraît tout à fait exclu —, où iriez-vous vous faire soigner? Répondez-moi franchement.

La jeune fille hésita une minute, puis répondit :

— Je pense que j'irais à New York, Chicago ou Rochester.

— Vous voyez!

— Qu'est-ce que cela prouve?

— Que vous ne venez pas chez nous pour rencontrer des médecins, des ingénieurs ni des techniciens...

— Vous exprimez cela un peu brutalement.

Jan ne se laissa pas interrompre :

— ... ni pour entendre parler de cliniques, de laboratoires ou de centres de recherche scientifique, puisque vous avez tout cela chez vous, et tellement mieux.

— Vous analysez mes besoins d'une manière beaucoup plus lucide que moi-même, docteur, mais je dois convenir que ce que vous venez de dire est parfaitement juste.

— C'est l'évidence même, fit Jan avec, dans la voix, une certaine amertume que Judith ne perçut pas; en Europe, vous êtes plutôt attirée par des hommes comme Hugo Stiffenacker, c'est-à-dire par des musiciens, des poètes, des artistes, des penseurs... Qu'iriez-vous faire des confidences d'un vieux médecin à la retraite!

Judith répliqua d'une voix très ferme :

— D'abord, docteur, vous n'êtes pas vieux...

— Si, hélas!

— En ce cas, vous ne le paraissez pas.

Les pensées de Jan galopèrent. « Vous ne le paraissez pas », qu'elle était gentille! Un être exquis, adorable, *désirable.* Pourquoi donc eût-il cherché à détruire cette passion qu'il sentait naître au fond de lui? La vie ne le conviait-elle pas à un nouveau festin? Les mots de joie, de bonheur, cessaient-ils jamais d'avoir un sens? Pourquoi se fût-il détourné de cette fleur rare rencontrée sur son chemin? Judith n'était-elle pas la réincarnation de Sigrid, de cette Sigrid qu'il n'avait jamais cessé de désirer, secrètement, obstinément, passionnément? Judith-Sigrid, Sigrid-Judith...

— J'aimerais vous entendre au piano, dit-il brusquement.

— La fameuse *Sonate* de Mozart?

— Ce que vous voudrez.

— Vous n'avez pas de préférence?

Jan ne dissimula pas sa pensée :

— L'essentiel, c'est que *vous* soyez l'interprète...

Le sens profond de cette réponse échappa à la jeune fille. D'un ton un peu désabusé, elle remit les choses au point :

— Vous me surestimez, docteur, je ne suis pas une virtuose.

— Vous êtes pourtant à bonne école.

— Hugo n'aime pas tellement le piano. Mais..., dites-moi, quel est votre musicien préféré?

Jan réfléchit :

— Il est difficile de répondre à cette question.

— Pourquoi?

— Quand vous aurez mon âge, miss Collins...

Elle l'interrompit :

— Que je n'aime donc pas ce « miss Collins »!

Et elle ajouta, rieuse :

— Ça fait « nurse anglaise », vous ne trouvez pas?

Jan était déconcerté :

— Comment voulez-vous que je vous appelle?

— Judith, voyons! C'est tellement plus simple.

— En Europe, nous...

Elle ne le laissa pas achever :

— Oubliez un instant que vous êtes sur ce cher vieux continent. Les manières américaines ont aussi du bon, croyez-moi.

Jan s'inclina :

— Bien, bien, Judith, comme vous voudrez.

— Maintenant, je vous écoute.

Il reprit :

— Quand vous aurez mon âge...

Puis il se tut encore.

— Ah, ah, fit-elle, n'oseriez-vous pas?

— ... Judith, vous saurez qu'on a nécessairement *plusieurs* musiciens préférés.

— Vraiment?

— Oui, car à chaque époque de la vie, je dirais même plus justement à chacun de nos états d'âme, correspond une certaine musique. Quand on est jeune, on est très exclusif et catégorique dans ses jugements; avec la maturité vient nécessairement un éclectisme très nuancé. C'est presque infaillible.

— *Please explain!*

— A certains moments, j'aime la rigueur de la composition classique, donc Bach — que l'on appelle à tort un musicien baroque; mais si je me trouve dans un état plus exalté, ou si, au contraire, je suis enclin à la mélancolie, ma préférence ira à Chopin. Enfin, à d'autres moments, je choisirai Mozart ou Beethoven.

— A d'autres encore, enchaîna la jeune fille, moqueuse, Mendelssohn ou Schubert.

— Mais oui, parfaitement!

— Quelle sagesse! Quel équilibre!

— Il vous viendra, à vous aussi.

— Je ne suis pas tellement pressée, dit-elle en souriant.

Mais, aussitôt, elle revint à la charge :

— Et en poésie, vous n'avez pas de préférence très marquée, non plus?

Jan soupira :

— Vous me faites passer un véritable examen culturel...

— Puisque vous ne voulez pas parler médecine ou chirurgie, que me reste-t-il d'autre, mon cher docteur? Musique et poésie.

Un peu ironique, elle rappela :

— Comme il sied d'ailleurs, selon vos propres paroles, si pertinentes et raisonnables, à une jeune Américaine amoureuse de l'Europe.

Et, de nouveau, elle passa à l'attaque :

— Alors, votre préférence poétique?

Jan, dans ce domaine, n'éprouvait aucune hésitation :

— Shakespeare!

— A tous les moments de votre vie? Et pour exprimer tous vos états d'âme?

— Tous, sans exception!

« Elle est très, très taquine, mais combien ravissante! »

Judith se fit câline :

— Dites-moi quelque chose de lui, docteur, je vous en prie, et, en récompense, je vous jouerai la *Polonaise fantaisie* de Chopin.

Jan toussa, légèrement gêné, craignant le ridicule.

— Voyons, faites-moi ce plaisir!

Alors Jan oublia ses scrupules. D'une voix un peu sourde, appuyant sur les désinences, avec son accent chantant de Suédois, il se mit à réciter :

Devrais-je te comparer à une journée d'été?
Tu es plus aimable, et plus douce aussi.
Par des vents trop rudes, les bourgeons de mai sont [secoués
Et le temps de l'été est, hélas! trop mesuré :
Quelquefois l'œil du ciel brille trop ardemment,
Et son teint doré se trouve assombri trop souvent;
Car toute beauté, un jour, de la beauté s'éloigne,
Abandonnée par une trop capricieuse nature;
Mais ton éternel été jamais ne devra cesser

Ni jamais perdre toute cette beauté qui est tienne;
Et jamais tu ne pénétreras dans l'empire de la Mort,
Puisque par ces vers tu entreras dans l'éternité du temps.
Tant qu'il y aura des hommes pour respirer et des yeux
[pour voir,
Durera ce poème et vivra ta mémoire.

Quoique légèrement troublée, Judith ne se rendait pas compte de la portée personnelle que Jan avait voulu conférer au poème.

— Que ces vers sont beaux et touchants, dit-elle. De quelle pièce de Shakespeare sont-ils extraits?

— D'aucune! Il s'agit en fait du dix-huitième sonnet. Après ce pensum, je pense avoir droit à Chopin, non?

— Je vais jouer uniquement pour vous, docteur, aussi j'espère que vous serez indulgent.

Judith alla s'asseoir devant son piano et plaqua les premiers accords de la *Polonaise fantaisie,* opus 61, de Chopin. Jan, dans son fauteuil, ne la voyait que de dos. Et c'est ainsi que le mirage put s'accomplir... Cette silhouette devant le clavier, cette chevelure dorée, c'était Sigrid, sa fiancée. Et qui était Jan? Un jeune étudiant en médecine, coiffé de la casquette traditionnelle en usage dans les universités suédoises. Sigrid et lui venaient de faire une promenade enivrante auprès du Trollhättan. Qu'ils étaient heureux, comblés! Pas un nuage à l'horizon, rien que de la joie!

Le fauteuil de Jan faisait face à la baie vitrée donnant sur la pinède. Le site méditerranéen se mua peu à peu en un paysage nordique, les pins italiens s'effacèrent sous l'image des sapins... Comme à l'accoutumée, Sigrid jouait d'un jeu nerveux, d'une manière fortement appuyée, hautaine et volontaire. Chopin sûrement avait interprété cette œuvre, sa dernière polonaise, de la même façon, dans quelque salon très fermé de Paris. Avec, sur les lèvres, cette moue de mépris qu'il avait toujours. George Sand, Delacroix, Balzac ou Liszt, l'entouraient.

Chopin et Shakespeare s'effacèrent. Que restait-il maintenant? Un homme auprès de celle qu'il aimait passionnément : Jan et Sigrid. Toute la vie s'étalait devant eux, le charme féerique de l'avenir, le goût grisant de l'inconnu. Un homme et une femme qui s'aiment, n'est-ce pas un univers? Aux oreilles de Sigrid mugit encore le Trollhättan, sur ses joues elle sent encore le feu des baisers de Jan : elle flotte dans une félicité infinie, dans une extase ailée. Qu'importait donc que cette Sigrid-là, fidèle et sincère, n'eût jamais existé? Maintenant, elle *vit* dans l'imagination de Jan Yvarsen. Qu'est devenu le célèbre chirurgien? Grâce au charme trompeur de la musique du plus grand poète du piano, il n'y a plus là qu'un jeune étudiant. Oui, qu'importe la réalité si nous pouvons lui préférer le rêve!

« Ma Sigrid, si tu savais comme je t'aime! Tes cheveux, ce ruissellement de fils d'or, ce torrent de feu, je voudrais m'y noyer, m'y perdre! Et la courbe de tes épaules, quelle œuvre d'art pourrait se vanter d'en égaler la perfection? Et tes yeux, lacs profonds, étangs mystérieux et inquiétants au fond desquels miroitent de délicieuses promesses de tendresse, d'affection, de passion! Mon ensorcelante, mon envoûtante Sigrid... Ma fière fiancée, mon soleil, mon ciel, ma vie! Quand nous serons mariés, nous continuerons à nous donner ces rendez-vous auprès du Trollhättan, auprès de *notre* torrent, comme de jeunes amoureux, comme des collégiens. Et nous écouterons le chant grave et puissant des eaux, joue contre joue, tendrement enlacés. Nous serons seuls au monde! »

Ainsi, oublieux de l'expérience de toute sa vie, Jan

sombrait dans un songe insensé et malsain. La voix de la raison l'avertissait qu'il allait trop loin, que le rêve prenait dangereusement le pas sur le réel; mais il n'écoutait guère, il ne *voulait pas* écouter. Ce rêve était si doux, il était si doux de s'y abandonner, comme à une drogue, un savoureux poison! Sigrid... Sigrid...

— Je devrais ne plus penser à elle.
— Comme si c'était possible!
— Mais enfin, elle est mariée!
— Qu'importe, puisque je l'aime...
— Son mari est jeune, beau, dynamique.
— Bah, un homme de laboratoire!
— Elle avait l'air, pourtant, d'être parfaitement heureuse.
— Un masque, peut-être...
— Elle est biologiste, elle a le bonheur de partager les travaux de son mari.
— Oui, mais elle est aussi passionnée de musique!
— Il est honteux de vouloir jeter le trouble dans une âme si pure, si loyale.
— Comme si la passion pouvait s'embarrasser de pareilles considérations!
— Il faut garder la mesure.
— La mesure est l'affaire des tièdes, des médiocres!
— Des phrases...
— La passion, la vraie, écarte nécessairement tout ce qui n'est pas elle!
— Ils ont un enfant, y as-tu seulement songé?
— Je ne veux pas le savoir!
— Les œillères de l'amour...
— J'aime Flavie, oui, je l'aime!
— C'est de la démence!
— Une folie bien douce.
— Tu vas te couvrir de ridicule.

— Eh quoi! Ne suis-je pas encore plus jeune et au moins aussi beau que ce rat de laboratoire?

— Tu oses insulter cet homme qui t'a toujours témoigné de la sympathie, là-bas, à Hambourg, quand tu étais encore un « rien du tout »?

— Il est le mari de Flavie, donc je le hais!

— La haine est un sentiment bas.

— Au contraire, elle prouve l'énergie, la force, la confiance en soi!

— Quel aveuglement!

— Quelle déception! J'avais accepté l'invitation de Judith parce que je croyais, dans mon fol espoir, que ses voisins suédois, ces Yvarsen, n'étaient autres que le couple de Hambourg. Mais d'après la description qu'elle m'a faite de cet homme hier soir, il ne peut s'agir d'Erling Yvarsen. D'ailleurs, suis-je bête! Celui-ci s'appelle Jan...

— Donc, tu ne rencontreras pas Flavie; c'est un signe du destin; il faut l'oublier.

— Jamais!

— Ce genre d'entêtement amène les catastrophes.

— Elle était si belle, si radieuse, à Stockholm... Sa présence illuminait toute la salle. En robe du soir, une fleur exotique. Et une femme pareille appartiendrait à un manieur de seringues et de cornues? Non, non et non!

— Tu divagues.

— Il y a dix mois, à Stockholm...

— Dix mois, déjà! Son image commence à s'estomper, tu ne distingues plus très bien ses traits.

— Sottises! Son image ne s'effacera jamais, elle est gravée dans ma mémoire.

C'est ainsi qu'Hugo dialoguait avec sa propre conscience. Attiré par la musique comme un papillon par la lumière, il était sorti de la pinède et se dirigeait vers la maison. Derrière lui, dans les pins ensoleillés, les cigales en transe faisaient entendre leur cri strident et monotone. Hugo décida à part soi que cet accompagnement ne valait absolument rien pour la *Polonaise fantaisie* de Chopin, que ces cigales n'avaient aucun sens de la musique, qu'elles auraient bien mieux fait de se taire. Ces insectes instrumentistes lui rappelèrent une fable française; ce La Fontaine, pensa-t-il, avait été peut-être un moraliste très perspicace, mais sûrement aussi un bien piètre naturaliste, puisque après sa longue existence larvaire et souterraine, la cigale ne vit et ne chante qu'un seul été. Comment irait-elle mendier l'hiver, saison où elle est déjà morte?

— Elle joue assez bien, quand même, Judith. Il faut dire aussi que Chopin lui convient beaucoup mieux que Mozart.

— Flavie, aussi, était bonne pianiste...

— Ne pense plus à cela!

— Quelle naïveté puérile de croire que jamais je puisse oublier Flavie!

— Pourtant, la raison...

— Au diable, la raison!

— Tu trouves donc plus agréable de vivre dans ce tourment incessant, qui te mine, qui te détruit?

— Un *doux* tourment.

— Imbécile!

— Une *enivrante* torture.

— C'est lamentable...

— La souffrance est, à l'homme qui aime, ce que l'eau est au poisson : son élément naturel.

— Etrange philosophie!

— J'aime mieux souffrir pour une femme telle que Flavie, que d'être bêtement heureux avec une petite oie quelconque.

— Il n'y a pas de petites oies quelconques! *Toute* jeune fille peut être digne d'amour.

— Ça, c'est de la morale abstraite... Mon cœur, lui, est chose vivante, palpitante! A lui de me guider.

— Ne l'écoute plus, il te conduira à ta perte!

— Des fadaises...

— Cette femme est ton mauvais génie.

— Rien n'est moins vrai! Flavie a été mon *bon* génie! N'est-ce pas à cause d'elle que j'ai quitté Hambourg et l'existence médiocre que je menais alors? N'est-ce pas surtout pour elle que je suis devenu ce que je suis?

— Ton talent se serait manifesté tôt ou tard.

— Mais quand je travaillais mon violon, c'est elle que je voyais, c'est *son* image qui m'inspirait, me stimulait, m'incitait à rechercher toujours le meilleur!

— Tu as toujours eu beaucoup de volonté...

— Je voulais lui prouver, à elle, que j'étais autre chose qu'un petit bonhomme excentrique, qu'un contrebassiste fantasque..., que moi aussi, j'étais « quelqu'un »!

— Tu ne la verras plus jamais.

— Qu'est-ce que j'en sais! Ce Jan Yvarsen est peut-être un parent du rat de laboratoire...

— Cesse d'insulter cet homme!

— Il n'est pas digne de Flavie!

— Un obsédé, tu n'es plus qu'un obsédé.

— J'aime. L'amour n'a-t-il pas toutes les excuses? Ne faut-il pas lui pardonner même ses excès?

— Si Flavie a épousé cet homme, c'est qu'elle ne le jugeait pas indigne d'elle.

— Elle l'a épousé? Oui, oui, bien sûr, et qu'est-ce que cela prouve? Il s'agissait peut-être d'un mariage arrangé, *imposé,* par ses parents; tout est possible.

— Plus à notre époque! Et puis..., en Suède, Yvarsen est probablement un nom très répandu; il y a donc très peu de chances que ce Jan soit un parent du mari de Flavie.

— Pourtant, il est médecin, lui aussi; n'est-ce pas une singulière coïncidence?

— Des chimères...

Hugo n'était plus qu'à quelques pas de la maison; il s'arrêta, subjugué par la musique qui déferlait vers lui. Ah, ce Chopin, pourquoi était-il resté prisonnier du piano, pourquoi n'avait-il rien écrit pour le violon? Ces accords plaintifs et déchirants, toujours un peu hautains, jamais mièvres, lui allaient droit au cœur. Hugo sentait instinctivement que, de tempérament, de caractère, il devait être très proche du génial Polonais; jamais, pourtant, il ne pourrait ambitionner d'interpréter aucune œuvre de ce grand musicien qui, en dehors de quelques pièces mineures de musique de chambre, n'avait rien composé pour son instrument. Cette idée le navrait.

Hugo s'immobilisa sur le seuil du salon. Il s'était senti traversé par un frisson d'espoir... Cet homme âgé, au visage fascinant, bronzé, dans lequel la vie avait buriné les rides amères de l'expérience, cet homme imposant était sans nul doute le père d'Erling Yvarsen! La ressemblance était frappante; ce qu'ils avaient surtout en commun, c'était cette expression de force indomptable, de volonté irrésistible, de dédain pour toute faiblesse.

Cependant, le violoniste était intrigué par l'étrange attitude du docteur Jan Yvarsen. Judith était complètement absorbée par son jeu. Le regard du Suédois était rivé sur elle. Pourtant, au-delà d'elle. Comme fixé sur un point très lointain de l'horizon, au-delà des pins et du ciel de Provence. Quelle était donc la vision qui le tenait captif?

VIII

La jeep d'Henry Murray, l'ami anglais de Norbert, s'arrêta devant le bungalow où Ide jadis avait porté le deuil de James Starner. Norbert apparut sur la terrasse :

— Salut, Henry! Comme toujours, tu es précis comme un chronomètre suisse!

Murray resta immobile derrière son volant :

— Si tu tiens à voir des lions, fit-il de sa voix rude et enrouée, ne perds pas de temps, monte!

— Ide demande si tu ne voudrais pas venir prendre une tasse de café, avant le départ.

Murray secoua la tête :

— Ce n'est pas possible, *old man,* il faut partir au plus vite; nous avons un très long trajet devant nous. Remercie ta femme de ma part et dis-lui que je m'invite à dîner pour ce soir.

— Parfait, elle sera enchantée!

Norbert disparut à nouveau à l'intérieur de la maison. Henry Murray s'impatienta :

— *Come on, come on!* s'écria-t-il, le soleil est déjà levé, et nous sommes encore là à traîner.

Le peintre ressortit en courant et grimpa dans la jeep :

— Tu ne vas tout de même pas m'empêcher d'embrasser Ide avant de partir! fit-il. D'ailleurs, il a aussi fallu que je calme Ulysse, mon doberman, qui voulait absolument nous accompagner.

— Pourquoi n'as-tu pas voulu l'emmener? demanda Murray en lançant la voiture à toute vitesse sur la route qui menait à la brousse.

— Il nous aurait gênés, voyons! Je t'ai dit que je voulais voir les lions de très près.

— Pour leur faire des caresses?

— Idiot, va!

— A propos de ton chien, il y a une chose que je n'ai jamais très bien comprise...

— Questionne!

— Tu l'avais acheté en Grèce, n'est-ce pas?

— Je ne l'ai pas acheté, je l'ai *trouvé,* à Mikonos; c'était un chien abandonné.

— Tu séjournais là-bas avec ta femme et ton beau-père, non?

— Avec Ide et Jan Yvarsen, oui, mais nous n'étions pas encore mariés.

— Je sais, je sais... Et c'est en revenant que vous avez fait naufrage en Méditerranée...

— Oui! Notre bateau, un vieux cargo rouillé qui osait s'appeler le *Stella Gothica,* s'est fait éventrer au large de Messine.

— C'est presque incroyable, en Méditerranée...

— C'était la nuit, et il y avait du brouillard.

— Mais enfin, et les feux réglementaires? Tu ne vas quand même pas me dire que la visibilité était aussi mauvaise qu'à Londres par un jour de *fog?*

— Le capitaine n'avait pas jugé utile d'allumer les feux.

Murray secoua la tête, incrédule :

— *I can't believe it!* Je ne puis le croire!

— C'est pourtant la stricte vérité!

— Fantastique! Drôle de bateau, et drôle de capitaine.

— Il était drôle, en effet, ce capitaine... Un petit homme maigre, au visage froissé et ratatiné, et qui fumait tout le temps de gros cigares de La Havane.

— Qu'est-il devenu?

— Il a été recueilli, avec le reste de l'équipage, par le cargo italien qui avait éventré le *Stella Gothica.*

— Et vous-mêmes, vous avez été sauvés par un navire de guerre britannique, c'est bien cela?

— Oui, par un croiseur de la base de Malte.

Et Norbert ajouta, pensif :

— Quelle nuit, je ne l'oublierai jamais... C'est là qu'Ide et moi, nous nous sommes fiancés officiellement, avec l'assentiment de son père.

— Dans le canot de sauvetage?

— Oui.

— Alors que vous étiez perdus en pleine mer?

— Cela paraît invraisemblable, n'est-ce pas?

Murray eut un sourire moqueur :

— Mais non, *old man*, mais non, puisque tu es peintre et que tout est permis aux artistes!

Puis, retrouvant son sérieux habituel, il demanda :

— Combien étiez-vous donc à bord de ce canot?

— Voyons un peu, fit Norbert, il y avait là Jan Yvarsen, Ide, nos amis anglais Cora et Stephen, un marin italien, et moi-même.

— Et il n'y avait personne d'autre dans cette barque, ni homme ni bête?

— Mais non...

— Donc, voici ma question : où se trouvait ton chien Ulysse au moment de ce naufrage?

— C'était donc cela qui t'intriguait?

— Oui!

— Et tu n'as jamais eu l'idée de me poser cette question auparavant?

— L'occasion ne s'était pas présentée, sans doute. Je te fais seulement remarquer que j'attends toujours ta réponse.

— Elle est très simple : Ulysse était resté au Pirée, il ne nous avait pas accompagnés sur le *Stella Gothica.*

— Pourquoi?

— Il était retenu en quarantaine.

— Parce qu'il était malade?

— Pas du tout! Mais il y avait, en ce moment, une certaine épidémie en Grèce, et pour sortir le chien du territoire hellénique et le faire entrer en territoire italien, il fallait un certificat médical que je n'ai pas pu obtenir immédiatement.

— *I see,* je comprends...

— Ulysse est donc resté là-bas, en très bonnes mains, et je ne l'ai retrouvé qu'une semaine plus tard, à Naples, où il avait été transporté par un paquebot des Messageries. Là, tu es content? le mystère d'Ulysse est complètement élucidé?

— *Yes, old man!* Et voici l'endroit où nous allons quitter la route!

La jeep s'engagea sur la piste menant à la brousse. Placé au bord de la route, un gigantesque panneau annonçait l'entrée d'une « Réserve naturelle ».

— A partir d'ici, toute chasse est interdite, fit Murray. Les amendes prévues en cas de contravention décourageraient Nemrod lui-même!

— Cela ne nous concerne pas, répliqua Norbert, nous ne sommes pas venus pour tuer!

— Tu n'aimes pas les chasseurs, n'est-ce pas?

— Ils me sont souverainement antipathiques, et je serais très heureux de voir surgir des panneaux pareils sur tous les lieux du monde où des animaux vivent en liberté. Et qu'on double, qu'on triple même les amendes, tant mieux!

— Pourtant, la protection de nos troupeaux nous oblige parfois...

Norbert interrompit son ami, sa voix trahissait une certaine irritation :

— Parlons d'autre chose, veux-tu?

Vexé, Murray se contenta d'émettre un vague grognement, en guise de réponse. Norbert sourit, il savait bien que l'incident serait vite oublié, que la bonne humeur de Murray reviendrait au galop.

Après avoir traversé d'immenses herbages aux perspectives sans fin, la piste s'introduisit sous la voûte sombre, compacte, impressionnante, de la forêt. Cachés dans les branchages mais toujours aux aguets, les singes se mirent à poursuivre la voiture en glapissant et ricanant.

— Quel tapage, grommela Murray, on se croirait à

Piccadilly Circus, aux heures de pointe du trafic londonien.

— Nous avons probablement dérangé ces messieurs...

— Dérangé? Penses-tu! Ils adorent ça! Ces animaux sont toujours à l'affût, guettant la moindre occasion de pouvoir se déchaîner et faire du vacarme.

Norbert regarda autour de lui, d'un air radieux :

— Quel plaisir de rouler à travers la forêt et la brousse, par cette splendide matinée! Toute cette nature qui respire et s'épanouit, toutes ces bêtes qui donnent libre cours à leur joie de vivre! Nous venons d'entrer au Paradis, Henry.

— Tu ne regrettes donc jamais ton Canada natal? demanda Murray d'un ton un peu étonné.

Norbert ferma les yeux :

— Quand je pense au Canada, je vois un paysage de neige, j'entends les grelots d'un traîneau et la voix claire et chantante de ma sœur Flavie. Peut-être, en effet, que je ressens aussi un certain pincement au cœur...

Il rouvrit les yeux, et son regard se porta avec une joie non dissimulée sur le site grandiose qui s'étendait maintenant devant eux. La jeep venait de quitter la forêt et roulait de nouveau en pleine brousse. Des herbages ondulants sous la brise du matin, d'énormes baobabs isolés çà et là, des collines dorées par le soleil, des troupeaux d'antilopes et de gazelles qui fuyaient, de dolentes girafes... C'était l'Afrique, avec tous ses sortilèges. Et les lions ne devaient plus être loin.

— C'est ici, fit Norbert, c'est dans ce pays, que j'ai trouvé le bonheur véritable.

— Et la Grèce? Mikonos?

— La Grèce, pour moi, c'est d'abord un horizon marin semé d'îles aux noms prestigieux, et puis c'est l'endroit où j'ai réussi ma première œuvre vraiment importante.

— Cette toile monumentale qui décore maintenant un musée océanographique canadien?

— Oui, et qui est intitulée *la Mer*.

— Et pourquoi donc préfères-tu le paysage africain à ceux du Canada et de la Grèce? Il doit y avoir une raison.

— Une raison? C'est difficile à expliquer...

— Essaie quand même!

Norbert réfléchit, puis parla lentement :

— Ici, la nature n'a pas encore été souillée par l'homme; ici, la terre est restée vierge, nos techniques ne l'ont pas encore violée; ici, l'être humain peut vivre en harmonie avec les animaux et les plantes. Mais pas le chasseur! pas le négociant! Pas celui qui vient pour tuer, ni celui qui vient pour trafiquer!

— Qui alors? L'ermite?

— Tu crois plaisanter. C'est ici pourtant que j'ai compris qu'il est parfaitement possible de vivre comme ces anachorètes dont nous parle la tradition chrétienne...

— En parfaite amitié avec tous les animaux?

— Oui, car de même qu'il n'y a pas d'hommes « sauvages », il n'existe pas de bêtes « sauvages »; en revanche, ce qui existe bel et bien, ce sont les imbéciles qui se hâtent de condamner avant d'avoir tâché de comprendre.

— Qu'un saint puisse parvenir à vivre en bonne entente avec un lion ou avec un serpent, je le veux bien, objecta Murray. Un saint, soit, mais pas le commun des mortels! Il me semble que ton amour des bêtes et de la nature te mène un peu bien loin.

— J'exagère? Tu n'as pas entendu parler de ces villages d'indigènes qui ont conclu de véritables pactes de non-agression avec *leurs* lions?

Murray haussa les épaules :

— On raconte tant de choses!

— J'y crois! j'y crois!

A ce moment seulement, Norbert remarqua la lourde carabine à répétition que son ami tenait posée sur ses genoux; il la désigna avec irritation :

— Pourquoi cette arme?

— Je ne suis ni un saint ni un artiste, il faut donc que je prenne mes précautions.

— Tu es pourtant un ami des bêtes, toi aussi?

— Bien sûr! Mais tu parles comme un enfant...

Norbert flamba :

— J'en suis heureux! car en tout artiste subsiste une parcelle de son âme d'enfant, et c'est précisément ce qui fait sa valeur!

— Me laisseras-tu parler?

Le peintre acquiesça de la tête.

— Cette arme-là, expliqua Murray, ce sont mes griffes! N'étant moi-même qu'un simple planteur, et n'ayant donc pas la prétention d'amadouer les lions par ma sainteté, je suis obligé d'avoir cette arme pour me défendre. Et je dis bien, *pour me défendre!*

Têtu, Norbert grommela :

— Tu as tort, tu as tort...

Puis il ajouta :

— Moi, je viens en homme pacifique, sans aucune arme meurtrière, et c'est pourquoi aussi les fauves m'accueilleront d'une manière pacifique...

— Rêveur! Idéaliste!

Soudain, Norbert posa la main sur le bras de son ami :

— Ralentis! arrête!

— Que se passe-t-il?

— Ils sont là, je les sens.

— Les lions?

— Oui!

Murray débraya et coupa le contact. Norbert sortit de la voiture, muni de son bloc à croquis.

— Reste ici, dans la jeep! s'écria Murray.

— Je ne risque rien, voyons!

— Qu'en sais-tu?

Norbert haussa les épaules :

— Tu sais bien qu'ici, dans la « Réserve », les lions n'ont jamais attaqué personne; souvent, ils restent couchés au bord de la piste et regardent passer les voitures avec une complète indifférence.

— Tu raisonnes comme...

Le peintre se retourna et lança, ironique :

— Je sais : comme un enfant! En somme, tu voudrais me donner une leçon de lâcheté, *old man,* n'est-ce pas?

— Il n'est pas question de lâcheté, mais de prudence!

— Aujourd'hui, je veux les croquer de près, tu comprends? C'est pour cela que je suis venu, et ce n'est pas maintenant, une fois arrivé au but, que je vais reculer.

Murray leva sa lourde carabine :

— Comme tu voudras, fit-il, mais moi je veille!

— Nous n'aurons guère besoin de cette arme, tu te couvriras de ridicule, mon ami.

— *Well,* répliqua Murray avec son accent un peu traînant, *I'd rather be ridiculous than dead!* (J'aime mieux être ridicule que mort!)

— Tais-toi! fit Norbert avec un geste impérieux.

Les herbes bougeaient... Soudain, à une dizaine de mètres de la voiture une lionne surgit; une bête splendide, qui progressait à pas souples et nonchalants. Un silence oppressant pesait sur la brousse.

— Reviens dans la voiture! souffla Murray.

Mais, déjà, Norbert s'était assis au bord de la piste, en tailleur, le bloc à croquis sur les genoux; son fusain courait fiévreusement sur le papier, il dessinait le superbe animal qui s'approchait d'eux.

— Il est devenu complètement fou, murmura l'Anglais.

Certes, il connaissait la force physique extraordinaire

du peintre, du « géant blond », comme l'appelaient les gens du pays, mais était-ce une raison de vouloir jouer les Daniel?

— Pense à ta femme, lui lança-t-il à voix basse, à ta femme et à ton enfant, et cesse de faire l'imbécile!

Norbert ne répondait pas. Il continuait à crayonner d'une main rapide. Alors, Murray épaula sa carabine. Comme s'il avait deviné les intentions de son ami, Norbert tourna légèrement la tête et, d'une voix à peine perceptible, il le devança :

— Et surtout, ne t'avise pas de tirer sur cette bête! En même temps qu'elle, c'est notre amitié que tu tuerais! D'ailleurs, je suis dans ton champ de mire, tu risquerais de me blesser.

Indécis, Murray baissa son arme.

Quand elle fut arrivée à quelques pas de Norbert, la lionne s'arrêta; elle leva la tête et huma l'air; puis, sans un regard pour le peintre ni pour la jeep, elle se coucha sur la piste et se mit en devoir de se lécher les pattes. Ensuite, après ce brin de toilette, elle bâilla avec ennui, détendit voluptueusement ses membres et se coucha sur le côté. Parfaitement immobile, elle s'offrait aux rayons tonifiants du soleil du matin.

« Je n'ai jamais eu de modèle plus docile! » jubilait intérieurement Norbert. Quant à Murray, il contemplait cette scène ahurissante avec le vague sentiment d'être effectivement ridicule, car sa lourde carabine à répétition paraissait tout à fait déplacée dans cette ambiance paradisiaque, dans cette entente entre le fauve et l'homme. Il regretta vivement de n'avoir pas emporté son appareil photographique : quelle image étonnante n'aurait-il pas pu montrer à ses parents et amis!

Un quart d'heure plus tard, un rugissement s'éleva

dans l'herbe haute : c'était le lion qui appelait sa femelle. La lionne se leva paresseusement, bâilla, s'étira, eut un regard ennuyé pour le peintre, et disparut dans la brousse. Norbert se leva à son tour et revint vers la jeep d'un air triomphant :

— Alors, demanda-t-il à Murray, que penses-tu de cela?

— Je pense que les enfants et les innocents jouissent de la protection particulière des dieux.

— Plaisante-moi. En attendant tu as eu l'air fin avec ta carabine! Ah! vraiment!

Murray acquiesça :

— Je m'en suis rendu compte...

Puis il s'enquit :

— Le butin a été bon?

Norbert brandit son bloc, comme un trophée :

— Plusieurs croquis! des esquisses, des études... Matière première pour une toile sensationnelle!

— Tu as fait vite.

— Il le fallait bien, car enfin, je ne pouvais pas la prendre en laisse.

— Cela ne m'aurait pas tellement étonné! Enfin, l'essentiel est que tu sois satisfait de ton travail.

— Je le suis! J'emporterai ces esquisses à *Journey's End* pour en faire des toiles, car l'inaction m'est devenue insupportable. Ne pas peindre, ne pas dessiner, pour moi c'est un vrai supplice!

— Mais dis-moi, demanda Murray en faisant démarrer la jeep, c'est donc décidé, vous partez pour le Cap-Ferrat?

— Oui.

— Quand?

— Demain!

— Déjà? Et naturellement, vous prenez l'avion?

— Bien sûr.

— Et tu seras heureux de retrouver la Méditerranée?

— Sans doute, mais je sais que je resterai fidèle à l'Afrique du Sud. Ce pays, désormais, c'est ma patrie...

Pendant quelques minutes, ils roulèrent en silence, puis, d'un ton qu'il voulait détaché, Murray dit :

— Tu sais, il faut bien que je l'admette : tu as fait preuve d'un sacré courage face à cette lionne, d'autant que le mâle n'était pas très loin.

— Pourquoi m'aurait-elle attaqué? Cette bête a immédiatement senti que mes intentions étaient pacifiques.

Et Norbert ajouta, pensif :

— Ce sont toujours les pacifiques qui gagnent les vraies victoires... Le sage Lao-tseu l'a bien dit, dans le *Tao-té-king* :

Le ciel est durable et la terre permanente.
La raison pour laquelle ils sont durables et permanents
Est qu'ils ne vivent pas pour eux-mêmes ;
C'est pourquoi ils vivent longtemps.
De la même manière le Sage se tient derrière et il est devant ;
Il s'oublie et il est préservé.
N'est-ce pas parce qu'il n'est pas intéressé
Que ses intérêts sont assurés?

La jeep bondissait sur la piste, tandis que tout au loin, sous le haut ciel d'Afrique, retentissait le chant immémorial du tam-tam.

Le gigantesque oiseau métallique était prêt à s'envoler vers le nord. Sur la passerelle, souriante, l'hôtesse de l'air accueillait chaque voyageur d'un mot gentil. Cependant, Ide n'arrivait pas à se détacher de Fanny, ou plutôt, elle ne *voulait pas* se séparer d'elle. N'était-ce pas la tendre et fidèle épouse de Tom Starner qui allait veiller sur le petit James durant l'absence de ses parents? Elle qui allait chérir cet enfant, beaucoup trop jeune encore pour accompagner Ide et Norbert? Aussi, Ide multipliait-elle les recommandations :

— N'oublie pas qu'il est très sensible au soleil, maman — elle continuait d'appeler ainsi Fanny Starner, depuis qu'elle avait été sa bru — et ne le laisse surtout pas exposé sur la terrasse!

Comme toujours, Fanny était débordante d'aménité. Elle souriait et pleurait en même temps :

— Je n'oublierai rien, ma chérie, tu peux partir complètement rassurée, je resterai toujours aux côtés de notre petit James.

Tom, que l'âge avait encore bronzé davantage et dont le visage raviné et impassible respirait une indéniable autorité, hocha la tête et annonça de sa voix rude :

— Nous veillerons sur lui, tous les deux!

Maintenant que le départ était imminent, Fanny donnait libre cours à son émotion :

— Tu diras à ton père, balbutia-t-elle entre deux flots de larmes, qu'ici nous lui avons tous conservé notre affection, aussi bien à Krittelwerk qu'à Prétoria. Dis-lui que..., dis-lui...

Norbert prit Ide par le bras :

— Il est temps, ma chérie...

Mais Fanny ne l'entendait pas ainsi :

— Et à ta mère, tu diras qu'elle a été mon unique, ma seule, ma grande amie, et que je ne me suis jamais consolée de...

Ide la serra contre sa poitrine :

— Je leur dirai tout cela, oui, maman, et que tu n'as jamais cessé de nous parler d'eux, de nous affirmer combien tu les aimais...

Les pleurs de Fanny redoublèrent :

— Oui, oui, fit-elle entre ses sanglots, et dis-leur aussi qu'ils auraient dû rester ici, en Afrique! N'étaient-ils pas heureux avec nous? N'avaient-ils pas tout ce qu'ils désiraient? Non, il a fallu qu'ils aillent habiter au bout du monde!

La jeune femme corrigea, avec un sourire :

— La Côte d'Azur n'est pas le bout du monde, maman; au contraire, pour eux, le bout du monde, c'est nous.

L'hôtesse de l'air s'approchait d'eux :

— *Would you please step in, we are going to leave in a few minutes! I'm sorry, but you are the last passengers expected. Please!*

— Vous entendez? fit Norbert, impatient, nous sommes les derniers passagers, ils n'attendent plus que nous. Allons, vite!

Après les derniers baisers d'adieu, il fallut bien se séparer, et les jeunes époux s'engouffrèrent dans l'appareil. Quelques secondes plus tard, la passerelle fut retirée, les moteurs mis en marche. L'avion roula lentement vers la piste de décollage, puis il s'élança plus rapidement, étincelant sous le soleil, et bientôt ses roues quittèrent le sol. Le ciel immense l'accueillait, des espaces sans fin s'ouvraient devant lui. Il fonça vers le nord.

Pendant ce temps... Thérèse était assise devant sa volière, pensive, soucieuse. Depuis quelques semaines, son Jan la déroutait, il n'était plus le même. « Je le sens si lointain, si irritable aussi. Comme s'il était rongé par un souci, ou bien par quelque pensée inavouable. Inavouable? Que vais-je donc penser là! Lui qui est l'incarnation même de la rectitude morale! Et pourtant... Souvent, quand il est assis à côté de moi, son esprit est ailleurs, je le devine abîmé dans un rêve; son regard est absent, ses yeux fixent un point de l'espace où je ne vois que vide. Mais lui, qu'y voit-il? Quel peut être ce songe dans lequel il se complaît? » Son petit oiseau préféré, *Couronne-d'Azur,* s'approcha d'elle ; Thérèse appuya sa tête contre les barreaux de la volière et l'interrogea doucement :

— Pourquoi Jan s'éloigne-t-il de moi? Le sais-tu, *Couronne-d'Azur?* M'aime-t-il encore? M'est-il toujours fidèle? Réponds-moi.

Un oiseau, hélas, ne répond pas. Etonné par l'attitude étrange de sa maîtresse, il s'éloigna, l'oublia, alla se percher sur une balançoire et se mit à chanter. Thérèse était seule.

Pendant ce temps... Dans un compartiment de première classe d'un train rapide qui traversait l'Europe du nord au sud, le petit Jan s'était endormi. Flavie et Erling, auprès de lui, se parlaient en sourdine, évoquaient les mille problèmes et difficultés de la lutte acharnée qu'ils avaient entreprise côte à côte contre ce fléau : le cancer. Et le martèlement obstiné des roues sur les rails leur paraissait scander la chanson de l'espoir.

Pendant ce temps aussi... Jan Yvarsen et Yannakos faisaient croiser le *Trollhättan* au large du Cap-Ferrat. Comme il avait remarqué que le « patron » n'avait pas envie de parler, le vieux marin grec se taisait également, ce qui était bien contraire à ses habitudes. « Mais, pensait-il, le silence d'un homme, cela se respecte! » Jan se tenait debout près de la proue, les yeux rivés sur les flots bleus et argentés de la mer; cependant, ce que son regard intérieur voyait, ce n'étaient pas les joyeuses vagues dansantes, c'était un visage de femme, une silhouette de femme.

— Judith, murmurait sa pensée, Judith-Sigrid...

DEUXIÈME PARTIE

IX

Judith vint à la rencontre de Jan :

— Vous? s'exclama-t-elle, quelle heureuse surprise!

Jan la regardait avec un peu de fixité :

— J'avais besoin de vous revoir, de retrouver un peu de paix.

La jeune fille ne comprenait pas :

— Que vous arrive-t-il donc? demanda-t-elle intriguée.

— Nous célébrons l'anniversaire de *Journey's End*...

— Je sais, vous m'avez mise au courant.

Jan désigna de la main la pinède de « Santa Monica » :

— Si nous allions nous promener dans votre bois?

— Avec plaisir!

Jan semblait hésiter :

— Je vous enlève peut-être à votre ami Stiffenacker, non?

— Pas du tout, Hugo travaille.

— On ne l'entend pas, pourtant.

— C'est qu'il fait ses exercices quotidiens sur un « violon muet », répondit Judith en riant.

Jan crut à une plaisanterie :

— Un « violon muet »? Vous voulez m'attraper, je suppose...

La jeune fille secoua la tête :

— Pas le moins du monde.

— Alors, je ne comprends pas.

— Je vais donc vous livrer la clef du mystère, docteur... Un « violon muet » est un instrument sans caisse de résonance; grâce à lui, le virtuose peut s'exercer sans déranger ses voisins.

— Mais l'exécutant, lui, peut entendre ce qu'il joue, n'est-ce pas?

— Bien sûr! Cet instrument est surtout très utile quand Hugo est en tournée, quand il doit préparer ses concerts dans des chambres d'hôtel.

— Je vois, je vois... Ainsi, vous avez un virtuose à domicile, et vous ne pouvez même pas l'entendre.

— Que si! protesta Judith, car, naturellement, il n'est pas venu sans son violon de concert.

— Un instrument de prix, probablement...

Les yeux de la jeune fille brillèrent :

— Oui, un Amati; c'est moi qui le lui ai offert.

Elle se rendit compte immédiatement qu'elle venait de céder à la tentation si américaine de l'ostentation.

— Je ne dis pas cela pour me vanter, docteur, fit-elle en cherchant ses mots, je voulais... simplement...

Jan lui posa la main sur l'épaule :

— Je vous en prie, dit-il, ne vous excusez pas; je comprends fort bien votre enthousiasme pour ce grand virtuose, pour ce musicien si brillamment doué.

— De l'enthousiasme, oui, c'est cela, répondit Judith en rougissant.

— Quel homme heureux, d'avoir une amie aussi généreuse et compréhensive que vous!

— J'ai foi en lui...

Maintenant, ils marchaient sous les pins qui embaumaient, où les cigales chantaient.

— Ne vouliez-vous pas me parler de vous-même, docteur, de vos soucis? J'avais cette impression, en vous voyant entrer dans notre parc. Tout à l'heure, vous faisiez allusion à l'anniversaire de *Journey's End,* à cette fête que vous avez organisée.

— « Fête » est un bien grand mot; j'ai invité mes enfants à venir passer quelques jours en notre compagnie, c'est tout. Il est vrai que nous avons eu une espèce de banquet de famille et que nous avons fait des promenades en mer sur le *Trollhättan...*

— Votre magnifique voilier!

— Un petit yacht plutôt modeste.

— Je lui dois la vie, docteur!

La main de Jan pesa plus lourdement sur l'épaule de Judith :

— Ainsi, vous n'avez pas encore oublié notre rencontre en mer?

— Jamais je ne l'oublierai! Mais, je vous ai interrompu...

Jan reprit :

— Cette fête n'est en somme qu'une réunion de famille, et c'est peut-être pour cette raison qu'elle commence à m'opprimer.

Judith était stupéfaite :

— Vous opprimer? j'avoue que je ne comprends pas...

— Entouré de mes enfants et petits-enfants, je me sens décliner, j'ai l'impression d'être parvenu au terme de ma vie; ces générations montantes signifient mon déclin.

— Quelles sombres pensées vous avez là, et si peu justifiées. Mais, dites-moi, vous avez beaucoup de petits-enfants?

— Deux; un seul est venu à *Journey's End,* le fils d'Erling et de Flavie.

— Comment s'appelle-t-il?

— Comme moi.

— Jan?

Il soupira :

— Jan Yvarsen, oui.

— Comment est-il?

— Le garçonnet le plus beau, le plus attachant et le plus intelligent qui soit.

Judith sourit :

— C'est probablement la satisfaction du grand-père qui parle, et aussi qui exagère un peu, n'est-ce pas?

— Mais non, répliqua Jan, c'est la vérité : mon petit-fils est un enfant tout à fait exceptionnel.

— Que vous avez dû être heureux de le revoir!

— Oui et non.

— Non?

Jan eut un geste d'impuissance :

— Il est difficile d'exprimer mes sentiments en face de cette situation... Quand ils l'avaient appelé Jan, Erling et Flavie avaient cru me faire plaisir, et à l'époque j'en étais très content.

— Et maintenant?

— A présent il me semble que ce nouveau Jan Yvarsen me pousse vers la tombe à mesure que lui-même s'élève vers la vie.

Judith secoua la tête :

— Quel affreux raisonnement, surtout s'agissant de vous, qui paraissez encore si jeune!

— C'est parce que vous m'avez dit cela le jour de notre rencontre que j'ai quitté *Journey's End* pour quelques instants. Il me semble trouver, auprès de vous, la fugitive illusion de la jeunesse.

— Sachez que vous serez toujours le bienvenu à « Santa Monica », docteur, et que j'éprouverai toujours le plus grand plaisir à m'entretenir avec vous.

Ces banalités polies firent souffrir Jan : il aurait souhaité tellement plus de chaleur chez la jeune fille. Mais pouvait-il lui faire cet aveu? Lui dire que toutes ses pensées s'orientaient infailliblement vers elle? Pouvait-il lui ouvrir son cœur blessé, meurtri? Il ne l'avait jamais vue, pourtant, plus adorable, plus désirable que dans cette légère, cette vaporeuse robe bleue... Quand il était venu sonner à la grille de « Santa Monica », il était poussé à ce geste par cet amour insensé contre lequel il ne pouvait, ne voulait plus se défendre; mais les raisons qu'il venait d'alléguer devant Judith n'étaient pas fausses pour autant. Au sein de sa famille, il se sentait maintenant comme un patriarche vénéré; mais un patriarche, c'est quelqu'un qui finit tôt ou tard par devenir encombrant, par gêner les générations nouvelles. Dans son adolescence, la vie lui était apparue semblable à une haute montagne, vierge et invaincue, à un pic neigeux qu'il fallait prendre d'assaut. C'est ce qu'il expliqua à Judith, et il conclut :

— Aujourd'hui, cette montagne n'a plus de secrets pour moi et j'ai l'impression que je ne fais plus que boucher la vue à ceux qui montent derrière moi.

Judith le fixa d'un air incrédule :

— Pourtant, objecta-t-elle, quand j'ai fait votre connaissance, sur le *Trollhättan,* dans les circonstances que vous savez, vous m'êtes apparu comme l'être le plus totalement ouvert à toutes les manifestations de la vie. Vous auriez beaucoup changé en quelques jours, docteur.

Pouvait-il lui expliquer que c'étaient précisément cette rencontre et la passion violente qu'elle avait allumée qui avaient déclenché en lui ce sentiment de vieillesse, d'impuissance, de déclin? Car la différence d'âge qui le séparait de Judith, et qui rendait son amour absurde, le séparait maintenant de l'univers entier... Il n'est pas de souffrance plus atroce ni plus cruelle que celle d'un être vieillissant attiré par une jeunesse en plein épanouissement. Admettre que l'heure de la séduction est définitivement passée, concéder qu'on ne saurait *jamais plus* plaire, tel est, certes, l'aveu le plus douloureux, et seuls les êtres touchés par la grâce de la spiritualité ou éclairés par une raison jamais défaillante peuvent franchir ce cap difficile de l'existence humaine sans sombrer dans le ridicule ou dans une mélancolie sans fin. Jan, lui, était lucide en même temps qu'aveuglé.

— Non, fit-il, j'ai presque achevé l'ascension de la montagne, je ne suis plus qu'à quelques pas du sommet. Qu'y aura-t-il derrière cette cime? Quand je retrouve la foi brûlante de mon enfance, je réponds : Dieu, l'Etre infini; quand, au contraire, je suis assailli par le doute, je réponds : le néant.

— Mais enfin, vous êtes encore engagé dans la vie!

— La vie? Ce n'est qu'un combat de fantômes qui se déroule derrière moi, là-bas, très loin dans la plaine.

— On m'a raconté, cependant, que vous recevez encore des visites de médecins du monde entier, qui viennent vous demander des conseils pour l'aménagement de leurs cliniques; vous êtes un « vivant », un grand vivant; et je vois mal pour quelles raisons vous vous forgeriez de si noires pensées.

Jan eut un sourire désabusé :

— Oui, bien sûr, on vient me demander conseil... Même mon fils, tenez, qui est pourtant tout aussi fier que moi, sinon davantage, vient de me solliciter par l'entremise de Flavie, ma belle-fille; ils souhaitent que j'aille à Stockholm pour les seconder dans l'installation définitive de l'Institut « Erling Yvarsen ».

— Eh bien, n'est-ce pas la meilleure preuve qu'on a encore besoin de vous, que vous n'avez pas terminé votre tâche sur cette terre?

Jan secoua la tête :

— J'irai là-bas, je répondrai à leur appel, mais le cœur n'y sera plus. A Stockholm, voyez-vous, il existe une clinique fondée par moi, et qui porte mon nom; j'y ai également une rue, la rue Jan-Yvarsen; dans un square adjacent à la clinique, les édiles ont déjà prévu l'emplacement où ils feront élever un monument, un buste, à ma mémoire, avec une belle inscription en latin.

— Et cette gloire vous pèse?

— Elle pèse sur moi comme la dalle de marbre d'un caveau.

— Que vous êtes morbide, docteur! Tout à l'heure, je vais vous jouer quelques airs gais au piano, des mélodies du folklore américain. Voilà qui redonne goût à la vie!

Jan se passa une main sur le front :

— Ah, je ne fais que parler de moi et encore de moi! Que cela doit être ennuyeux pour vous!

— C'est passionnant, au contraire.

— Non, non, parlons plutôt de vous.

— Qu'y aurait-il à dire de moi? répliqua Judith avec une certaine amertume. Je suis une jeune fille sans histoire.

Elle songeait à son amour malheureux pour Hugo Stiffenacker, qui était toujours obsédé par le souvenir de la femme qu'il avait adorée à Hambourg. Il lui arrivait souvent de perdre l'espoir de jamais vaincre ce fantôme qui s'interposait constamment entre le musicien et elle. Et alors, malgré sa beauté, sa richesse, tous les dons qu'elle avait reçus du monde et de la nature, elle se sentait pauvre et infiniment seule.

— L'autre jour, dit Jan, vous avez joué la *Polonaise fantaisie* de Chopin d'une manière absolument admirable.

Judith eut un mouvement de protestation et de modestie :

— Mais non, je ne suis qu'une pianiste très moyenne!

— Vous vous trompez, ma chère Judith, je pense au contraire que vous êtes douée d'un talent tout à fait remarquable.

— Je ne crois pas que Chopin eût été du même avis que vous, docteur, s'il avait pu m'entendre.

— Ce qui ne prouverait rien, car les grands créateurs ne sont jamais bien satisfaits d'une interprétation qui n'est pas la leur.

— Sans doute... Mais, dites-moi, pourquoi êtes-vous parti si précipitamment? A peine ai-je pu vous présenter à Hugo, et déjà vous aviez disparu!

— Cette musique m'avait plongé dans une espèce d'état second; j'étais très loin, très loin et en même temps très près de vous. Je n'avais aucune envie de me réveiller au milieu d'un bavardage mondain.

— Quand Hugo est présent, protesta Judith avec fougue, il n'est jamais question de bavardage mondain!

Elle se reprit immédiatement :

— C'est-à-dire que, cette fois, peut-être c'eût été le cas... Il voulait justement vous poser une question au sujet de certains de vos parents qu'il croit avoir connus à Hambourg.

— Je sais, je sais, fit Jan, car entre-temps je me suis rappelé qu'Hugo Stiffenacker, dont le nom décidément me disait quelque chose, avait été en relations avec Erling et Flavie quand ils étaient là-bas. Il me semble même que ma femme m'en avait parlé dans une lettre envoyée de chez eux. Si j'ai bonne souvenance, Stiffenacker était alors contrebassiste et faisait partie d'un petit orchestre d'amateurs qui donnait des concerts de musique de chambre.

— Exactement, répondit Judith d'une voix changée.

Un soupçon venait de naître en elle.

— Votre fils est médecin comme vous, n'est-ce pas, docteur? demanda-t-elle.

— Oui, mais à l'époque il travaillait dans un centre de recherche scientifique. Toujours la lutte contre le cancer.

Le soupçon devint certitude. Judith réentendit ces paroles du musicien qui, agissant comme un révélateur, lui avaient fait découvrir la nature de ses propres sentiments pour Hugo : « L'une de nos auditrices les plus ferventes et les plus avisées était la jeune épouse d'un médecin, ou plutôt d'une espèce de savant, de chercheur, établi depuis peu dans la ville. Elle était très belle... Je l'ai aimée, et je l'aime toujours; mais elle est demeurée la femme fidèle d'un autre... »

— Votre belle-fille aime sans doute beaucoup la musique?

— Oui, bien qu'étant de formation scientifique — elle est biologiste — Flavie est une passionnée de musique, et, sans être une instrumentiste aussi accomplie que vous-même, Judith, elle se défend assez bien au piano.

Une certitude absolue, oui... Sa rivale s'appelait Flavie Yvarsen! Serait-elle de taille à lutter contre cette femme supérieure? Une biologiste, donc une savante, une femme de tête; et en même temps très belle, musicienne par surcroît. Elle avait vraiment tout pour elle, cette dangereuse adversaire! Elle-même, Judith, qui était-elle, en somme? Une très riche orpheline, le type même de l' « héritière américaine ». Qu'avait-elle, en dehors de son argent? Un certain talent de pianiste, c'était tout. Un immense découragement s'empara de la jeune fille; il lui sembla que les cigales qui chantaient autour d'elle la narguaient toutes, qu'elles lui criaient : « Résigne-toi! résigne-toi! »

Elle eut envie de presser son front contre un arbre et de pleurer, de s'abandonner à sa douleur, à son désespoir. Seule la présence de Jan l'en empêcha.

— Venez donc déjeuner chez nous demain, dit Jan, vous et Hugo Stiffenacker. Je suis sûr que Flavie sera ravie de le revoir, de le féliciter pour sa brillante carrière.

A l'instant où il formulait cette invitation, Jan se souvint que le violoniste avait été amoureux de Flavie; mais il l'oublia aussitôt, cette circonstance lui paraissait sans la moindre importance. Il avait bien d'autres problèmes!

— Vous voulez que... enfin, je..., balbutia la jeune fille. Elle était toute à son chagrin.

— Cela vous ennuie?

— Mais non, docteur, je..., c'est avec plaisir que je viendrai à *Journey's End.* Ainsi, je... Je veux dire que je serai ravie de faire la connaissance de votre famille.

— Seulement, voilà, il y a une difficulté...

— Ah oui?

— Personne ne sait que je vous connais, chez moi. Même à ma femme je n'ai pas parlé de notre rencontre. Voyez-vous, je voulais que notre amitié pût rester en dehors des contacts mondains, ne fût pas ravalée au niveau de simples rapports de bon voisinage, enfin je...

Il s'embrouillait lui-même à présent, ne sachant plus comment présenter la singulière situation qu'il avait fait naître.

— Bref, fit-il pour se tirer d'embarras, je dirai que nous venons de faire connaissance ce matin, grâce à Yannakos, dans le port de Beaulieu. Etes-vous d'accord?

« Comme la passion rend habile à inventer des mensonges! Un péché en entraîne un autre. Mon désir coupable pour cette jeune fille fait déjà de moi un menteur. Quelle sera ma prochaine métamorphose, le prochain palier de la déchéance? Au fond de chacun de nous sommeille un Mister Hyde; il suffit du plus petit manquement, de la moindre défaillance, pour le réveiller; et une fois qu'il est sorti de son obscure tanière, de cette zone louche et ténébreuse où il a l'habitude de rester tapi, il est bien difficile de l'empêcher de grandir et de dévorer peu à peu le docteur Jekyll. Bien difficile, oui... Et ce qui est grave, c'est que j'enregistre ma déchéance avec un froid détachement, comme un clinicien-analyste de l'âme humaine, avec la totale indifférence d'un La Rochefoucauld. » Telles étaient les pensées de Jan. Mais ce qui l'étonna davantage encore, ce fut la réaction de Judith, qui ne parut nullement déconcertée ou troublée par son attitude pour le moins singulière :

— Comme vous voudrez, docteur, fit-elle, ce matin..., dans le port de Beaulieu..., par Yannakos... Bien, bien, je n'oublierai pas, soyez sans crainte.

La vérité, c'est qu'arrivés à ce point de la conversation, Jan et Judith ne pouvaient plus s'entendre. Jan, complètement absorbé par une passion que la jeune fille n'eût même pas songé à soupçonner. Judith, elle, était encore sous le choc de l'identification de sa rivale, et abîmée dans une peine totalement ignorée par Jan. Ils parlaient deux langages différents, leur dialogue s'était coupé. En deux monologues d'où l'idée fixe avait chassé toute raison. En fait, ils déliraient face à face.

Jan se méprit donc sur l'étrange réaction de Judith, l'attribuant à quelque penchant, peut-être inconscient mais néanmoins réel, qu'elle eût nourri pour lui. Tel était son aveuglement qu'il s'imagina que la jeune Américaine accueillait avec plaisir l'idée d'une connivence dans le mensonge, de liens secrets dans la dissimulation. Liens secrets..., ces mots et cette pensée enflammèrent sa passion. Il devint fou. Tout ce qu'il avait dit sur sa vieillesse et son déclin était faux! Faux, faux, faux! Une jeunesse intarissable bouillonnait dans son corps! Il était encore fort, robuste, vigoureux! Il redevenait, d'un seul coup, l'homme révolté contre son âge, contre la perspective d'une proche déchéance physique qu'il ne pouvait, ne voulait pas admettre! Oui, oui et oui, il pouvait encore *plaire* à une jeune fille! Foin des scrupules! Foin de la morale plébéienne! Il était là, sous ce ciel bleu, dans ce pays des voluptés, seul avec cette splendide créature. Qu'attendait-il pour la prendre dans ses bras, pour la serrer contre lui? Qu'importait l'avenir, qu'importait le passé, il fallait profiter de ce présent enivrant qu'il touchait de ses mains, qui s'offrait à lui! Mordre à pleines dents dans le fruit de la vie. Il le fallait, il le fallait!

Mais soudain, Jan eut la vision de Thérèse, seule, assise devant sa volière, et qui parlait tristement à ses oiseaux. Il crut entendre la voix aimée, familière : « Couronne d'Azur, Jan m'a trahie, Jan s'est détourné de moi... Je n'ai plus que vous, maintenant, plus que vous. »

Alors, son désir se brisa contre l'obstacle du remords, mais telle était la violence de sa passion, son impétuosité, que seule la fuite pouvait le sauver. Il se détourna brusquement de la jeune fille, lui lança d'une voix rauque : « A demain, donc, Judith! » et s'en alla rapidement vers la sortie du parc. Judith lui avait répondu comme dans un rêve :

— A demain, docteur...

Restée seule, elle sortit peu à peu de sa douloureuse hébétude. C'est à cet instant seulement qu'elle réalisa ce que son « à demain » signifiait; il signifiait qu'Hugo allait revoir la femme aimée, qu'il allait retrouver son idole. Quelle ironie! Etre allée le chercher en Suisse pour le remettre en présence de celle qu'il tentait vainement d'oublier! Attiser elle-même la flamme qu'elle souhaitait éteindre! Combien n'avait-elle pas dû insister pour qu'il acceptât l'invitation de venir se reposer à « Santa Monica ». « Là-bas, avait-elle dit, au bord de la mer, vous trouverez l'oubli, vous vous libérerez de ce fantôme obsédant; la mer vous donnera un peu de sa grande paix. » Et maintenant... Ah, quelle folie de vouloir éviter son destin! Judith se rappela l'histoire du grand roi et de son vizir. Tous deux se promenaient dans le jardin quand le vizir soudain aperçut la Mort à quelque distance. Il lui parut qu'elle lui faisait signe. Saisi de frayeur, ne pensant plus qu'à la fuir, il demanda au roi, qui ne voyait rien, s'il n'était pas temps de l'envoyer à Samarcande pour y régler certaines affaires. Le monarque accepta. Le vizir aussitôt monta sur le dromadaire le plus ailé et disparut. Or la Mort continuait d'approcher. Quand elle arriva près du roi, elle l'interpella :

— N'était-ce pas ton vizir qui était à tes côtés, tout à l'heure?

— Parfaitement, répondit le roi. Et que lui veux-tu donc, à mon ministre?

Et la Mort de répliquer :

— C'est que je m'étonnais de le voir ici, car j'ai rendez-vous avec lui, ce soir, à Samarcande...

X

Judith s'arrêta devant un énorme eucalyptus dont les grandes fleurs blanches exhalaient un parfum lourd et enivrant. Elle venait de reconnaître les voix de Flavie et d'Hugo. Elle s'immobilisa et prêta l'oreille.

— Et vous souvient-il de l'exportateur Dobenfeet, madame?

— L'admirateur du Grand Frédéric?

— Lui-même.

— C'était lui qui lisait Voltaire dans le texte et qui me priait de corriger sa prononciation française, n'est-ce pas?

— Oui, et il jouait de la flûte traversière. Je vois que vous n'avez pas oublié le personnage.

— C'est qu'il était infiniment sympathique. N'était-ce pas chez lui qu'on montait de temps en temps du Kleist, et surtout *le Prince de Hombourg?*

— Exactement.

— J'aimais ce milieu, fit la voix de Flavie, rêveuse. La gravité des anciennes demeures patriciennes, les grands jardins silencieux sur le calme desquels veillaient les tilleuls, les ormes et les chênes, les nains de plâtre cachés derrière les buissons, les jets d'eau au clapotis mélancolique...

— Un étrange milieu, c'est vrai, qui avait le charme indéfinissable des civilisations mourantes.

— Mourantes? Peut-être... Cependant, ne devez-vous pas beaucoup à l'armateur Stadelmann? N'est-ce pas lui qui le premier a reconnu votre talent, qui vous a encouragé?

— Je ne le nie pas.

— Et enfin, n'est-ce pas chez lui que vous avez donné votre premier concert de violoniste?

— Mon jeu était encore lamentable, protesta le virtuose, et d'ailleurs je n'étais pas soliste.

— Lamentable? Voulez-vous vous taire! Dès que vous avez touché à l'archet, tout le monde au contraire a deviné que le violon était *votre* instrument... J'avoue néanmoins que, plus tard, quand je vous ai entendu à Stockholm, votre jeu avait gagné à la fois en rigueur et en intensité dramatique.

— Vous m'avez entendu dans le *Concerto* de Mendelssohn, n'est-ce pas?

— Oui.

— Je vous ai vue dans la salle. Vous étiez seule.

— Mon mari, ce soir-là, était retenu à l'Institut.

— Pourquoi êtes-vous partie si vite?

— Je ne...

— Pourquoi n'êtes-vous pas venue me voir dans ma loge? Je vous ai attendue.

— Ce n'était pas possible, et vous le savez bien.

Le ton du violoniste changea, se fit plus intime :

— Depuis mon départ de Hambourg, pas un jour je n'ai cessé de penser à vous.

— Vous auriez dû m'oublier, au contraire.

— Que c'est facile à dire!

La voix de Flavie devint persuasive :

— Votre amour était sans espoir, voyons. Intelligent comme vous l'êtes, vous deviez vous en rendre compte.

— L'intelligence n'a plus rien à faire dès qu'il est question de passion !

— Ecoutez-moi bien, Hugo... J'ai remarqué, en effet, pendant tout le repas, que vous me regardiez comme autrefois à Hambourg, avec les mêmes yeux implorants, et j'ai compris que votre malheureuse passion n'était toujours pas morte. C'est pourquoi j'ai accepté de m'entretenir avec vous ici, en tête à tête, afin de crever cet abcès une fois pour toutes et définitivement.

— Crever cet abcès ?

— Oui, parfaitement.

— Qu'entendez-vous par là ?

— Que cette situation est devenue intolérable !

— Vous êtes dure pour moi, Flavie...

— Parce que je vous vois gâcher votre vie ! Parce que je trouve lamentable, pitoyable, qu'un homme comme vous, jeune, brillant, qui a du génie, s'accroche avec une espèce de rage à, je ne sais pas, moi, à un spectre ! Car enfin, pour vous, je ne serai jamais autre chose qu'un fantôme !

— Vous prétendez que je gâche ma vie à cause de vous, Flavie ?

— C'est évident !

— Quelle erreur ! Qu'étais-je donc quand vous m'avez connu pour la première fois, là-bas, à Hambourg ? Comment vous suis-je apparu lors du premier concert de musique de chambre chez Stadelmann ?

— Je ne comprends pas le sens de votre question.

— Ce que j'étais alors, je vais vous le dire. Un garçon ridicule, un grotesque, voilà ce que j'étais !

— Vous êtes injuste envers vous-même, Hugo, vous vous noircissez à plaisir.

— Je dis la vérité !

— Votre talent était déjà manifeste et nous pressentions tous que vous iriez très loin.

— Et mon *Concerto* pour contrebasse, n'était-ce pas le comble du ridicule?

— Vous étiez un original, un excentrique, je vous l'accorde, mais n'est-ce pas le privilège des artistes?

— Des pitres, oui!

— Pourquoi vous acharner à dénigrer le jeune homme ardent et sincère que vous étiez? Voudriez-vous renier votre passé?

— Non, mais je voudrais vous faire comprendre que c'est *vous,* et uniquement *vous,* qui m'avez tiré de cette ornière.

— Pourtant je n'ai rien fait pour vous, absolument rien. Vous l'avez admis tout à l'heure, c'est Stadelmann qui vous a lancé. C'est à lui que vous êtes redevable de votre succès.

— Stadelmann! Stadelmann! Laissez donc ce bonhomme tranquille! Pour lui, je n'étais qu'un numéro de cirque, une bête curieuse. J'étais là pour distraire ses invités, un point c'est tout! Il se moquait pas mal de mon avenir, de ma carrière.

— Votre passion vous rend injuste, Hugo.

— Au contraire, grâce à elle je suis lucide.

— Qui dit lucidité, dit calme; or, en ce moment, vous êtes dans tous vos états.

— Parce que je tiens absolument à vous convaincre!

— De quoi?

— De ceci : que c'est à vous que je dois d'être devenu un virtuose du violon.

— A moi?

— Oui, Flavie... Si je ne vous avais pas connue, je serais à Hambourg, commis chez l'armateur Stadelmann. Je serais encore à courir les ruelles du port en marmottant des vers d'Hölderlin; je jouerais aux cartes dans les bouges à matelots, et de la contrebasse dans les salons des patriciens. Un « zéro », quoi!

— Et comment ai-je pu être à l'origine de votre évolution, de votre étonnante métamorphose?

— Vous ne comprenez pas? C'est mon amour pour vous qui m'a galvanisé, qui m'a fait découvrir ma voie. J'ai voulu vous montrer que j'étais mieux qu'un personnage falot, tout juste bon à amuser les vieilles dames de Hambourg! Je voulais vous fournir la preuve que, moi aussi, j'étais « quelqu'un »! Votre image, Flavie, ne m'a jamais quitté; quand le courage m'abandonnait, elle était ma lumière, elle me guidait vers mon but.

— Mais vous étiez *déjà* un virtuose quand vous avez quitté Hambourg, il ne vous manquait plus qu'un certain polissage, une certaine discipline de travail, peut-être...

— Erreur! Je ne savais même pas tenir correctement mon violon!

— Pourtant, le fait que vous ayez acquis une célébrité mondiale en si peu d'années prouve que vous aviez un talent extraordinaire, et même du génie, dès ce moment-là!

— Un talent qui ne se cultive pas est comme une terre grasse laissée en jachère, il ne porte guère de fruits.

La voix de Flavie laissa percer quelque lassitude :

— Pourquoi discuter? Si le souvenir que vous aviez gardé de moi vous a stimulé, tant mieux... et j'en suis heureuse. Mais je ne puis rien d'autre pour vous; maintenant, il faut nous séparer, nous séparer *à jamais,* c'est beaucoup mieux.

Le ton du musicien devint frémissant :

— Nous séparer? *A jamais?* Vous n'avez rien compris, Flavie! Vous n'avez rien compris ou bien vous vous moquez de moi!

— Je n'ai jamais été plus sérieuse, Hugo.

— Vous ne *pouvez pas* m'abandonner, pas maintenant!

— Et qu'attendez-vous donc de moi?

— Mais c'est très clair, je veux vous épouser!

— Vous êtes fou!

— Je vous répondrai par vos propres paroles : je n'ai jamais été plus sérieux, Flavie. Aujourd'hui, je puis vous offrir une existence digne de vous; une seule tournée de concerts me rapporte une fortune. A mes côtés, vous ne connaîtrez jamais de souci matériel. Nous voyagerons beaucoup, nous serons fêtés dans toutes les capitales du monde...

— Avez-vous songé un seul...?

— Mais l'essentiel n'est pas là, le côté matériel est secondaire. Ce qui importe, c'est que vous aurez enfin un mari qui vous comprendra, qui saura rendre hommage à votre beauté, à votre noblesse de caractère, à votre grandeur d'âme... Je vois déjà nos soirées, Flavie! Elles seront d'une douceur ineffable... Nous nous ferons construire une maison à Capri, nous aurons une grande terrasse sur la mer. Et la nuit, quand la lune voguera sur les vagues phosphorescentes, nous ferons de la musique ensemble, vous m'accompagnerez au piano... Puis nous resterons longuement assis devant l'immensité de l'horizon nocturne, nous écouterons les chuchotements du vent. C'est à nous que s'adresseront les timides sourires des lointaines étoiles, dans un bonheur indescriptible! Enfin, nous sombrerons dans l'ombre du silence... Je vous assure, Flavie, c'est aujourd'hui que commence votre vie véritable!

— Allez-vous enfin me laisser placer un mot?

— Je n'en attends qu'un de vous!

— Savez-vous que vous me tenez des propos de dément?

— Mon langage est celui de l'amour.

— De la folie!

— C'est souvent la même chose.

Flavie comprit qu'il fallait être ferme. Elle prit un ton un peu cassant :

— Auriez-vous oublié que je suis mariée? Auriez-vous oublié que j'ai un enfant?

— Vous ne pouvez pas rester avec cet homme. Divorcez! Quant au petit Jan, c'est à vous qu'il ressemble. Donc je l'adopterai, je l'aimerai, il vivra avec nous.

— Il y a un malentendu entre nous, Hugo, un très grave malentendu...

— C'est-à-dire?

— J'*aime* mon mari.

— Ce n'est pas possible, vous ne pouvez pas aimer cet homme! Un chercheur, un rat de laboratoire!

— Je vous défends de parler de mon mari sur ce ton! Vous n'avez pas le droit.

— Comme s'il était question de droits, en ce moment!

— Je ne supporterai pas plus longtemps ce langage, je vais vous laisser à vos divagations!

— Divagations? Mais je pense vraiment ce que je dis, Flavie, je *veux* faire de vous ma femme.

— Mon mari est l'être le plus noble et le plus généreux que je connaisse, il ressemble à son père. Je l'aime, sachez-le, et je ne le quitterai jamais.

— Je ne nie pas ses mérites, je prétends toutefois qu'une femme comme vous, aussi fine et sensible, ne peut trouver son bonheur qu'auprès d'un artiste.

— Je suis une *scientifique,* Hugo, une biologiste, et je travaille de concert avec mon mari.

— Parce qu'il vous y oblige!

— Vous vous méprenez complètement sur mon compte. En vérité, vous vous êtes forgé de moi une image tout à fait fausse, une image conforme à vos souhaits et à vos désirs. Je ne suis pas du tout la femme que vous croyez, Hugo, je ne suis pas *votre* femme idéale. Pour moi, la musique n'est qu'un agrément de la vie...

— N'est que?

— Comprenez-moi bien! Quand je dis n'est qu'un agrément, je ne tiens nullement à la déprécier et je conçois fort bien que des êtres privilégiés tels que vous puissent s'y donner totalement. Mais, pour moi, ce qui compte, c'est d'abord mon amour, c'est-à-dire Erling et le petit Jan, et ensuite mon métier, mon *beau* métier! D'ailleurs, tout cela fait un tout, puisque j'ai le rare bonheur de pouvoir travailler avec l'homme que j'aime, de pouvoir lutter à ses côtés, de partager ses soucis, ses peines, et aussi ses espoirs. Oui, je suis une femme comblée...

— Mais...

Flavie conclut, catégorique :

— Et pour dissiper définitivement vos illusions, sachez une chose, Hugo, *je ne vous aime pas,* je ne vous aimerai jamais. J'ai beaucoup de sympathie pour vous, certes, mais cela ne va pas plus loin. Maintenant, vous savez tout.

Après un silence, la voix du musicien s'éleva, brisée :

— Savez-vous ce qu'est la solitude, Flavie?

— Nnnon... Au Canada, j'avais ma famille, mes deux frères Norbert et Erik. Quand je suis venue en Europe, à Stockholm, j'ai travaillé au laboratoire de la clinique Yvarsen, et croyez-moi, sous la direction de Jan Yvarsen, on n'avait pas le temps d'être seule. Puis, après ma mission en Afrique du Sud, je me suis mariée avec Erling. Non, vraiment, je n'ai jamais été tout à fait seule.

— Vous ne connaissez pas votre bonheur!

— Il ne tient qu'à vous de...

— Je vais vous la définir, moi, la solitude... C'est la malédiction de l'homme!

Sa voix changea, devint lointaine :

— Quelquefois, après un concert, à Madrid, à Paris

ou à Londres, je quitte mon hôtel, je m'enfonce dans la nuit... Je croise des passants pressés, des ombres furtives qui se fondent dans le brouillard. Le néon nous donne des visages de spectres. Qui, nous? Les esseulés! Oui, après l'heure de fermeture des cinémas et des théâtres, quand tout est mort dans les grandes villes de l'Occident, ce qui commence, c'est la parade des solitaires. Des visages hâves, des regards douloureux. Oui, oui, ils ont tous le regard douloureux... Que cherchent-ils donc dans le froid de la nuit? Une femme? Peut-être, mais avant tout une *présence*. Certains se contenteraient d'un chien, d'un chat. Que dis-je, à Hambourg, j'ai connu des hommes solitaires qui avaient apprivoisé des souris, qui leur parlaient pendant des heures; d'autres même s'étaient attaché à des araignées. Tenez, une nuit, à Londres, j'ai vu un petit vieillard ramasser un œillet jeté par quelque fêtard, le serrer précieusement contre sa poitrine, et s'en aller d'un air craintif comme s'il avait dérobé le Koh-i-Noor. Parce qu'une fleur, c'est un sourire, une présence, vous comprenez?

— Et vous, Hugo, vous avez la musique...

— La musique, c'est un dialogue avec des morts, car les compositeurs de notre temps ne m'intéressent pas. Je vis avec Mendelssohn, Beethoven, Mozart, c'est-à-dire avec des cadavres!

— Et votre public?

— Un monstre à mille têtes auquel il faut fournir sa ration mensuelle d'évasion, de sentimentalité et de pathos!

— Vous dépassez toujours la mesure, dans vos jugements.

— Vous croyez? Si je vous montrais les lettres de mes admiratrices, vous comprendriez peut-être mon amertume : toutes ces femmes hystériques qui s'imaginent qu'un violoniste est une sorte de superamant, un magicien de l'amour romantique, le grand consolateur des âmes incomprises! Non, je ne suis jamais si seul que quand je suis sur scène. Pour ceux qui viennent au concert parce qu'ils aiment *vraiment* Beethoven ou Tchaïkovsky, je ne suis qu'un interprète, rien qu'un instrument, une machine humaine destinée à reproduire les œuvres des grands maîtres, à respecter aussi fidèlement que possible leurs intentions. Et ce sont eux, ces mélomanes véritables, qui ont raison.

— Et Judith Collins?

— Judith, pour moi? Une espèce d'imprésario, pas plus.

Ces paroles percèrent le cœur de la jeune fille, qui était toujours à l'écoute, cachée par l'eucalyptus. « Une espèce d'imprésario, pas plus », c'était trop injuste! Peu s'en fallut qu'elle n'éclatât en sanglots. La réplique de Flavie lui apporta un peu de baume :

— Elle est pourtant si belle! Ni Ide ni moi, nous ne pourrions rivaliser avec elle.

— C'est *vous* que j'aime, Flavie. Et vous m'avez enlevé tout espoir... Désormais, la solitude, c'est pour toujours.

— Hugo, je voudrais...

— Non, non, je vous en prie, pas de consolations, pas de paroles lénifiantes.

— Je vous souhaite...

— Rien! Séparons-nous, maintenant, Flavie. Séparons-nous, à jamais. Tout est dit.

— Adieu, Hugo.

— Adieu...

Les voix se turent, et Judith n'entendit plus qu'un bruit de pas, leurs deux pas qui se séparaient.

XI

Au Midi de la Louisiane, du côté de l'Ouest, sur les bords du golfe du Mexique, vers la rivière Saint-Bernard, on trouve une nation qui est encore tout à fait barbare. Ceux qui la composent se nomment Clamcoets. Ils sont cruels, perfides, & d'autant plus à craindre, qu'ils savent cacher ces défauts sous une apparence de franchise & de bonne foi. On assure qu'ils ne sont jamais plus à craindre que lorsqu'ils marquent de l'amitié. Les hommes de cette nation sont presque nuds, & les femmes ne sont couvertes que depuis la ceinture, jusqu'aux genoux : les uns et les autres ont un air affreux. En 1685, Cavelier de La Salle fit construire dans leur pays un Fort, auquel il donna le nom de Saint-Louis. Ceux qui composoient la Colonie qu'il y établit, mécontens de sa sévérité, l'assassinèrent deux ans après. Les Clamcoets, instruits de sa mort...

Judith regarda sa pendulette : il était deux heures du matin. Elle posa son livre, un bouquin qu'elle avait trouvé chez un antiquaire de Nice : *Histoire moderne des Chinois, des Japonais, des Indiens, des Persans, des Turcs, des Russiens et des Américains, pour servir de suite à l'Histoire ancienne de M. Rollin, continuée par M. Richer, à Paris, M.DCC.LXXI, avec Approbation et Privilège du Roi.* D'habitude, elle aimait ces vieux livres, surtout s'il y était question de l'histoire de son pays, mais cette nuit-là, que lui importaient la Louisiane et les Clamcoets? Il lui était impossible de concentrer ses pensées sur ce qu'elle lisait. Car elle savait Hugo profondément malheureux... Flavie avait repoussé le musicien, donc, elle, Judith, avait beaucoup plus de chances de faire triompher son amour. Cependant, elle ne pouvait guère se résigner à trouver du plaisir dans la détresse de l'être aimé. Et le sommeil ne venait pas; en vain avait-elle essayé de s'endormir sur un livre, toujours elle réentendait ces paroles cruelles : « Judith? Elle n'est qu'une espèce d'imprésario pour moi, pas plus. »

« S'il savait combien je l'aime... C'est-à-dire qu'il n'y ferait même pas attention. Sa femme idéale, c'est Flavie, ou plutôt la Flavie de son imagination. Maintenant, il a perdu toutes ses illusions. Puis-je m'en réjouir? Je le devrais, mais... Ils disent tous que l'amour rend aveugle. C'est bien vrai : aveugle à l'amour de tout autre que de l'être aimé. Il ne s'est jamais douté des sentiments que je nourrissais pour lui. Il ne me voit pas, il ne m'entend pas; il ne voit aucune femme... Cette Flavie a accaparé son âme. Et elle n'est guère plus belle que moi! Au contraire! Me voilà de nouveau jalouse, comme c'est laid! Je voudrais... Que voudrais-je? Lui avouer mon amour, lui dire tout ce que je ressens quand je suis auprès de lui. Mais il ne m'écouterait même pas. Toute voix qui n'est pas celle de Flavie est muette pour lui. Si je pouvais l'arracher à cette ombre! »

Hugo, lui non plus, ne dormait pas.

— Il faut en finir!

— La vie, c'est cette longue route blanche qui s'étend devant moi, ce ruban vierge. Tout reste possible.

— Lâcheté! Sans Flavie, cette route n'est qu'un calvaire, le chemin de l'ennui.

— Il y a d'autres femmes...

— Une seule Flavie!

— Je suis jeune...

— Mourir jeune, c'est le plus beau destin. Ne pas connaître les vicissitudes de la vieillesse!

— Et ma musique? Et ma carrière?

— Tu es *déjà* célèbre, que peux-tu attendre de plus? Avec l'âge viendra l'engourdissement des doigts, la déchéance. N'est-il pas préférable de quitter la scène en beauté?

— Ce concerto de Mozart, que je tenais à interpréter...

— Mozart n'a pas besoin de toi!

— Je songeais aussi à Bach...

— Vanité!

— J'aurais voulu...

— Ne désire plus rien. Efface-toi!

— Mon public...

— *Ton* public? Tu veux rire! Qu'es-tu pour lui, sinon une sorte de singe savant?

— Non, non, certains m'ont écrit et...

— Illusions! Ils se passeront de toi.

— Il n'y a pas tant de virtuoses...

— Et encore moins de Mozarts! Tu n'as jamais rien créé, tu n'as jamais été qu'un interprète, un exécutant.

— Mon concerto pour contrebasse...

— Une mauvaise plaisanterie!

— Je pourrais m'attaquer à un concerto pour un violon...

— Tu n'as aucun génie pour la composition, et tu le sais bien.

— Wagner, lui, a commencé assez tard. Je pourrais...

— Tu te compares à Wagner, maintenant? La folie des grandeurs, un commencement de démence.

— Flavie...

— Elle ne veut pas de toi!

— Je n'ai jamais pensé à son corps, je le jure; il n'y avait jamais aucun désir en moi. Non, Flavie, c'était un sourire, une présence, un « tu » qui m'aurait rempli d'une joie ineffable.

— Lyrisme à bon marché!

— Je la voyais si pure...

— Elle est mariée, mère du petit Jan.

— C'est la surface, tout cela, la surface...

— Il n'y a rien d'autre que la surface, chez les êtres, pauvre imbécile! Tout le reste n'est que mensonge et dissimulation.

— Je n'en crois rien; il y a cette zone de silence où l'âme humaine s'entretient avec elle-même...

— Du Platon à l'usage des midinettes!

— Il y a cette soif de tendresse, ce besoin d'une épaule amie, d'un regard compréhensif...

— Du désir sublimé!

— Sans elle, ma vie n'a plus de sens, je ne suis plus qu'une loque, une épave ballottée par les vagues du monde.

— Alors, qu'est-ce que tu attends pour te supprimer?

— Flavie était...

— Cesse donc ces gémissements indécents!

— Et la mort...

— C'est la fin de toutes les souffrances, c'est enfin la paix et le grand silence de la nuit.

— Et si...

— Il n'y a pas de si!

— Si je me manquais...

— Il n'y aura qu'à bien viser.

— Je serais infirme...

— Pointer le canon vers la tempe droite; ainsi, il n'y a aucun risque, la mort est immédiate.

— La mort...

— Ce n'est pas le moment d'invoquer les fantômes du romantisme, il faut agir!

— Après...

— C'est le néant, c'est-à-dire la paix.

— Et Dieu?

— Il te pardonnera, il t'a *déjà* pardonné!

— J'ai l'impression de voir un trou noir s'ouvrir devant moi, un abîme sans fond...

— Rêverie!

— Non, je...

— Sentimentalité de petite fille!

— Et Judith?

— Elle trouvera vite un autre protégé.

— Elle va être atterrée...

— Tu lui as écrit cette lettre, non?

— Elle a été bonne pour moi...

— Oublie-la!

— Je lui dois tout ce...

— Assez!

— Que le métal de ce pistolet est froid, glacial...

— Tu seras bientôt comme lui. Alors, tu seras heureux.

— Heureux?

— Oui, car Flavie mourra en même temps que toi, son image sera détruite.

— Elle mourra, elle aussi?

— Mais oui, grand nigaud, la conscience que tu as d'elle, sa représentation disparaîtra en même temps que ta cervelle!

— Comme je suis devenu cynique...

— Non, lucide!

— La lucidité ne serait-elle pas une forme d'indigence mentale, un appauvrissement de l'esprit?

— Tu ne vas pas commencer à jouer les moralistes, quand même? Laisse ces analyses aux professionnels.

— C'est moi qui vais mourir, pas eux.

— Le voilà qui raisonne!

— C'est-à-dire, je voudrais...

— Le temps presse!

— Mon âme...

— Lamartine et Rilke ont écrit sur le sujet tout ce qu'il y avait à écrire! Allons, vite! Quand viendra le crépuscule du matin, tu n'auras plus le courage d'appuyer sur la détente.

— Appuyer sur la détente...

— Oui, c'est cela qu'il faut!

— J'ai peur...

— Ainsi donc, Hugo Stiffenacker serait un poltron? Hugo Stiffenacker n'oserait pas affronter la mort?

— La mort m'attire, je suis fasciné par elle; mais en même temps, j'ai l'impression de commettre un crime.

— Tu as le droit de disposer de ta vie, non?

— C'est précisément ce qui n'est pas certain.

— Pas certain? Et comment donc?

— Peut-être aurai-je des comptes à rendre...

— Balivernes?

— Et mon génie?

— Tu avais un certain talent. Mais du génie! Ce sont les créateurs qui ont du génie.

— J'aurais pu...

— Il est trop tard.

— J'aurais été si heureux avec elle...

— J'aurais! j'aurais! Du conditionnel et encore du conditionnel! La réalité, c'est que tu es seul, qu'elle t'a repoussé, qu'elle ne veut pas de toi!

— C'est donc la seule issue...

— La seule!

— Dieu me pardonnera...

— Agis!

— Oui, oui, je vais agir...

Les pensées du musicien se combattaient encore, mais sa décision était prise : il allait partir, disparaître, fuir dans ce pays dont nul n'est jamais revenu. Partir..., comme ce mot sonnait bien à ses oreilles! Certes, il aurait pu continuer à tenir son rôle dans la comédie humaine, un rôle brillant, applaudi. Mais à quoi bon? Les applaudissements du public, c'est de la fausse monnaie, avec laquelle le bonheur ne s'achète pas. Qu'est-ce qui l'attendait? Une solitude d'autant plus atroce qu'il avait perdu tout espoir de jamais posséder Flavie. La mort, dans ces conditions, était la grande libératrice. La mort, ce n'était qu'un mot pour faire peur. La vérité, c'était la fin de ses tourments.

Judith se leva et mit sa robe de chambre de soie. Elle n'en pouvait plus, l'immobilité lui pesait, il lui fallait du mouvement! Elle quitta sa chambre, descendit l'escalier et sortit dans le parc.

Des filaments de nuages traînaient paresseusement dans le ciel piqué d'étoiles clignotantes. La lune naviguait au-dessus de la mer, jetant son voile d'argent sur les flots agités. La mer paraissait sourdement inquiète :

— De l'orage dans l'air, murmura Judith.

Les vagues ne venaient pas, comme la veille, mourir doucement sur le rivage, elles s'y brisaient avec fureur, soulevant des nuées d'embruns. Quelque part dans l'obscurité s'éleva le chuintement lugubre d'un oiseau de la nuit; un autre, de loin, lui répondit. Judith frissonna. A ce moment, elle remarqua qu'il y avait encore une lumière chez Hugo...

« De la lumière, donc il veille! Comme moi, il ne trouve pas le sommeil... Et qui donc pourrait dormir, par cette nuit sinistre, sous cette lune blafarde? Mais non, je me trompe. Il n'y a que nous deux qui... « Nous deux », comme c'est doux à prononcer! Je devrais lui dire...

Combien je t'aime? J'en compterai les façons.
Mon amour est aussi profond et large et haut
Que mon âme s'étend, quand, sans en avoir la vision,
Elle saisit les fins de l'Etre, et la Grâce idéale.
Je t'aime au niveau du besoin le plus paisible
De chaque jour, sous le soleil ou la chandelle.

Je t'aime librement, ainsi que les hommes combattent pour
le Droit;
Je t'aime purement, comme ils se détournent de la
Louange;
Je t'aime avec la passion que j'ai versée
Dans mes chagrins passés; et avec la foi de mon enfance.
Je t'aime d'un amour que je semblai perdre
Avec mes saints perdus. Je t'aime avec le souffle,
Les sourires et les pleurs de ma vie! — et, si Dieu le veut,
Je ne t'en aimerai que mieux après ma mort [1].

« Non, il se moquerait de moi! *Une espèce d'imprésario...* Il a dit cela sans le penser. Oui, certainement! D'ailleurs, il ne m'a jamais regardée, il ne m'a jamais *vue* en tant que femme. Depuis que je sais que je l'aime, je n'ai pas eu un seul regard pour un autre homme. Même le docteur Yvarsen, qui reste séduisant malgré son âge, me laisse totalement indifférente. Et Hugo devait être comme moi, tant qu'il était obsédé jour et nuit par l'image de Flavie. Maintenant, il a perdu tout espoir... Je devrais m'en féliciter, mais j'en suis incapable. La passion pourrait-elle nous transformer en monstres, au point de nous réjouir du malheur qui vient frapper le bien-aimé, si ce malheur est pour nous une source d'espoir? Question terrible. Mieux vaut n'y pas penser. Ne pas penser, non... Cependant, aujourd'hui, il sait que Flavie ne l'aime pas, qu'elle ne quittera jamais son destin actuel, qu'elle restera toujours fidèle à son métier et à son mari, Erling Yvarsen. Cette journée a balayé ses illusions. Folles illusions! Cette maison à Capri, ces soirées dont il rêvait à haute voix. « Nous deux »... Ne suis-je pas meilleure pianiste, meilleure musicienne que cette femme? « Nous deux »... Cette maison sur l'île enchantée, dont il parlait, cela pourrait devenir *notre*

1. *Les Maîtres,* par Elisabeth Barrett Browning, pp. 15 et 16.

réalité, à nous deux... Avec quels accents déchirants il a parlé de la solitude! Mais il ne l'est pas, seul! Il ne l'est plus, puisque je... Il faut que je lui dise! Tout de suite! Je vais aller frapper à sa porte. Tant pis pour les convenances! Mon cœur est gonflé d'amour à en éclater! Oui, je vais tout lui avouer, maintenant! »

Et Judith, à pas rapides, se dirigea vers la maison. Derrière elle, les flots grondaient.

XII

Cette même nuit... Thérèse fit un rêve. Elle se voyait seule sur une île minuscule et déserte, à l'ombre d'un figuier. Mais le figuier était stérile, elle le savait. Et la mer avait des reflets noirs. Tout au loin, un voilier passait. Ses voiles étaient gonflées, sans qu'il y eût pourtant la moindre brise. Ce bateau n'était autre que Jan, elle en était certaine. Son mari s'était déguisé... Et quel déguisement! Ah, il avait fière allure! « Comme il glisse sur l'eau noire... Lui! Et moi, je suis dans le figuier, je *suis* le figuier. Le figuier stérile... Parabole. Arraché et jeté au feu! Stérile... Moi! » Alors Jan apparut sur le pont du voilier, avec des gestes de désespoir. Le bateau était maintenant immobile, plaqué contre l'horizon, et ses voiles pendaient des mâts, inertes et lamentables. L'île avait grandi, le figuier avait disparu. Dans une énorme volière, méditait un perroquet gigantesque. Thérèse quitta la terre ferme et s'avança vers le voilier cloué sur les vagues. Elle savait qu'elle pouvait marcher sans dommages sur les flots, le perroquet géant le lui avait chuchoté à l'oreille. « Il faut que j'aille... Car il va sombrer, sombrer... Où donc est le figuier? C'était un mauvais rêve, il n'y a jamais eu de figuier stérile sur cette île. Jamais! Un rêve... Est-ce que je rêve? Non, je marche sur les eaux. *L'esprit de Dieu planait sur*... Qui a dit ça? Une voix dans les ténèbres... Jan m'appelle! Je viens, je viens... Et les flots ne sont plus noirs, mais nacrés. J'ai toujours aimé la nacre! Quand j'étais jeune, j'avais ce nécessaire de toilette qui... Plus vite, plus vite! Jan m'appelle... » Soudain, un palmier jaillit des profondeurs de la mer; il était jeune et svelte, et se balançait avec coquetterie. Thérèse le regarda avec haine... « C'est Elle, Elle! Je le sais, le perroquet me l'a dit. Et il ne ment jamais, le perroquet, jamais! C'est Elle : Sigrid la Maudite! » Elle se jeta sur l'arbre, elle tenait une hache. Mais alors, elle s'aperçut que Jan avait quitté le voilier et qu'il venait vers elle en marchant sur la mer. Cependant, ses jambes s'enfonçaient de plus en plus dans les flots, et il se débattait avec la rage du désespoir. Thérèse oublia le jeune palmier insolent, elle vola au secours de son mari. Une voix retentit subitement derrière elle :

— Et le secret de l'oiseau dans la volière, l'aurais-tu oublié? Le mystère que t'a dévoilé le perroquet?

— Je ne sais plus! hurla-t-elle.

— Il faut la tuer!

— Mais elle est morte...

— Illusion! Les morts ne meurent jamais.

— Je veux sauver Jan!

— Donc, il faut abattre le palmier.

— Jan s'enfonce dans l'eau...

— Il saura marcher sur les flots, dès que tu auras tué l'Autre.

— Je ne veux tuer personne!

— Menteuse!

— Non, non, je ne veux pas...

— Hypocrite! N'as-tu pas toujours souhaité sa mort? N'as-tu pas poussé un hurlement de joie quand elle s'est jetée dans le Trollhättan?

— Ce n'est pas vrai! Je n'ai pas hurlé de joie.

— Mais tu étais heureuse, comblée... Cette rivale dangereuse, enfin tu en étais débarrassée!

— J'ai eu pitié d'elle...

— Fausseté!

— Sa passion l'avait égarée...

— Tu savais bien qu'elle était plus belle que toi, c'est pourquoi tu la haïssais. Comme tu étais ravie, chaque fois que tu pouvais la noircir auprès de Jan!

— Il fallait bien qu'il sache la vérité...

— *Ta* vérité!

— Je n'ai jamais été déloyale...

— Quelle honte! Sous des dehors de bonté et de sainteté, tu caches une âme mesquine et jalouse.

— C'est faux, je jure que j'ai toujours été sincère! hurla-t-elle, épouvantée par les choses horribles que l'invisible voix lançait dans le silence de cette étrange nuit.

— Alors, si tu as toujours dit la vérité et rien d'autre, si ton âme est blanche, alors il faut que tu abattes le palmier! Car le palmier a dévoré le figuier et a pris sa place.

— Mais elle est morte!

— Qu'es-tu donc, Thérèse Yvarsen, naïve, bête ou simplement hypocrite? Faudra-t-il te répéter mille fois le secret qui t'a été révélé par l'oiseau dans la volière? Aurais-tu oublié le mystère?

— Non!

— Qu'est-ce qu'il t'a dit, le perroquet?

— Que les morts sont immortels!

— Et encore?

— Qu'ils ont toujours raison contre les vivants!

— Alors, vas-tu prendre ta hache, à la fin?

Soudain, le ciel s'embrasa, des milliers de visages grimaçants surgirent à l'horizon. L'île et le voilier avaient disparu. Un volcan crachait du feu, et la terre tremblait. Puis le décor changea encore, et Thérèse se trouva transportée dans l'amphithéâtre d'une faculté de médecine où Jan faisait un cours. Sur la table de dissection, un cadavre était étendu, un cadavre de femme. « Mais, c'est moi-même, ce cadavre! Il avait raison, le perroquet : les morts ont toujours raison contre les vivants. Sigrid m'a tuée, et Jan va mettre mon corps en pièces. Ce cadavre je suis. Moi. Morte. Sur la table de dissection. Ces instruments tranchants vont s'enfoncer dans mon corps. » A la place des étudiants, étaient assis de petits diables qui ricanaient. « Ainsi donc, c'est ça, l'Enfer... Je resterai étendue sur cette table de marbre pour l'éternité, condamnée à voir mon corps tranché et découpé. Et Jan, lui, est condamné à faire pour l'éternité un cours d'anatomie, devant ce public de diables ricanants. Comme tout cela est étrange... Est-ce que je rêve? Non, tu es morte, morte... » De nouveau, le décor du rêve avait changé : Thérèse se trouvait debout à quelques pas des eau. bouillonnantes du Trollhättan. De grands oiseaux noirs tournoyaient dans le ciel, poussaient des cris plaintifs, et de sourds gémissements montaient du fond de l'abîme. Elle devina une présence étrangère et sut que Sigrid était là, derrière elle. Et ce fut en effet la voix de la belle Suédoise qui retentit, couvrant le chant funèbre des oiseaux et le vacarme du torrent :

— Tu m'as toujours poursuivie de ta haine...

— Laisse-moi! Il faut que j'aille sauver Jan.

— Il n'a pas besoin de toi, il n'a *jamais* eu besoin de toi!

— Les flots s'ouvrent sous lui, il va s'y engloutir...

— Il te hait! Tu as ruiné sa vie!

— Il m'appelle...

— Penses-tu!

— Si, si, je sais que...

— Qu'as-tu été pour lui? Une petite femelle jalouse et mesquine, rien de plus!

— Tu es le vice, Sigrid...

— Et toi, tu es une médiocre!

— Et tu es l'orgueil, Sigrid...

— Une petite bourgeoise envieuse!

— Et tu es aussi le crime, Sigrid...

— Tu t'acharnes sur les morts, maintenant?

— Les morts sont immortels, l'oiseau me l'a dit.

— Moi, je suis immortelle! Mais toi, je vais te détruire à jamais, afin qu'il ne subsiste plus rien de toi, pas même un spectre!

— Ne t'approche pas de moi, femme maudite!

— Maudite? Celle qui a jugé sera jugée elle-même; tu l'as été, et nous t'avons condamnée.

— Qui, nous?

— Le Grand Tribunal des Morts...

— Je ne te crois pas, tu as toujours menti.

Et Thérèse pensa : « Le Grand Tribunal de la Mort... Quelle ridicule emphase! Tout ceci est irréel, impossible. Je rêve... Oui, je... Un cauchemar. *Le Songe d'une nuit d'été.* Quoi? Il y était question d'une tête d'âne. Ane, ananas, Anastasie, anatomie. *La Leçon d'anatomie.* Tableau d'un maître hollandais. Lequel? Oublié. Pourtant, l'oiseau m'avait révélé tous les secrets. *Nuit d'été*, *Songe*, Mendelssohn. La, la-la-la-la. Les violons. Violettes. En tombant sur la terre, ses larmes firent jaillir des violettes. Bêtises. Je suis étendue sur la table de dissection, et Jan fait son cours d'anatomie. D'anatomie. D'ana-na-na... Je deviens folle! Sigrid a raison : je dois mourir... Quel est le sort du figuier stérile? Oui, prenez la hache et abattez-moi! »

— Je vais te tuer! rugit la voix derrière elle.

— Je suis prête...

— Alors, péris! cria Sigrid.

En même temps, des griffes d'acier s'enfonçaient dans ses côtes; elle fut soulevée de terre, jetée dans l'écume du torrent. Alors elle poussa un cri de détresse et se réveilla.

Il était plus de deux heures du matin. Le vent jouait dans les rideaux de la fenêtre battante. Thérèse se sentait épuisée par le terrible cauchemar. Elle ferma les yeux pour tenter de se rendormir, pour trouver enfin le repos, la paix. A ce moment, elle entendit le chuintement d'une chouette dans le silence oppressant de la nuit.

— Mauvais présage..., murmura-t-elle.

Puis elle sombra dans un trou noir.

Cette même nuit... Flavie contemplait le plafond où s'était égaré un rayon de lune. A côté d'elle, Erling s'était endormi en lisant. Dans ce dossier, qu'il lui avait confié, son père avait enregistré méthodiquement les observations qu'il avait faites lui-même sur les divers cas de cancer qu'il avait rencontrés au cours de sa carrière. Frappé par les subtiles et pénétrantes analyses du grand clinicien, Erling, depuis quelques jours, ne se séparait plus de ce document, qu'il déclarait d'une lecture passionnante. Flavie, elle, ne songeait pas au cancer, mais à la dramatique entrevue qu'elle avait eue dans la journée avec Hugo Stiffenacker. « Je n'ai rien à me reprocher, Dieu soit loué! Je n'ai jamais été coquette avec lui... En quels termes poignants il a parlé de la solitude! Ce vieillard qui ramassait un œillet dans la froide nuit de Londres, qui était-ce en réalité? N'était-ce pas un jeune homme? N'était-ce pas lui-même? J'ai été dure envers lui, oui, très dure; mais il le fallait. J'étais devenue sa drogue; aujourd'hui, je l'ai désintoxiqué. Qu'il doit être accablé! Cependant, j'ai eu l'impression, en l'observant durant le repas, que cette Judith Collins est très attachée à lui. L'aimerait-elle? Ce serait une issue pour lui, la meilleure solution... J'ai admis devant lui qu'elle était plus belle que moi. C'est la vérité! Ne suis-je pas, pourtant, déjà un peu jalouse d'elle? Ce serait absurde, voyons! Il la connaît depuis des années, c'est elle qui l'a lancé, et néanmoins il m'est toujours resté fidèle. Que dis-je là, resté fidèle à *son* amour, bien sûr. A *son* amour pour moi. Ce qui prouverait donc que... Tais-toi! Ces pensées sont indignes de toi. Comme c'est effarant, dès que l'on se met à gratter la surface de l'âme humaine, on découvre un monstre d'égoïsme et de jalousie! Il y a aussi les cancers invisibles, les cancers de l'âme. Sous ce rapport, nous sommes tous des cancéreux, tous... » Un oiseau nocturne fit entendre son cri plaintif. Flavie se sentit saisie d'une brusque panique, elle eut peur pour son enfant qui dormait dans la chambre voisine. Elle se leva en hâte, passa dans l'autre pièce; là, elle poussa un soupir de soulagement : Jan, couché dans le petit lit aménagé pour lui, dormait paisiblement. Flavie le trouva beau comme un ange, sous l'éclairage féerique de la lune. Longuement, elle resta penchée sur lui, indiciblement heureuse.

Cette même nuit... à cette même heure, Ide fut éveillée par la sensation d'un vide à côté d'elle : elle ne s'était pas trompée, Norbert n'était pas là. Quand elle vit la lumière qui filtrait sous la porte de la pièce adjacente, elle comprit aussitôt ce qu'il faisait. Qu'il était allé travailler à son *Portrait d'une lionne d'Afrique,* la toile dont il voulait faire présent à Thérèse. Dès qu'ils étaient arrivés au Cap-Ferrat, Norbert avait fait un saut à Nice pour y acheter de la toile et des châssis; puis il s'était immédiatement mis à l'œuvre, se servant des esquisses rapportées de sa mémorable excursion en compagnie de son ami anglais, Henry Murray. Un tableau intitulé *la Lionne couchée* ornait déjà le bureau de Jan... Norbert aimait œuvrer la nuit, il avait alors l'impression d'être seul au monde avec son sujet. Ide se serait bien gardée de le déranger dans ces instants de création; elle tenait à être une épouse compréhensive, et non point une femme exigeante et tyrannique. « L'erreur maintenant, et que beaucoup de femmes commettraient, serait d'aller me jeter à son cou avec des pleurnicheries, ou de lui montrer un air mécontent, accusateur. Moi aussi, j'ai des moments où je désire être seule, et alors Norbert sait s'effacer, parce qu'il est l'être le plus sensible et le plus ouvert à toutes les nuances de l'âme que je connaisse. Donc, quand il peint, je sais m'effacer, tout comme lui, et je ne vais pas regarder par-dessus son épaule, ce que les artistes ont en horreur. Les nations heureuses n'ont pas d'histoire, dit-on... Il en est de même des couples. Les années passent : chacune vient s'ajouter, rutilante, ronde et achevée, au collier de perles de notre vie. Dieu sait pourtant si j'ai connu la douleur, le deuil et le désespoir! *Ma'am! Ma'am! Something terrible has happened! Old Sammy has killed Mister James, Ma'am...* Jamais je n'oublierai la voix de ce négrillon qui vient m'annoncer cette horrible nouvelle. James mort, James tué bêtement, massacré par un fou! Qu'est-il resté de lui? Une tombe, une croix de marbre sur la terre africaine... C'est pendant son enterrement que Norbert et moi, nous nous sommes trouvés pour la première fois côte à côte. Pensée presque sacrilège... Que la vie est rusée! Pour continuer, elle se sert même de la mort. Une pluie diluvienne s'était abattue sur le cimetière; nous avons trouvé refuge sous un caveau. Sur la voûte était peinte *la Résurrection de Lazare*. Un symbole... Il y a toujours un avenir. Que peut bien faire notre petit James, dans cet instant même? C'est lui, la résurrection; c'est lui, notre futur... » Une chouette pleura dans la nuit. Ide dressa l'oreille. Elle aimait beaucoup les chouettes, leurs yeux ronds, leur air méditatif; jamais elle n'avait cru qu'elles fussent des oiseaux de mauvais augure. Elle se rendormit avec un sourire.

XIII

Judith frappa nerveusement à la porte du musicien.

— Qui est là?

— C'est moi, Judith!

— Vous? A cette heure? Qu'arrive-t-il?

— Il faut que je vous parle, Hugo, tout de suite! C'est très important pour moi.

La porte s'ouvrit et Hugo apparut sur le seuil.

— Mais qu'avez-vous? s'écria la jeune fille dès qu'elle l'aperçut, vous êtes plus pâle qu'un cadavre!

— Ce n'est rien, balbutia Hugo d'une voix blanche. L'insomnie...

— J'étais dans le parc, j'ai vu de la lumière chez vous...

— Je lisais.

— Vos yeux sont..., c'est-à-dire ils brillent tellement..., je veux dire, balbutia Judith, que vous paraissez hors de vous, surexcité. Auriez-vous un accès de fièvre? Seriez-vous souffrant?

— Non, répondit Hugo, toujours de la même voix lointaine, j'étais absorbé par une biographie de Mozart.

— Je vous ai dérangé, sans doute?

— Non, non...

— Je ne trouvais pas le sommeil, alors je suis sortie dans le jardin. Il y a de l'orage dans l'air.

— Je l'ai senti, moi aussi.

— Avez-vous entendu la chouette?

— Oui.

— Ne dites-vous pas, en Europe, que son cri est annonciateur de quelque décès?

— On l'accuse d'être l'oiseau de la mort, oui...

— Vous y croyez, vous?

— Cette nuit j'y crois, oui.

Judith devint inquiète :

— Pourquoi précisément *cette nuit?* Avez-vous entendu parler d'un mourant dans le voisinage?

Le regard du violoniste se voila :

— La mort, répliqua-t-il, n'est pas un objet de conversation pour vous, Judith. Vous êtes jeune, belle, insoucieuse...

— Insoucieuse? Je ne suis pas la femme que vous imaginez, Hugo.

Il tressaillit :

— J'ai déjà entendu ces mêmes paroles...

Une autre plainte s'éleva au-dehors. Hugo s'interrompit, prêta l'oreille. Après un silence, il murmura :

— Que de présages accumulés, en une seule nuit! Et la mer, aussi, est menaçante...

Judith, en bonne Américaine, détestait tout ce qui est mystère ou superstition. Aussi commençait-elle à se révolter contre la tournure étrange que prenait l'entretien. Cependant, elle était trop gênée par l'aveu qui lui brûlait les lèvres, trop transportée par son amour, pour pouvoir adopter l'attitude ferme et lucide qui était habituellement la sienne. Elle se rendait compte, aussi, que le musicien n'était pas dans son état normal. « N'aurait-il pas pris quelque drogue pour surmonter son accablement? pensa-t-elle, cela se fait assez dans certains milieux d'artistes. Pourtant, je ne lui connaissais pas de vice, surtout pas celui-là! » A cet instant, comme par hasard, ses yeux se portèrent sur un objet métallique qui brillait sur le guéridon, au milieu de la pièce. Elle comprit aussitôt :

— Mais, Hugo, s'écria-t-elle d'une voix tremblante, comment avez-vous pu songer à faire *cela?*

Totalement désemparé, Hugo balbutiait d'une voix rauque des paroles inintelligibles. A côté du pistolet, Judith aperçut un pli qui portait son nom; elle le décacheta d'un geste fiévreux. C'était un message très bref :

A partir d'aujourd'hui, je sais que je serai toujours seul au monde. La vie a perdu tout sens pour moi. Même la musique m'exaspère. Tout est dit. Tout est fini. Vous avez été très bonne pour moi, Judith, et je vous remercie bien mal. Pardonnez-moi.

Les larmes coulaient sur les joues de la jeune fille. Elle se sentit défaillir :

— Seul au monde? s'exclama-t-elle en rassemblant ses dernières forces pour résister à cette grande vague noire qui s'abattait sur elle. Insensé! Ne savez-vous donc pas que je vous aime?

Puis elle s'évanouit.

Cette même nuit... Jan était assis sur un rocher, à quelques pas du rivage. La mer paraissait irritée contre lui, grondait, bouillonnait. Les lames montaient furieusement à l'assaut, venaient se briser à ses pieds en exhalant leur rage, l'enveloppaient de gros nuages d'embruns. Jan restait immobile, impassible. « Si Yannakos était là, il saurait trouver les mots pour te dire ton fait, va! Tu es déchaînée contre moi parce que je me couvre de ridicule, parce que je suis sottement amoureux d'une jeune fille qui me rappelle mon obsession, mon fantôme. Inutile de me persécuter, je suis assez lucide pour y voir clair, pour mesurer ma déchéance. N'insiste pas! Je sais tout ce que tu voudrais me dire, je passe mon temps à m'accuser moi-même. A m'accuser de faiblesse, de lâcheté et d'hypocrisie. Pour les membres de ma famille, je suis une espèce de dieu, l'homme que l'on vénère, le fondateur de la dynastie des Yvarsen... S'ils savaient! Si Thérèse savait! Quand j'ai pris ma retraite, quand j'ai fait construire *Journey's End,* c'était pour récompenser ma fidèle épouse, pour ne plus songer qu'à son bonheur. C'est, du moins, ce que je disais. Je le pensais aussi, oui, je jure que je le pensais! Tartuffe, va! Il a suffi d'une mélodie, d'un piano, pour... Ah, si je pouvais balayer ce souvenir! Effacer l'image de Sigrid, et donc celle de Judith, de ma mémoire! Redevenir un homme libre, ne plus rester l'esclave d'un spectre! Que faire? As-tu une réponse, toi qui ne sais que me jeter des lames au visage? Quoi? Que chante le vent? Partir? Ce vent gonflerait les voiles du *Trollhättan,* oui... Mais, partir où? Tout au loin, ces éclairs de chaleur... Peut-être la réponse... Cingler vers le large. Fuir cette situation intolérable, cette passion funeste. Savoir vieillir, enfin, me résigner au verdict implacable de la nature. Redevenir moi-même. Oui, moi-même... » Il se sentait sombrer dans une demi-somnolence « Tout devient flou. Tout s'écoule, comme aurait dit le bonhomme Héraclite. Contours s'estompent. Seule la lune demeure. Paraît triste comme moi. Extrême désolation des paysages lunaires. Sont semblables à ceux de mon âme. *Polonaise fantaisie* de Chopin. Cette secrète nostalgie de tous les Polonais. Ma Pologne : Sigrid. Judith-Sigrid. Le fantôme du Trollhättan. Mauvais. Mélodramatique. Sent le feuilleton 1900. Quel gâchis! Partir... Thérèse, un reproche silencieux. Et toujours cette sonate de Mozart qui m'obsède. L'andante en si bémol qui s'éteint avec la sérénité un peu douloureuse de ce taaa ta-ta-ta-ta... Mozart, mozarabe, Mozambique. Partir pour le Mozambique. Avec Yannakos, sur le *Trollhättan.* Entre hommes. Les femmes, c'est le trouble. Les femmes sont toutes des démons! Voyons, que je me rappelle l'histoire de la Judith biblique... Elle avait réussi à gagner les faveurs de... de... Un nom bizarre. Holopherne! De cet Holopherne, oui, qui assiégeait la ville de Béthulie. Ma mémoire est restée bonne! Pourrais en remontrer à bien des jeunes. Oui, donc Judith avait séduit Holopherne. Et une nuit, une nuit comme celle-ci probablement, chargée d'orages et de menaces, elle s'introduit dans sa tente et lui coupe la tête. Voilà la femme! Et Judith Collins, elle, ne m'a-t-elle pas... Je sens que je vais m'endormir sur ce rocher. Serai emporté par les lames, jeté dans le ventre tumultueux de la mer. Serait une solution. S'endormir et mourir, quel beau rêve... *Quand vous serez bien vieille...* Quand tu seras bien vieux. Déjà. Ah, je suis las, las... » Le chuintement d'une chouette le tira de sa torpeur. « Tu as raison, oiseau de la nuit aux yeux de velours, de te moquer de moi. Je suis en train de me conduire comme un collégien! » Subitement, toutes ces pensées futiles, ces bribes de réminiscences furent balayées. Sous le regard intérieur de Jan, ne subsistait plus que l'image lumineuse de Judith. Cependant, derrière elle, il en apercevait une autre. Le visage, grave et triste, de Thérèse. Alors, sa résolution fut prise.

Quand Judith rouvrit les yeux, elle se vit allongée sur le canapé du salon. Hugo, anxieusement, était penché sur elle. Une seule lampe était allumée dans la vaste pièce, celle du grand piano.

— J'ai été ridicule, n'est-ce pas? fit-elle d'une voix encore faible.

— Non, non, protesta Hugo, c'est moi, avec ce pistolet et ce billet rédigé en termes maladroits, toute cette mise en scène trop romantique, toute cette emphase macabre...

— Vous vouliez vraiment... le faire?

— Oui.

— En vous brûlant la cervelle?

— Cela paraît grotesque et démodé, n'est-ce pas?

— Insensé, surtout!

— Si vous n'étiez pas venue frapper à ma porte, je serais mort maintenant.

— La chouette m'avait donc avertie à temps. C'est à elle que vous devez la vie, Hugo.

— Dorénavant, je ne l'appellerai plus sottement

l'oiseau de la mort, mais au contraire, l'oiseau de la vie.

— Vous êtes donc résolu à vivre?

— Plus que jamais!

— Et d'où vient cette soudaine conversion!

— Vous m'avez dit que.., balbutia Hugo, enfin je...

La jeune fille le fixa calmement et confirma d'une voix tranquille :

— Je vous ai dit que je vous aimais, c'est la vérité, Hugo.

— Cela est venu si brusquement, c'est tellement inattendu...

— Mais vous, c'est Flavie Yvarsen que vous aimez.

— Vous saviez que c'était elle...

— Votre mystérieuse auditrice de Hambourg. Voyons, c'était facile à deviner.

— Entre Flavie et moi, tout a été dit; je ne la verrai jamais plus.

— Ainsi, c'est à cause d'elle que vous vouliez mourir, c'est votre funeste passion pour cette femme qui vous a entraîné à cette extrémité criminelle!

— Je n'espérais plus rien.

— J'étais là, pourtant...

— Je ne vous voyais pas, alors.

— Et maintenant?

Hugo hésita, cherchant ses mots :

— C'est comme... dans la *Pastorale* de Beethoven. Vous savez, après l'orage, quand on entend encore les derniers roulements de tonnerre dans les lointaines coulisses du ciel : tout à coup, il y a une petite musique champêtre qui s'élève, un motif gai.

Il chantonna le motif :

— C'est le premier rayon de soleil qui transperce les sombres nuages, c'est la lumière après les ténèbres. Et cet air grandit, grandit, pour devenir à la fin un chant de triomphe, un chant d'amour et de paix. Il m'est très difficile d'exprimer les sentiments que j'éprouve en ce moment, Judith. Ils sont contradictoires, d'ailleurs, car les cicatrices du cœur ne se referment pas si vite, il y faut du temps, de la patience, de la persévérance...

— Je comprends ce que vous essayez de me dire dans votre langage, Hugo. Je *saurai* attendre.

Hugo continua de parler, comme dans un rêve :

— « Je vous aime », jamais auparavant je n'avais entendu ces paroles... La révélation de votre amour a été ce premier rayon de soleil, cette lumière. Malgré mon succès et ma brillante ascension en tant que violoniste, ma vie était un paysage d'hiver. Pensez à Schubert. J'étais le voyageur solitaire errant sur les chemins glacés des campagnes du nord. Et mon ciel était sombre... Flavie l'avait-elle jamais illuminé? Je ne le crois pas. Elle m'a rendu ambitieux, oui. Mais malgré, à cause peut-être de ma passion pour elle, je restais profondément seul. Et au moment où tout paraissait perdu, au moment où j'étais prêt, décidé à mettre un terme à cette existence sans joie, vous êtes venue... Vous êtes venue et vous m'avez fait cet aveu. Ainsi donc, on pourrait m'aimer, moi aussi. C'était un miracle...

Il se pencha sur elle :

— Vous sentez-vous mieux? Pouvez-vous vous mettre au piano? Jouer?

Elle le regarda avec étonnement :

— Au piano?

Il hocha la tête :

— Oui, Judith... Cet aveu de tout à l'heure, dites-le encore, mais dans notre langue à nous, la langue des musiciens.

— Quel est le plus beau poème d'amour qu'on ait jamais écrit en musique? demanda Judith en s'installant devant le clavier.

Hugo répondit, sans hésitation :

— Le premier mouvement de la *Sonate au Clair de lune*. Je sais que vous l'aimez beaucoup et que vous le jouez à la perfection. Le reste de cette sonate est moins bon, mais le début à mon avis, c'est la plus belle page de Beethoven.

— Venez, Hugo, asseyez-vous près de moi... Je vais vous ouvrir mon cœur.

— Le jour viendra..., le jour viendra où je vous répondrai. Alors, nos deux chants se fondront dans une seule mélodie.

— Une seule mélodie..., murmura Judith. Et, tout doucement, puis de plus en plus passionnément, elle fit résonner les premiers accords, si tendres et poignants, de l'immortelle sonate.

XIV

Thérèse relisait la lettre de Jan. Elle l'avait trouvée sur sa table de chevet en se réveillant :

Ma chérie,

Une urgence m'appelle en Egypte, au Caire. On m'a téléphoné dans la nuit; il s'agit d'un confrère, brillant chirurgien, atteint par la maladie de Richter. Je n'y vais pas pour faire moi-même l'opération (je ne suis plus assez sûr de ma main pour cela), mais d'abord pour établir un diagnostic absolument définitif et pour, le cas échéant, présider et surveiller l'intervention. J'ai accepté parce qu'il paraît que je suis le seul médecin au monde (ce qui est assez malheureux) pour pouvoir apporter une aide efficace à ce confrère, à ce malade (qui semble être très gravement atteint) et éventuellement le sauver. Je suis sûr que tu seras d'accord. Pouvais-je refuser? Je ne crois pas. Quand la vie d'un homme ne dépend plus de vous, le choix s'impose : il faut rentrer en lice. Je pars donc dans quelques instants. Je n'ai pas eu le courage de te réveiller, tu dormais si profondément... J'ai déjà téléphoné à l'aéroport : mon avion doit décoller dans une demi-heure ; donc, le temps presse. Une chose encore : les Egyptiens ne vont sûrement pas me laisser repartir immédiatement. Tu sais ce que c'est : conseils pour l'aménagement de cliniques modernes, réceptions académiques, sociétés savantes, etc. Je ne serai donc pas de retour avant dix ou même quinze jours, et je ne retrouverai plus nos enfants à Journey's End. *Embrasse-les tous de ma part, dis-leur mes regrets d'avoir dû les quitter si précipitamment. Et tu peux rassurer Erling et Flavie : j'irai à Stockholm ! Je verrai leur Institut, je les aiderai dans la mesure du possible. Remercie Norbert pour les toiles splendides qui décoreront désormais notre maison. N'oublie pas Ide, ma chère petite Ide... Je t'embrasse bien fort,*

ton mari qui t'aime,

JAN.

Thérèse était perplexe. Quelque chose clochait dans cette lettre, lui paraissait anormal. Et d'abord, elle était beaucoup trop longue ; elle ne reconnaissait pas le style direct et élégant de son mari. Ces parenthèses..., ces explications interminables..., c'était comme si Jan avait écrit sous la dictée de quelque contrainte.

— Invraisemblable, murmura-t-elle, tout ceci me paraît invraisemblable et fantastique...

Dans la chambre de son mari, elle constata qu'effectivement Jan avait emporté son nécessaire de toilette, des vêtements, divers objets personnels. Elle en ressortit pensive. Sur le palier, elle rencontra Ide, fraîche et rose, qui venait de prendre son bain :

— Bonjour, maman ! s'écria la jeune femme en embrassant affectueusement sa mère. As-tu bien dormi ?

— Pas trop bien, ma chérie, non, la mer était mauvaise cette nuit. Tu l'as entendue ?

— Oui, mais elle ne m'a pas empêchée de dormir.

— Quand j'avais ton âge...

— Mais tu es encore jeune, maman!

— Hélas, non.

— Sais-tu, maman? s'exclama Ide, Norbert a achevé la toile destinée à papa! Il y a travaillé presque toute la nuit.

— Malheureusement, fit Thérèse, ton père ne pourra pas la voir avant une quinzaine de jours, c'est-à-dire quand déjà vous serez partis.

— Que dis-tu là, maman?

— Oui, Jan a été appelé d'urgence au Caire. Il a pris le premier avion au départ de Nice. En ce moment, il doit être quelque part au-dessus de la Méditerranée.

Ide fut à la fois déçue et ravie par cette nouvelle. Déçue, parce qu'elle aimait beaucoup son père et que son absence signifiait la fin de la fête d'anniversaire de *Journey's End.* Et ravie, à l'idée que Jan menait encore une vie aussi active, que, du monde entier, des gens sollicitaient ses conseils et son aide.

— Quel dommage, dit-elle cependant, j'ai l'impression que notre petite fête est finie.

— Mais nous aurons quand même passé quelques très beaux jours ensemble, et puis... vous reviendrez.

— Les journées passées en ta compagnie me paraîtront toujours trop courtes, maman.

— A moi aussi, ma chérie, bien sûr! Cependant, n'aviez-vous pas l'intention de repartir demain?

— Il le faut, j'ai laissé là-bas notre petit James.

— Que j'aurais tant aimé voir!

— Quand il sera plus grand, nous viendrons à *trois* à *Journey's End.* Quand même, ce cher papa n'aura jamais de repos.

— C'est la rançon de la gloire.

— Crois-tu que Norbert sera très célèbre, un jour, maman?

— J'en suis certaine, et alors vous ne pourrez plus vivre en Afrique du Sud.

— Il est pourtant bien décidé à y rester. Si tu savais comme il peut être heureux quand il entreprend une excursion dans la brousse, avec son ami Murray!

— On ne lutte pas contre les exigences du monde, ma chérie. Le jour viendra où vous serez obligés de résider à Paris, Rome ou New York. On commence déjà à parler beaucoup de Norbert; dans quelques années, vous n'aurez plus droit à votre chère solitude.

— Pourquoi n'as-tu pas accompagné papa au Caire, maman? Ce voyage t'aurait divertie...

Thérèse ne dit rien de la lettre qu'elle avait trouvée en se réveillant, elle ne fit aucune allusion à tout ce qu'elle trouvait d'insolite dans ce brusque départ. Vis-à-vis des enfants, ils devaient rester le couple heureux, le couple modèle. Hypocrisie? Peut-être... mais aussi conscience du devoir, de l'exemple à donner.

— Je ne pouvais quand même pas vous laisser abandonnés à *Journey's End.* Ce serait une bien singulière manière de traiter des invités! Et puis tu sais que ton père aime à être seul quand il redevient médecin.

— Il faut que j'aille annoncer la nouvelle à Norbert, maman, tu m'excuses?

— Va, mon enfant, va!

Quand Thérèse descendit l'escalier, elle rencontra Erling qui la salua avec son habituelle tendresse, un peu grave. Il fut atterré en apprenant le départ de Jan :

— J'avais tellement de questions à lui poser!

— Des questions?

— Mais oui! Au sujet de ce dossier d'observations qu'il m'a confié, et que j'ai lu d'un trait.

— Il viendra vous voir à Stockholm, c'est promis.

— Toi aussi, maman, j'espère.

Thérèse secoua la tête :

— Vous oubliez tous, Erling, que je ne suis plus très jeune. Les longs voyages me brisent. Si je vais chez vous, il faut aussi que j'aille chez Ide, en Afrique ; c'est trop pour moi.

— Tu es heureuse à *Journey's End?*

— Tu as vu comment nous vivons, tu as vu comment nous avons arrangé tout cela. Qu'en penses-tu, toi l'homme rationnel, le scientifique par excellence?

— Je pense que vous n'auriez pas pu mieux choisir, maman. Le site est absolument magnifique, la maison meublée avec goût — ce qui ne m'a guère surpris de ta part —, et le parc est une véritable féerie. Moi aussi, j'aimerais achever mon existence dans un cadre aussi enchanteur.

Puis il dit, avec un peu d'effort :

— Sais-tu que papa est un homme tout à fait extraordinaire? Qu'il est génial, dans un certain sens?

Thérèse était stupéfaite... Erling, tel qu'elle le connaissait, avait horreur de toute emphase. Il était rare qu'il fît le moindre compliment à quelqu'un, hormis à sa femme. Oui, qu'il parlât de son père en termes aussi élogieux, voilà qui était extrêmement déconcertant. Car tout en reconnaissant son indéniable mérite et son intelligence supérieure, il avait souvent été en termes assez tendus avec Jan, dont il s'était senti parfois, peut-être, secrètement jaloux.

Erling remarqua cet étonnement :

— Mes paroles te surprennent, maman, n'est-ce pas?

— Un peu, oui...

— Vous me prenez tous pour un être sec et dur, non? Pour le contraire de Norbert...

— Qui donc a dit cela? Croirais-tu une pareille sottise, mon enfant? Non, je ne t'ai jamais pris pour un être sec, mais pour un homme de science, prudent et réservé.

— Tu as vu juste, maman. Néanmoins, je suis capable d'une chose : reconnaître le génie quand je le rencontre.

— Et d'où te vient, en ce moment précis, cette opinion si flatteuse sur ton père?

— Mais de ces notes qu'il m'a confiées!

— Elles te sont utiles?

— Plus que précieuses! Vois-tu, maman, là où il nous faut l'analyse de, mettons cent ou deux cents cas, à nous autres hommes de laboratoire, papa tombe juste après l'examen de seulement deux ou trois cas cliniques. C'est prodigieux! Ses déductions logiques tiennent lieu de dix années de recherche.

— Nous savions tous que ton père est un homme supérieur, Erling. Il n'y avait que toi pour te révolter contre son emprise.

— Son ombre m'écrasait!

— Mais aujourd'hui, tu as besoin de lui, et tu sais le reconnaître.

— Oui, je le reconnais.

— Toi aussi, tu iras loin, Erling; c'est justement ta modestie et ta probité qui le prouvent.

— Oh, je ne...

— Tu seras un grand savant. Qui sait, tu égaleras peut-être un Pasteur, un Curie.

Erling eut un geste de protestation :

— Je t'en prie, maman, ne me mets pas au niveau de ces titans!

— Et pourquoi pas?

— Mon ambition est plus modeste : ce que je veux simplement, c'est arriver à déceler l'origine du cancer humain...

Il ajouta avec feu :

— Et j'ai la certitude que j'y arriverai!

Thérèse sourit, indulgente :

— Et tu appelles cela une ambition modeste, mon enfant? Sais-tu combien de chercheurs, parmi les plus brillants, se sont attaqués à ce problème avant toi, et vainement?

— Je sais, je sais...

— Je ne veux pas te décourager; peut-être seras-tu l'homme du destin, le vainqueur.

— J'ai déjà mon Institut.

— Et quelle persévérance il t'a fallu pour aboutir à ce résultat, très appréciable!

— L'Institut, oui, c'est *déjà* une réussite. Mais si tu savais, maman, le travail qu'il me donne, tous les soucis que j'ai!

— Je m'en doute!

— Heureusement que j'ai Flavie pour me seconder.

— Vous me faites penser à Marie et Pierre Curie.

— Pourquoi nous compares-tu toujours à ce couple illustre, maman, voyons!

— Parce que je suis sûre que vous serez célèbres, vous aussi.

— Dis-moi, maman, c'est donc certain : papa viendra à Stockholm?

— Il te le promet.

— Quel homme! A son âge, s'envoler comme ça, en pleine nuit, pour l'Egypte.

— Ton père n'a jamais perdu sa foi de médecin, ni son sentiment du devoir.

— Norbert viendra également à Stockholm.

— Ah oui?

— Je lui ai commandé une fresque pour décorer le hall d'entrée de l'Institut.

— Je suis heureuse que vous vous entendiez si bien, tous les deux, vous dont les natures, pourtant, sont différentes.

— Ide et lui ont l'intention de prendre l'avion demain, n'est-ce pas? Ou bien auraient-ils changé leurs plans?

— Ils partent demain, oui.

— J'ai bien envie que nous fassions comme eux...

Il prit sa mère par le bras :

— Non pas que je me déplaise ici, maman; je te l'ai déjà dit, *Journey' End* est un séjour paradisiaque, et nous y reviendrons souvent! Mais je suis un médecin. un savant. Tu sais ce que cela implique.

Thérèse hocha la tête :

— Oh oui, mon fils, je sais ce que cela veut dire. Tu brûles de retrouver ton Institut.

— C'est stupide à dire, mais je suis le cerveau de l'entreprise; sans moi, elle tourne à vide. C'est pourquoi j'ai hâte de rejoindre mon poste.

— Je te comprends...

— Alors, tu es d'accord, nous partons tous demain?

— Aurez-vous un avion pour Stockholm?

— Je n'en sais rien encore. Je vais immédiatement téléphoner à l'aéroport.

Thérèse ne mit guère d'obstacle à ce départ général. Son instinct l'en avertissait : derrière la disparition brusquée de Jan, il y avait un mystère et pour l'élucider, il lui semblait qu'il serait préférable, peut-être, de rester seule.

Le jour suivant, toute la famille Yvarsen, sauf son fondateur, se trouvait, rassemblée à Nice, à l'aéroport. Par un heureux hasard, l'avion à destination de Stockholm ne partait que dix minutes après celui qui devait s'envoler vers l'Afrique du Sud. Les adieux allaient donc se faire en même temps... Thérèse était émue jusqu'aux larmes : elle ne parvenait pas à se séparer du petit Jan dont elle ne cessait de caresser les jolies boucles blondes. L'enfant cependant était déjà loin d'elle; fasciné par l'activité intense régnant sur le terrain, il harcelait son père de questions de toute sorte. Enfin, vint le moment des ultimes baisers, des dernières recommandations. Et subitement, Thérèse fut seule, face à l'immense piste d'envol; au-delà scintillaient les flots. La gorge serrée, elle vit ses enfants et son petit-fils disparaître à l'intérieur des impressionnantes machines. Comme prévu par l'horaire, l'appareil qui emportait Erling, Flavie et le petit Jan décolla le premier, et après avoir dessiné une large courbe au-dessus de la mer, disparut vers le nord. Puis le quadrimoteur, à bord duquel avaient pris place Ide et Norbert, à son tour prit son élan, fonça sur la piste, s'éleva au-dessus du sol, puis plus haut, de plus en plus haut dans le ciel, pour finalement devenir un point noir qui s'effaça vers l'horizon. Brisée par l'émotion, Thérèse se dirigeait lentement vers la sortie, lorsqu'elle se trouva soudain face à face avec Judith Collins et Hugo Stiffenacker, tous deux en costume de voyage.

— Quelle heureuse rencontre! s'exclama Judith. Madame Yvarsen! Je suppose que vous venez de faire vos adieux à vos enfants?

— Oui, ils viennent de partir, tous en même temps.

— Et vous voici bien mélancolique. Mais où donc est le docteur?

Thérèse leur raconta comment Jan avait dû se rendre précipitamment en Egypte.

— Quand il reviendra, fit Judith, vous pourrez lui communiquer une nouvelle qui lui fera certainement plaisir, car je crois qu'il a beaucoup de sympathie pour Hugo et pour moi.

— C'est donc une bonne nouvelle, je suppose?

— Nous venons de nous fiancer, annonça la jeune fille, qui rayonnait de joie. En ce moment, nous partons pour Vienne où Hugo est attendu pour un récital.

Thérèse s'empressa de féliciter ce couple. Ces jeunes gens lui semblaient l'incarnation même de la joie de vivre, de l'espoir. Que ce musicien avait changé depuis le temps où, visiteur chez Flavie, elle l'avait rencontré à Hambourg! Mais dans ses yeux brillait toujours ce même feu intense qui le distinguait, quand il n'était encore qu'un petit commis chez l'armateur Stadelmann, d'un amateur fantasque. Quel chemin parcouru depuis! Aujourd'hui, on le citait en même temps que Menuhin,

Oïstrakh et Kogan; et maintenant, il allait épouser cette belle, radieuse et richissime Américaine.

Partout, semblable à ces grands oiseaux métalliques qui s'envolaient vers l'azur du ciel, la vie reprenait, inexorable, son éternel essor. Chaque vieillissement, chaque déclin, était compensé par une nouvelle montée de sève, de jeunesse.

Quand elle se fut séparée des jeunes fiancés, Thérèse, subitement, se sentit seule, misérable. Ces départs, ces rencontres, ces nouvelles, tout cela l'avait remuée. Plus que jamais, elle aurait eu besoin de la présence, du bras de son mari. Lui seul aurait su trouver les paroles consolatrices, lui seul lui aurait rendu son sourire.

— Pourquoi m'as-tu abandonnée? murmura-t-elle.

XV

Le *Trollhättan* cinglait vers la côte africaine.

— Nous avons le vent dans le dos, s'exclama Yannakos en élevant un regard satisfait vers les voiles gonflées de la goélette. Nous arriverons bientôt en vue de Tunis.

— Parfait, fit Jan, nous y ferons escale, puis nous gagnerons la côte libyenne par le golfe de Gabès.

— Tu as vu comme nous avons dépassé ce gros yacht italien! Ils en faisaient des têtes!

— Et nous n'avons presque pas eu à nous servir du moteur. Nous avons eu de la chance, *beaucoup* de chance, Yannakos.

— A qui le dis-tu, patron! Mais... autre chose : as-tu écrit cette lettre pour ta femme?

— Non, mais je vais m'y mettre.

Yannakos contempla la mer avec amour. D'une voix presque tendre, affectueuse, il murmura :

— Quelle traversée! Pas la moindre houle! Une mer d'huile.

Puis, de nouveau tourné vers Jan, il soulagea son cœur :

— Il faut lui écrire toute la vérité, patron, ne rien lui cacher. Je vais te dire : un mensonge, c'est toujours une chaîne. Le menteur est un homme enchaîné, un esclave, quoi!

— Je sais, Yannakos, je sais...

— Tandis que l'homme qui dit toujours la vérité est aussi celui qui jouit de la plus grande liberté. Oui, patron, c'est comme ça, tu peux me croire. Allons, va, n'attends plus, ta femme doit être malheureuse, la pauvre.

Jan alla s'installer dans la timonerie. C'est là qu'il rédigea cette lettre pour Thérèse :

Ma chérie,

Ai-je encore le droit de t'appeler ainsi? Je ne sais plus... Yannakos, un simple, un homme du peuple, vient de me faire une bonne leçon de morale. L'homme qui s'en tient toujours à la vérité, m'a-t-il dit, est un homme libre; tandis que le menteur est l'esclave de ses montagnes. Or, moi, Thérèse, je t'ai menti, je n'ai fait que cela ces derniers temps. C'est pourquoi je suis devenu un esclave. Devenu? Non, je l'étais déjà, je l'ai toujours été, l'esclave de ma passion pour Sigrid. Avec ce nom, je te livre la clef de mon étrange comportement, car c'est d'elle encore qu'il va s'agir, ou plus exactement du souvenir que j'ai gardé d'elle, de sa beauté. Diabolique beauté! Elle est morte, je sais, et je devrais la laisser reposer en paix. Mais il faut que ce soit dit une fois pour toutes : cette femme avait jeté un charme sur moi, un charme malsain. Elle s'est dressée entre nous de son vivant; morte, son image continuait de m'obséder. Malgré toutes mes affirmations contraires, je ne l'ai jamais oubliée, je n'ai pu *l'effacer de ma mémoire.*

Sigrid? Je devrais l'appeler ma fatalité. Son ombre démesurée, inquiétante, a toujours assombri ma vie, car cette passion ne m'a jamais donné de joies, uniquement des tourments et des regrets. Mais la raison humaine est impuissante contre le déferlement torrentiel d'une passion. Ceux qui prétendent le contraire sont des hypocrites, ou c'est alors qu'ils n'ont jamais eu dans le sang ce terrible virus. Venons aux faits! Tu sais que j'aime me promener, la nuit tombée, le long du rivage désert. A Journey's End, *je restais souvent assis, de longues heures, sur notre rocher. J'écoutais les soupirs des lames qui venaient mourir à mes pieds. J'entendais autre chose aussi : une musique, provenant de la propriété voisine, très souvent une sonate pour piano de Mozart. Cette sonate, Sigrid avait l'habitude de la jouer quand nous étions encore de très jeunes fiancés, et de la jouer exactement comme cette invisible voisine, d'une manière romantique, beaucoup trop appuyée. Et cela a suffi, cette mélodie, pour ressusciter Sigrid devant moi, pour me livrer de nouveau, tout entier, à l'ancienne obsession... C'est à dater de ce moment, tu t'en souviens, que j'ai commencé à devenir irritable, absent, lointain. Tu vois, les actions et les comportements humains finissent toujours par s'expliquer... Il y a très peu de temps, juste avant l'anniversaire de* Journey's End, *j'ai fait la connaissance de cette mystérieuse voisine, dans des circonstances que je me reproche de t'avoir cachées. Les voici donc : contrairement à mon habitude, et fort imprudemment, je m'étais hasardé, tout seul, à sortir le* Trollhättan *du port de Beaulieu, Yannakos ayant eu un empêchement ce jour-là. Or, en croisant au large du Cap, j'entendis les cris de détresse d'une nageuse en péril. Je réussis à la sauver : c'était Judith Collins, notre voisine, qui s'était aventurée trop avant dans la mer. Tu as vu cette jeune Américaine, tu sais comme elle est belle, lumineuse! Ma passion pour Sigrid, jamais complètement éteinte, se reporta sur elle. En vérité, il s'est produit dans mon esprit comme une symbiose entre cette jeune fille et la suicidée du Trollhättan. J'adorais un double fantôme, un être hybride que j'appelais Judith-Sigrid... Après cette rencontre en mer, je commençai à lui rendre des visites, que je te taisais, naturellement, car je m'étais enfermé dans le cercle vicieux (combien ce mot est juste!) de la dissimulation. Ma passion s'exacerba de jour en jour, sans que la jeune fille, d'ailleurs, en remarquât quoi que ce soit. Et je tiens à dire ici que Judith Collins est d'une pureté et d'une innocence tout angéliques, qu'elle n'a jamais été coquette avec moi, qu'elle ne m'a encouragé en rien! Mais moi, j'avais perdu toute ma lucidité, je m'étais mis à l'aimer d'un amour fou. Je courais à la catastrophe, il fallait réagir! Alors j'ai décidé, par cette nuit si lourde de menaces, tu te rappelles? des éclairs de chaleur sillonnaient le ciel, la lune était basse..., j'ai donc décidé de fuir Judith pour retrouver la paix, la dignité, la sérénité. Cependant, pour fuir cette jeune fille, il me fallait nécessairement quitter* Journey's End *pour quelque temps. Une idée m'est venue : partir seul, en compagnie de Yannakos, à bord du* Trollhättan, *traverser la Méditerranée jusqu'à la côte libyenne, et rendre visite à nos amis Cora et Stephen Wells lesquels, comme tu le sais, se trouvent actuellement à Lebda. J'avais toujours été fasciné par cette ville fameuse, ensevelie sous les sables du désert, et dont Berenson a donné une description si enthousiaste... Aussitôt prise cette décision, je suis allé prendre les quelques affaires personnelles nécessaires pour ce voyage, je t'ai laissé une lettre prétextant une urgence en Egypte (un mensonge de plus! mais qui s'adressait surtout à nos enfants, qui n'ont pas besoin d'être au courant des dérèglements de leur père) et je suis allé en hâte chez Yannakos. Inutile de te dire que notre vieux Grec fut enchanté à l'idée d'une telle aventure. Aux premières lueurs de l'aurore, le* Trollhättan *quittait Beaulieu... Nous avons fait, paraît-il, une traversée splendide sur une*

Méditerranée paisible, douce et accueillante. Je t'avoue que j'avais la tête ailleurs. Bientôt nous allons faire escale à Tunis où je posterai cette lettre. Que dire de plus, sinon que l'effort physique exigé par un si long voyage à bord d'un petit voilier a été très intense, et que certaines défaillances m'ont fait comprendre, mieux que tous les arguments de la raison, que je suis devenu un vieil homme. Cela a sans doute été le commencement de ma guérison, car déjà, je ne pense plus guère à Judith... Me pardonneras-tu? Ou bien, dépitée d'être toujours séparée de moi par le spectre de Sigrid, me rejetteras-tu?

J'ai eu des torts, de grands torts. Et vous, vous avez eu celui, tous, de faire de moi une espèce de surhomme, presque un saint. Dieu sait pourtant si je suis un homme comme les autres! avec leurs faiblesses, leurs désirs, leurs lâchetés! J'ai essayé de mener une vie correcte, oui, mais que vaut cet essai? Mon existence pourra-t-elle servir d'exemple à mes enfants et petits-enfants? Ma déchéance présente m'en fait douter... Je dirai cependant, à ma décharge, que mon cœur, toujours, t'est resté fidèle, que je ne t'ai jamais oubliée, malgré ce fantôme de Sigrid qui ne cessait de me hanter.

*Je m'approche du terme de mon existence, car nul n'est immortel, et ma vie m'apparaît comme un vaste paysage accidenté (*très *accidenté!) que je domine de haut. J'y vois les sentiers de mes espoirs, les chemins ravinés de mes regrets, les hauteurs de mes triomphes, les vallons de mes joies, les plateaux arides de mes douleurs et les ornières de mes passions. Et partout, dans ce paysage, je vois une silhouette féminine, et ce n'est plus celle de Sigrid, c'est la tienne! Resteras-tu à mes côtés jusqu'à la fin du voyage?*

Te voilà placée devant un choix décisif : m'accorder ton pardon, ou refuser de revoir un homme qui n'a cessé de te trahir en esprit. Quant à moi, il ne me reste plus qu'à attendre ton verdict... Tu peux m'écrire à Tripoli, poste restante. Ou bien... peut-être viendras-tu me rejoindre sur le continent africain, toi qui as su rester si merveilleusement jeune...

Reverrai-je tes yeux, Thérèse, ce regard qui est devenu le miroir de ma vie?

Jan tendit les jumelles à Yannakos :

— Là-bas! Ces colonnes majestueuses, ces marbres dorés par le soleil, c'est là, c'est Leptis Magna!

— Et c'est là que nous allons trouver tes amis, les fouilleurs de vieilleries? Mais oui, patron, je les vois!

— Vraiment?

— J'aperçois des tentes...

— Certainement leur campement!

— Et j'aperçois aussi la petite baie que j'avais relevée sur la carte, mais un peu plus à l'ouest. Toutes ces cartes sont mal faites!

— L'essentiel, c'est que nous allons pouvoir jeter l'ancre.

— Ça ira tout seul, patron. Quand même, bougonna Yannakos, quelle idée de traverser toute la mer pour le plaisir de voir des ruines! Heureusement que nous avons acheté du vin, à Tunis et à Tripoli...

Un instant plus tard, le *Trollhättan* avait jeté l'ancre. A bord du petit canot, Jan Yvarsen ramait vers le rivage. L'embarcation vint s'échouer doucement sur la plage. A ce moment, une robe surgit sur la dune dominant le littoral. Une jeune femme, les mains en visière, dévisagea les arrivants. Puis elle accourut vers eux.

— Docteur Yvarsen? Mais c'est incroyable! *What a wonderful surprise!*

— Oui, Cora, c'est bien moi.

— Quand j'ai vu passer ce yacht battant pavillon suédois, j'ai eu comme un pressentiment...

Quand Thérèse eut ouvert la lettre de Jan, elle s'enferma dans sa chambre. Elle y resta toute la journée. Vers le soir, quand elle en sortit, ses yeux étaient rougis par les larmes, elle était très pâle. Elle se dirigea droit vers sa volière, elle appuya sur les barreaux son front fiévreux. Elle resta ainsi durant de longues minutes, immobile. Quand elle rouvrit les yeux, elle regarda son oiseau favori. Pensivement, elle lui parla :

— As-tu un conseil à me donner, *Couronne-d'Azur?* Peux-tu m'indiquer le chemin à prendre?

Mais aussitôt, elle ajouta :

— Non, va, je le sais déjà, c'est le chemin qui monte, c'est celui du pardon, celui de l'amour.

Le lendemain, elle prenait l'avion pour Tunis; de là, un bateau la conduisit à Tripoli. Dans la capitale libyenne, enfin, elle loua le taxi qui la mènerait à Leptis Magna.

La voiture s'arrêta à proximité du campement des archéologues. Thérèse aperçut aussitôt son mari, debout à l'ombre d'une imposante colonnade, devant la statue d'une prêtresse antique. Il semblait méditer. Il lui parut vieilli, mais plus grand, et comme nimbé d'une sagesse nouvelle. Quand leurs regards se croisèrent, elle sut en un éclair que Sigrid était vraiment morte, que la funeste passion était éteinte à jamais. Lentement, maîtrisant avec peine leur émotion, Jan et Thérèse s'avancèrent l'un vers l'autre...

L'ENNEMI DE JAN

Le violon frémit comme un cœur qu'on afflige.

BAUDELAIRE.

PREMIÈRE PARTIE

I

— Qu'en penses-tu, Thérèse? demanda Jan. Je propose que nous laissions la voiture ici et que nous montions à pied jusqu'à la vieille ville.

Thérèse se tourna vers son mari en souriant :

— Oui, répondit-elle de sa belle voix chaleureuse, nous nous y rendrons à pied, comme des jeunes, car aujourd'hui je me sens un cœur de vingt ans! Et ce sera tellement plus intéressant et pittoresque.

Jan se pencha vers son épouse et l'embrassa tendrement :

— Que la vie est douce à tes côtés, Thérèse, murmura-t-il. Ton regard lumineux et ton sourire serein sont pour moi comme un bain de jouvence. Avec toi, je ne me sens guère vieillir.

Il hocha la tête d'un air pensif :

— Quand on est avec toi, on a l'impression que le temps arrête à jamais son œuvre destructrice. Oui, ma chérie, quand on vit en ta compagnie, l'existence devient un éternel et radieux présent.

— Quel lyrisme! s'exclama Thérèse en riant.

— Pourrait-on ne pas être lyrique sous le ciel d'Italie?

— Oui, dit Thérèse en descendant de la voiture, c'est

un pays merveilleux, on s'y sent constamment en pleine poésie.

Après s'être assuré que toutes les portières de sa Bentley étaient fermées, Jan suivit Thérèse, qui s'était engagée déjà sur le pont de la Roya, et leva un regard admiratif sur la colline où s'étageaient les maisons et les églises de la cité médiévale de Vintimille :

— Superbe! s'écria-t-il. Et dire que pour la plupart des touristes, Vintimille n'est qu'une ville-frontière où on change de train, achète des cartes postales et déguste les premiers vins italiens!

— Tout le monde ne s'intéresse pas, comme nous, aux vestiges du temps passé, aux vieilles pierres.

— Pourtant, fit Jan, rêveur, est-il langage plus éloquent et plus émouvant que celui de ces monuments anciens ennoblis par la patine du temps?

Une demi-heure plus tard, après être montés sur la colline par les étroites ruelles, les « sestieri », bordées de maisons typiques et surmontées d'arcades, Jan et Thérèse arrivèrent sur la petite place où se dresse l'église Saint-Michel :

— Quelle merveille! s'écria Thérèse, ravie.

— Oui, renchérit Jan, nous voilà bien en présence d'un chef-d'œuvre de l'architecture romane la plus pure.

— De quelle époque?

— XIe et fin XIIe siècle, peut-être début XIIIe.

— Crois-tu que nous pourrons la visiter?

— Mais bien sûr, et il y aura certainement un guide!

Le guide, un homme d'une cinquantaine d'années, très cultivé, et qui parlait un italien rigoureusement classique, fut trop heureux de montrer ses trésors à ce couple distingué et sympathique :

— Vous verrez que cette église est remarquable à plusieurs points de vue, commença-t-il. Malheureusement elle n'est pas assez connue, surtout à l'étranger.

— Juste, observa Jan, je ne l'ai vue mentionnée dans aucun livre sur l'art roman.

— Oubli impardonnable, *signore!* Regardez la voûte!

— Quelle netteté, quelle sobriété de dessin...

— L'apogée de l'art roman, *signore,* l'apogée!

— Et ces deux bornes étonnantes qui servent de bénitiers? s'enquit Thérèse. Quelle est leur origine?

— Voyez les lettres qui y sont gravées, *signora :* sur l'un, vous lisez *Augustus,* et sur l'autre, *Antoninus Pius.*

— Les noms de deux empereurs romains, fit Jan.

— Bravo, *signore,* bravo! Ces bornes, comme disait la *signora,* étaient en fait des stèles dédiées à ces deux empereurs, et qu'on avait dressées dans l'ancien temple païen qui occupait ce lieu.

— Et à qui était consacré ce temple?

— A Castor et Pollux, *signore.*

Ils apprirent qu'à l'époque romaine, Vintimille, capitale des Ligures intéméliens, était située à un kilomètre à l'est de son centre actuel, au bord de la rivière Nervia. En ce temps-là, le temple dédié aux héros païens Castor et Pollux se dressait sur une colline déserte, où les processions montaient lors de certains jours de fête. Plus tard, quand ce culte tomba en désuétude, les premiers chrétiens aménagèrent une crypte sous le temple qui menaçait ruine.

— Quelle image frappante et saisissante, fit Jan en se tournant vers Thérèse, les adeptes de la religion du Christ s'installant dans les édifices abandonnés de la vieille religion romaine, périmée et dépassée.

— Mais n'étaient-ils pas persécutés?

— Si, férocement même, puisqu'on voulait les obliger à adorer les empereurs divinisés. Cependant, existait-il meilleure cachette pour eux que les temples désaffectés? Quel centurion aurait soupçonné leur présence sous un autel dédié à Castor et Pollux? Quelquefois ils étaient dénoncés, bien sûr, et alors c'était le martyre...

— Je m'imagine ces premiers chrétiens, dit Thérèse d'un ton songeur, se hâtant la nuit vers cette colline située en dehors de la ville.

— La lune éclaire les flots argentés de la mer et les colonnes mutilées du temple païen, enchaîna Jan. Sous les oliviers et les cyprès passent les ombres furtives de ces hommes et de ces femmes qui se reconnaissent au signe de la croix. Arrivés près du temple, ils n'ont qu'un regard méprisant pour ce vestige de l'idolâtrie. Ils descendent dans la crypte où les attend un messager de leurs frères de Rome, qui va leur communiquer le texte d'une épître de Paul.

Thérèse cita de mémoire :

... *Oui, j'en ai l'assurance, ni mort ni vie, ni anges ni principautés, ni présent ni avenir, ni puissances, ni hauteur ni profondeur, ni aucune autre créature ne pourra nous séparer de l'amour de Dieu manifesté dans le Christ Jésus notre Seigneur...*

Jan approuva de la tête :

— Oui, et toute l'assistance écoute avec ferveur le vibrant message de l'apôtre. Le christianisme vient de naître. C'est une force toute jeune encore, neuve, vierge de toute compromission avec les pouvoirs établis.

— La victoire du christianisme, dit Thérèse, pensive, ce fut la victoire de l'amour sur l'oppression et la violence.

Jan contempla longuement les colonnes presque bimillénaires de la crypte où ils étaient descendus à la suite du guide :

— Oui, fit-il, les Romains qui avaient adhéré au christianisme étaient en avance sur leur temps. Ils avaient compris que la loi du talion appartenait au passé, que seuls l'amour et la clémence pouvaient régénérer leur monde corrompu. Les sanguinaires dieux païens n'inspiraient plus de piété ni même de respect à personne, les oracles avaient trop souvent menti, les idoles étaient à l'agonie.

— Penses-tu que ces chrétiens de l'Eglise primitive aient été conscients de rompre avec toute la tradition romaine, d'être les instaurateurs d'une ère nouvelle?

Jan passa une main presque caressante sur le fût d'une colonne :

— S'ils se rendaient compte de la grandeur du moment historique qu'ils vivaient? Peut-être... Je les vois redescendant vers l'ancienne cité de Vintimilium, discutant entre eux, commentant avec passion les paroles de l'apôtre; la lune flotte toujours dans le ciel étoilé, ses reflets nacrés jouent sur les vagues qui viennent expirer sur la grève, sur les cyprès solennels, sur les pins nostalgiquement penchés vers le large; quant à l'envoyé des frères de Rome, déjà il a repris la route pour porter le message de Paul jusqu'à la ville grecque de Nice et la cité romaine de Cimiez. Sur la route sinueuse qui mène au pays qui demain sera la France, court un obscur messager; il n'est pas à cheval, comme les envoyés des empereurs, nul ne sonne le clairon sur son passage; non, il fait au contraire tout son possible pour passer inaperçu : rencontre-t-il un arrogant centurion avec sa garde, il se jette dans les buissons et il attend, haletant, serrant contre sa poitrine le précieux rouleau où sont écrites, en langue grecque, les paroles qui demain révolutionneront le monde. Et nous le voyons disparaître au tournant de la route, sali par la poussière soulevée par les chevaux des orgueilleux cavaliers qui le dépassent avec des moues dédaigneuses : un inconnu, une silhouette furtive, un rien en vérité. Et c'est parce qu'il n'est rien qu'il est porteur de l'espoir des hommes...

— Ah! *signore,* s'exclama le guide, qui sans parler français le comprenait, avec quelle intelligence et quelle poésie vous venez d'évoquer ces temps héroïques! Et combien vraie et juste était votre description! Rappelez-vous, *signore,* vous avez dit : « Quelquefois ils étaient dénoncés, et alors c'était le martyre... » Or l'homme qui dirigeait la communauté des chrétiens réunis dans cette crypte, saint Second, fut dénoncé et livré à la justice impériale ! Les païens le condamnèrent à mort, et il fut décapité.

Jan et Thérèse admirèrent encore une fresque d'une pureté de lignes émouvante, représentant le martyre de saint Sébastien et due à Giovanni Cimabue, le maître de Giotto. Puis, presque à regret, ils quittèrent cette église si attachante, non sans avoir promis au guide, qu'ils avaient trouvé si prévenant et sympathique, de revenir dès que l'occasion se présenterait.

Ils s'arrêtèrent sous le portail, éblouis par le soleil :

— Quel temps superbe ! s'exclama Thérèse avec un enthousiasme juvénile. Quel pays de rêve !

Jan la prit par un bras :

— Viens, ma chérie, allons à l'ombre de l'enceinte. Là, sur notre droite, se trouve la *Porta Piemonte :* de là, on doit avoir une vue splendide sur l'arrière-pays.

— Vite, fit Thérèse d'un ton enjoué, allons !

Ils sentaient le soleil pénétrer jusque dans leur cœur.

Jan avait deviné juste : de la *Porta Piemonte,* la vue s'étendait, exaltante et grisante, sur la vallée de la Roya et sur les montagnes à la fois onduleuses et âpres du Piémont. Thérèse se sentait comblée :

— Cette journée magnifique est le plus beau cadeau que tu m'aies offert depuis longtemps, chuchota-t-elle à l'oreille de Jan en se serrant contre lui.

— N'étaient nos cheveux gris...

— Argentés, mon chéri, protesta gentiment Thérèse.

Jan eut un sourire indulgent :

— N'étaient nos cheveux argentés, reprit-il, on nous prendrait facilement pour de jeunes mariés.

Thérèse pressa tendrement la main de son mari :

— Nous le sommes, mon Jan, dit-elle, puisque l'amour est toujours et éternellement jeune!

Jan se détourna brusquement du paysage enchanteur et regarda son épouse droit dans les yeux :

— M'as-tu vraiment et totalement pardonné, ma chérie? lui demanda-t-il d'une voix subitement angoissée.

Thérèse comprit immédiatement. Tout le passé récent reflua vers elle : la fête familiale qu'ils avaient organisée à *Journey's End,* le comportement bizarre de Jan, l'arrivée de Judith Collins et d'Hugo Stiffenacker, la nuit inquiétante où elle avait fait ce rêve prémonitoire, où Jan était parti brusquement sur son bateau : le *Trollhättan,* puis cette longue lettre de son mari où il lui avouait sa passion pour la belle Américaine, cette Judith Collins qui était comme une réincarnation de Sigrid...; enfin, Thérèse se rappela son voyage en Libye, à Leptis Magna où Jan était allé se réfugier auprès de Cora et de Stephen Wells.

— Réponds-moi, implora Jan.

Thérèse avait fermé les yeux. Elle était prête à tout oublier de ce passé douloureux, mais l'évocation de Sigrid, ce nom seul, avait été comme une épine qui lui traversait le cœur. Le temps d'une seconde, elle se sentit replongée dans ce rêve troublant où un oiseau mystérieux lui avait chuchoté à l'oreille que les morts étaient immortels, qu'ils avaient toujours raison contre les vivants. Si c'était vrai, le fantôme de Sigrid ne la laisserait-il jamais en paix? Le spectre de cette femme superbe et hautaine se dresserait-il toujours entre elle et Jan? Sigrid, Sigrid... Elle ne pouvait plus entendre ce nom abhorré sans un frisson d'angoisse.

— Tu ne dis rien, constata Jan d'une voix où perçait une tristesse infinie, ce qui me prouve que tu ne m'as pas réellement pardonné.

Thérèse se revit assise devant sa volière et interrogeant son oiseau préféré, *Couronne-d'Azur;* elle s'entendit lui parler :

— *As-tu un conseil à me donner,* Couronne-d'Azur? *Peux-tu m'indiquer le chemin à prendre? Non, va, je le sais déjà, c'est le chemin qui monte, mais c'est celui du pardon, celui de l'amour.*

Le lendemain, elle avait pris l'avion pour Tunis, d'où elle avait gagné Tripoli et enfin Leptis Magna.

Elle rouvrit les yeux et murmura :

— Que disais-tu à la fin de ta lettre?

Une moue d'amertume se forma sur les lèvres de Jan. Il se vit sur le pont du *Trollhättan* cinglant vers la côte africaine, et il entendit la voix un peu rude mais tellement chaude et sympathique de Yannakos :

— *As-tu écrit cette lettre pour ta femme? Il faut lui écrire toute la vérité, patron, ne rien lui cacher. Je vais te dire : un mensonge, c'est toujours une chaîne. Le menteur est un homme enchaîné, un esclave, quoi! Tandis que l'homme qui dit toujours la vérité est aussi celui qui jouit de la plus grande liberté. Oui, patron, c'est comme ça, tu peux me croire. Allons, va, n'attends plus, ta femme doit être malheureuse...*

Et Jan, la mort dans l'âme, avait rédigé la missive où il avait avoué son amour coupable pour Judith Collins, pour ce double de Sigrid. Oui, il se souvenait de chaque mot de cette lettre écrite d'une main fiévreuse dans la timonerie de son yacht; il récita d'une voix lointaine :

« Je m'approche du terme de mon existence, car nul n'est immortel, et ma vie m'apparaît comme un vaste paysage accidenté que je domine de haut. J'y vois les sentiers de mes espoirs, les chemins ravinés de mes regrets, les hauteurs de mes triomphes, les vallons de mes joies, les plateaux arides de mes douleurs et les ornières de mes passions. Et partout, dans ce paysage, je vois une silhouette féminine, et ce n'est plus celle de Sigrid, c'est la tienne! Resteras-tu à mes côtés jusqu'à la fin du voyage? Te voilà placée devant un choix décisif : m'accorder ton pardon, ou refuser de revoir un homme qui n'a cessé de te trahir en esprit. Quant à moi, il ne me reste plus qu'à attendre ton verdict... Tu peux m'écrire à Tripoli, poste restante. Ou bien... peut-être viendras-tu me rejoindre sur le continent africain, toi qui as su rester si merveilleusement jeune... »

Il termina d'une voix brisée par l'émotion :

« Reverrai-je tes yeux, Thérèse, ce regard qui est devenu le miroir de ma vie? »

— Alors, fit Thérèse, ne suis-je pas venue vers toi? Mon voyage à Leptis Magna n'a-t-il pas été la réponse à ta question?

— Oui, ma Thérèse, mais quelquefois j'aperçois comme des reflets de peur, d'angoisse presque, dans l'expression de ton visage. J'ai la pénible impression que tu es rongée par quelque secrète inquiétude.

— Cette inquiétude porte un nom, elle s'appelle Sigrid.

Jan se cabra :

— Elle est morte, s'exclama-t-il, n'en parlons plus! Jamais plus!

— Il lui arrive, hélas, de ressusciter sous les traits d'autres femmes...

— Tu fais allusion à Judith, n'est-ce pas?

— N'était-elle pas, comme jadis Flavie, devenue Sigrid, à tes yeux?

Jan eut un mouvement de révolte et s'écria avec humeur :

— A cause d'une mélodie de piano! Pourquoi aussi a-t-il fallu que j'entende cette musique, cet andante de Mozart?

Rêveur, il contempla l'horizon.

— Cela a commencé dès le premier jour de notre installation à *Journey's End,* le premier jour...

— Déjà..., fit Thérèse.

— Oui, nous avions dîné en tête à tête.

— Je me rappelle un dîner aux chandelles; j'étais si heureuse, nous avions enfin trouvé notre havre de paix.

— Et ce fut pourtant cette nuit-là que le démon du souvenir, qui était aussi celui du désir, se glissa en moi.

Le ton de Thérèse devint amer :

— Sigrid, dit-elle, ma malédiction, ma fatalité.

— J'étais descendu seul sur le rivage désert.

— Je t'avais vu disparaître entre les pins et les palmiers, je t'avais suivi d'un long regard amoureux.

Jan serra les poings :

— Tais-toi, ma chérie, tais-toi!

— Non, il faut tout dire, *tout!*

— Chacune de tes paroles me fait honte, me blesse au plus profond de moi-même. Toi qui es infiniment plus noble et généreuse que Sigrid, je t'ai délaissée pour cette femme ou pour son ombre.

— La vérité doit passer avant tout, mon Jan, ne le dis-tu pas toujours? N'est-ce pas ta règle de vie?

— La vérité sur mes passions, murmura rageusement Jan, la vérité sur ma déchéance!

— Quand il s'agit de toi, il ne peut pas être question de déchéance! protesta Thérèse, véhémente.

— Si, si, j'étais tombé très bas.

— Non, Sigrid avait jeté un charme sur toi.

— Un charme? Cela ne signifie rien! Un vain mot, pas une excuse!

— Raconte-moi la suite, que s'est-il passé lorsque tu t'es trouvé sur la grève?

— La mer immense, terriblement impressionnante, s'étendait à perte de vue sous la pâle clarté des étoiles, et le doigt lumineux du phare semblait frôler les constellations.

— Une de ces nuits où la nature est d'une beauté presque envoûtante, n'est-ce pas?

— Oui, exactement. Tu vois, je ressentais alors ce qu'un auteur allemand, Robert Musil, disait de l'un de ses personnages dans un livre que j'ai lu récemment et qui m'a beaucoup frappé :

Et, dans l'un de ces instants miraculeux où le lieu qu'elle occupait semblait se dissoudre dans la vague, elle put croire que derrière elle, dans l'espace où le regard ne peut jamais pénétrer, Dieu se tenait.

— Une très belle phrase...

— Et qui traduit parfaitement mon état d'âme au moment où j'allais entendre ce que tu sais.

L'andante de Mozart.

— Oui... Au-dessus du grand et solennel silence de la nuit, une mélodie de piano s'était élevée. J'écoutais, ému et bouleversé, car dès le premier instant il m'avait semblé reconnaître le jeu fiévreux et torrentiel de Sigrid. Combien de fois ne m'avait-elle pas joué ce passage en *si* bémol de la *Sonate en fa,* là-bas, en Suède, après nos promenades auprès du Trollhättan!

Soudain, Jan regarda fixement sa femme et s'exclama :

— Pourquoi pleures-tu, ma chérie? Je vois des larmes dans tes yeux! Ah, je suis odieux, je te tourmente, je te torture avec ces images d'un passé que nous voulions oublier, rayer!

— Tu ne l'oublieras jamais, elle...

— Judith?

— Non, Sigrid, puisqu'il suffit d'une mélodie de piano pour la faire revivre devant toi.

— Quand tu es arrivée à Leptis Magna, tu m'as dit textuellement : « Dès que je t'ai vu, un peu vieilli, mais plus grand et comme nimbé d'une sagesse nouvelle, j'ai su en un éclair que Sigrid était vraiment morte, que ta funeste passion était éteinte à jamais. » Ce furent là tes propres paroles, Thérèse.

— Je sais, je sais, mais j'ai pu me tromper.

Jan cria presque :

— Non, non et non!

— Jan, chéri...

— Je ne *veux pas* que tu te sois trompée!

— Calme-toi, je t'en supplie.

Mais Jan continuait sur le même ton exalté :

— Je ne veux pas que ta vie soit gâchée plus longtemps par un spectre!

— Je n'y penserai plus, va...

— Je n'admettrai jamais plus que tu te sentes inférieure à ce fantôme hautain!

— Je te promets que...

— En dehors d'Ide, de la malheureuse Ide, il n'y a eu qu'une femme dans ma vie, une seule, toi! Quant à l'*autre,* je veux rayer de ma mémoire jusqu'à son nom!

— Un homme peut-il oublier son premier grand amour?

— Je ne l'ai jamais aimée, je l'ai désirée!

— Tu l'as *aimée,* Jan.

— Non, c'était une folle passion!

— Et je me demande si, dans les zones les plus obscures de ton subconscient, le désir inassouvi de Sigrid n'a pas toujours sommeillé, prêt à se réveiller à la moindre occasion, à la première évocation du temps de vos fiançailles, prêt à grandir en toi, à te dévorer, à faire de toi un pantin.

— Un pantin, oui, c'est ce que j'étais quand cette passion m'aveuglait! Une loque humaine!

— Elle a eu la chance insigne d'être, dans ta vie, la première femme. Crois-moi, cela compte...

— Pourtant, ce n'est pas elle qui a lutté à mes côtés durant les années les plus décisives de ma vie, c'est toi! Et cela, ma chérie, compte beaucoup plus.

— Sans doute, mais c'est précisément parce que tu n'as pas vécu avec Sigrid que tu l'as idéalisée. La cohabitation quotidienne est la plus dure épreuve d'un amour! Car c'est alors seulement que l'on découvre les faiblesses et les mérites d'un être. Dans la vie sociale, dans nos rapports avec les personnes autres que celles de notre proche entourage, nous jouons tous un peu la comédie. Dans l'intimité, au contraire, les masques tombent, les caractères se révèlent!

— Le tien s'est révélé merveilleux, ma Thérèse!

— C'est d'elle que nous parlons, d'elle! Si tu l'avais eue tous les jours sous les yeux, tu reconnaîtrais ses défauts, ces défauts si évidents que le temps t'a fait oublier.

— Je n'ai rien oublié!

— Pas sa beauté du diable, non! Pas son charme!

— Tu t'emportes...

— Non, mais je veux voir la réalité en face! Nous nous sommes trop longtemps leurrés, nous avons vécu trop longtemps dans l'illusion.

— Quelle illusion?

— Celle de la mort de Sigrid.

— Elle a disparu dans le Trollhättan, emportée par les eaux.

— Mais dans ton cœur elle demeure encore.

— Non, Thérèse!

— Si!

— Pas dans mon cœur, dans mon inconscient peut-être...

— Sûrement!

Jan eut un geste d'impuissance :

— On ne lutte pas contre les forces obscures de l'instinct.

— Tu n'as jamais cessé de la désirer.

— Peut-on étreindre une morte?

— Tu l'as ressuscitée dès qu'une ressemblance physique le permettait. Partout où tu allais, tu guettais un sosie de Sigrid.

Les traits de Jan se crispèrent, il baissa la tête et murmura :

— Pourquoi m'accables-tu, pourquoi?

Thérèse eut une moue résignée :

— Nous devons voir clair en nous... Pour pouvoir lutter contre les fantômes du passé, il faut d'abord les identifier.

— Ah, le passé, je voudrais ne plus jamais entendre ce mot, car il me semble que le fardeau de mon passé écrase mon avenir, m'empêche de vivre! Je voulais achever mon existence à tes côtés, dans la paix et la sérénité, à *Journey's End* que j'ai fait construire à cette fin. Je voulais me consacrer tout entier à ton bonheur, ne penser qu'à toi, ne vivre que pour toi. Et voilà que le spectre de cette femme s'est dressé à nouveau entre nous!

— Nous réussirons à le chasser!

Pensif, Jan passa une main nerveuse sur son front :

— Je me rappelle les paroles que j'avais dites à Erling, à l'hôtel Ruhl, à Nice, le jour où Flavie et toi vous nous avez envoyé un télégramme nous annonçant la mort de ce pauvre James.

— De quoi parliez-vous?

— De toi! Je lui disais...

Il posa une main sur l'épaule de Thérèse :

— ... que j'avais décidé de me démettre de mes fonctions directoriales de l'hôpital de Prétoria et de mettre un terme à toute mon activité médicale, et cela parce que j'avais une tâche très importante à accomplir.

Sa voix se fit émue :

— *As-tu jamais songé au destin de ta mère, Erling? As-tu jamais mesuré son dévouement, son abnégation? Nous avons tous vécu de sa bonté, de sa chaleur et de son affection. Qu'aurait été notre famille sans la flamme vive de l'amour de Thérèse, cette flamme qui nous réchauffait quand la vie nous faisait grelotter, et qui nous indiquait toujours le droit chemin quand nous errions dans l'obscurité. Oui, en vérité, ta mère nous a tout donné. Mais qu'a-t-elle reçu de nous? Ide et toi, vous vous êtes mariés et vous avez quitté la maison; c'est la loi de la vie, et il serait ridicule de vous en faire un reproche. Mais moi, moi qui suis censé vivre à ses côtés, combien d'heures, combien de minutes est-ce que je lui consacre en réalité chaque jour? Je disparais tôt le matin pour passer ma journée à l'hôpital. Quand je rentre le soir, je suis tellement éreinté que je m'endors comme une masse aussitôt après le dîner...* Il me souvient qu'Erling me rétorqua que c'était là le sort de toutes les femmes de médecin.

— Et il avait raison! fit Thérèse.

— Non, pas tout à fait... Je lui ai rappelé cette parole de l'Ecclésiaste : « Il est un temps pour tout. » *Ta mère a tout un passé d'abnégation et de dévouement silencieux, de souffrance aussi. Crois-moi, j'ai une dette envers ta mère, et le moment est venu de la payer. La tâche à laquelle j'ai fait allusion, c'est d'assurer son bonheur, de ne plus penser qu'à elle, d'être toujours à ses côtés. Dès que nous rentrerons à Prétoria, je me chercherai un successeur capable et digne de confiance, et je donnerai ma démission. Ensuite, nous nous achèterons une belle et spacieuse maison sous un climat tempéré, ou bien même nous nous la ferons construire, au bord de la mer peut-être...*

— Notre *Journey's End...*

— Elle devait être la maison de ton bonheur.

— Mais j'y *suis* heureuse!

Obstiné, Jan fit non de la tête :

— Impossible, puisque le fantôme de Sigrid vient y rôder chaque nuit!

— Ne pense plus à cette femme, à cette morte!

— Ne m'as-tu pas démontré, tout à l'heure encore,

que je n'ai jamais cessé et que je ne cesserai jamais de la désirer?

— Je te demande simplement d'être lucide, mon chéri.

Jan eut une moue d'amertume :

— N'as-tu pas tout dit pour me décourager? Ne m'as-tu pas déclaré vaincu d'avance par ma passion funeste?

Thérèse éclata en sanglots et se pressa contre la poitrine de son mari, cette poitrine qui pour elle avait toujours été comme un roc :

— Non, mon amour, balbutia-t-elle au milieu de ses pleurs, je ne voulais pas te décourager! D'ailleurs..., d'ailleurs j'ai foi en toi! Ensemble... nous lutterons contre les hantises et les obsessions du passé. Ensemble... nous forcerons le destin à se montrer plus clément. Ensemble...

Elle se tut et s'abandonna à Jan qui, au comble de l'émotion, venait de refermer ses bras sur elle. Ils s'embrassèrent longuement, en silence. Et le vent du large leur apportait le doux soupir des vagues qui venaient expirer sur le rivage d'Italie.

II

Lorsque Jan et Thérèse redescendirent de la *Porta Piemonte* vers l'intérieur de la cité, ils avaient retrouvé leur bonne humeur et leur optimisme. En passant devant l'église Saint-Michel, Jan laissa une dernière fois errer son regard sur les vieilles pierres dorées par le temps :

— Un temple païen, une crypte de l'Eglise primitive, une basilique romano-byzantine, une église romane enfin, tout cela réuni dans un seul édifice, quelle vivante leçon d'histoire!

Dans les beaux yeux sincères de Thérèse brilla une

lueur admirative. Mais ils n'étaient pas tournés vers l'église. Elle contemplait son mari :

— C'est merveilleux de voyager avec toi! s'exclama-t-elle. Que tu t'approches d'un monument ancien, c'est comme si tu disposais d'une baguette magique pour lui rendre la vie, pour faire surgir les êtres qui l'animèrent jadis. Dès que tu parles, ces vieilles pierres se mettent à respirer, à raconter leur passionnante histoire.

— Je me documente dans les guides, tu sais.

— Au contraire, tu en sais plus long qu'eux! Et ce que tu dis n'est jamais livresque ni pédant. Non, crois-moi, voyager avec toi est une expérience exaltante.

— Que tu as faite souvent, n'est-ce pas? Notre vie n'a-t-elle pas été un perpétuel voyage? L'Afrique du Sud, la Suède, la France, pays où nous avons successivement séjourné, sans compter nos déplacements touristiques dans d'autres régions.

— Et avec toi, c'était chaque fois grisant!

— Je souhaite que ce voyage en Italie, que j'ai décidé après notre retour de Libye, pour te faire oublier les événements déplaisants que tu sais, soit encore plus réussi que tout ce que tu as connu jusqu'à présent.

Soudain, Jan s'immobilisa :

— Tu sais, ma chérie, fit-il d'un ton résolu, j'ai l'intention de débaptiser mon petit yacht.

Thérèse demeura interdite :

— Le *Trollhättan?* s'exclama-t-elle.

— Oui!

— Ce nom ne te rappelle-t-il pas ta chère Suède, ta jeunesse?

Le visage de Jan s'assombrit :

— Depuis son suicide dans ce torrent, le nom de Sigrid restera à jamais attaché à celui du *Trollhättan.*

Thérèse baissa la tête et, les yeux fixés devant elle, murmura :

— Sigrid, Sigrid..., elle ne me laissera donc jamais goûter mon bonheur?

— J'ai été très maladroit de remettre la conversation sur ce sujet, pardonne-moi!

Mais Thérèse continuait du même ton désabusé :

— Je la trouverai donc toujours sur ma route? Cette silhouette menaçante se dressera donc éternellement entre nous?

Jan s'efforça de paraître gai et insouciant :

— Dans ce cas particulier, fit-il, il nous sera facile de lutter contre elle, *très* facile même!

— Facile? Non, car je commence à comprendre que Sigrid est une adversaire plus redoutable morte que vivante.

— Mais si, c'est très simple, il n'y a qu'à changer le nom du bateau!

— Tu en souffriras, mon chéri, car enfin ce nom te rappelait aussi de bons souvenirs, te faisait penser à tes longues chevauchées solitaires dans ces belles forêts suédoises nimbées de mystère...

— Je veux vivre le présent, ce présent lumineux que je te dois!

— Mon Jan...

— Donc, c'est décidé, le *Trollhättan* changera de nom!

— Comment l'appelleras-tu?

— Je ne sais pas encore. Aurais-tu une idée, toi?

— Voyons...

— Et si je l'appelais *Thérèse?*

— Une seule Thérèse te donne assez de soucis.

— Veux-tu te taire!

— Et puis non, ça ne me plairait pas.

— Alors?

— Si tu le baptisais *Couronne-d'Azur?*

— Le nom de ton oiseau préféré?

— Oui.

— Cela te ferait plaisir?

— Beaucoup!

— Accordé, ma chérie.

— Il te plaît, au moins?

— *Couronne-d'Azur* voguant sur les flots bleus de la Méditerranée, nous n'aurions pas pu trouver mieux. Et je connais quelqu'un qui va être content.

— Qui donc, mon chéri?

— Yannakos!

— Pourquoi? Le nom du torrent suédois lui déplaisait donc?

— Non, répondit Jan en riant, mais il avait toutes les peines du monde à le prononcer!

— *Couronne-d'Azur...*, dit Thérèse songeuse. Je lui souhaite une longue vie.

— Voici la cathédrale! annonça Jan en désignant le bel édifice roman du XIe et du XIIe siècle. Tu remarqueras que le portail, du XIVe, est gothique.

Thérèse se tourna vers lui :

— Tu m'excuseras un instant, Jan? Je voudrais aller m'y recueillir.

— Tu as raison, ma chérie. Une église, après tout, c'est autre chose et davantage qu'une illustration d'un cours d'histoire de l'art! Va, je t'attendrai ici.

— Je ne serai pas longue.

— Ne te presse pas, Thérèse, répliqua Jan en regardant autour de lui, subjugué par le superbe décor sur fond de mer, par cette parade presque irréelle d'églises, de palais et d'anciens couvents. J'ai tellement de choses à voir ici!

Cependant, demeuré seul, Jan décida de se reposer un peu sur le long banc de pierre qui faisait face à la cathédrale. Le matin, quand ils avaient quitté *Journey's End* pour entreprendre leur itinéraire italien, il n'avait pas eu le temps de terminer la lecture de son courrier. Il tira donc une enveloppe de sa poche et l'ouvrit d'une main distraite, toujours fasciné par la beauté du lieu; mais dès qu'il eut jeté un regard sur les premières lignes, son attention se concentra sur cette lettre singulière et il la lut avec une stupéfaction croissante :

Monsieur,

Ils disent que je suis devenu un être dégénéré, mais ils n'ont jamais rien compris à la psychologie humaine. Ils sont si bêtes, et avec cela ils prétendent me juger! Je ne suis pas dégénéré, mais au contraire d'une cristalline lucidité! Ah, Yvarsen (parce qu'au fond je ne vois pas pourquoi je vous appellerais monsieur), si vous saviez tout ce que je vois! Depuis que je suis devenu un être dépravé, comme ils disent, les autres, j'ai acquis un regard radioscopique, je sonde les reins et les cœurs! Je plane au-dessus des eaux, Yvarsen, au-dessus des eaux et de la terre, et je vois tout, tout! Vous non plus, vous ne m'échappez pas! Vous êtes l'homme que je hais le plus au monde, Yvarsen, l'homme dont le seul nom me fait grincer des dents et dont l'évocation me jette dans des frénétiques crises de rage.

Vous avez tout ce que je n'ai pas : la célébrité, la gloire et la richesse! Une épouse aimante qui doit être aux petits soins pour vous, une famille qui vous admire et vous vénère, une superbe propriété sur la Côte française. Je... détruirai tout cela!

Ha, ha, ha! Je vous vois pâlir de peur, je vous vois trembler, vous, le grand, l'infaillible chirurgien (pas tellement infaillible, d'ailleurs). Vous avez pris votre retraite pour jouir en paix de votre renommée et de votre opulence matérielle. Erreur de calcul, car je suis là, moi, votre ennemi qui veille, et je saccagerai, je détruirai, j'anéantirai tout cela!

Eh bien, maintenant, pleurez, hurlez sur les malheurs

qui vont vous arriver! Vous, le surhomme, tremblez! Vous qui êtes toujours si fier et sûr de vous, ayez crainte! Croyez-moi, Yvarsen, je ne reculerai devant aucun crime pour vous nuire, car je n'ai plus qu'un seul but dans la vie : vous abattre et vous écraser.

Votre ennemi qui veille.

Désemparé par cette lettre haineuse et menaçante, Jan chercha en vain à identifier son auteur. Le texte était rédigé dans un anglais parfait, sans la moindre faute d'orthographe; quant à l'enveloppe, elle portait le cachet d'une poste de Nice. « Nice, se dit-il, un peu tout le monde y passe, ce n'est pas un indice. » Mais un examen du style et une analyse rapide de l'écriture lui permirent de conclure que l'auteur de la lettre était, soit un drogué, soit un malade menacé de schizophrénie.

— Pourquoi cet homme me voue-t-il une haine si féroce? murmura Jan. Que lui ai-je fait pour qu'il soit devenu mon ennemi? De toute manière, il faut que je taise cette lettre à Thérèse, il ne faut pas qu'elle croie que les nuées d'un nouvel orage s'amoncellent sur nous.

« Non, non et non, pensa-t-il avec une sorte de rage impuissante, je ne veux pas que son voyage soit gâché par les invectives de ce fou! » Il se releva, soucieux et pensif, et entra dans la cathédrale pour se recueillir à côté de Thérèse.

III

Hugo et Judith se faisaient face dans la salle à manger où Mariette, leur bonne, venait de servir le petit déjeuner. Ils s'étaient mariés à New York, et puis il leur avait fallu abréger leur voyage de noces, Hugo ayant été rappelé en Europe pour une tournée de concerts.

Maintenant, le musicien se reposait auprès de sa jeune épouse, dans le bel appartement que Judith avait acheté et réaménagé rue de Tournon. Ce matin-là, Judith était radieuse; la tête entourée de l'auréole dorée de sa chevelure soyeuse, elle portait une ravissante robe de chambre en crêpe de Chine vert d'eau.

— Ajoute un peu de lait ou de crème fraîche à ton café, mon chéri, supplia-t-elle d'un ton caressant.

— Impossible, *kleines Mädchen* [1], car je veux travailler le concerto de Brahms, ce matin. Sans mon café noir, je serais trop mou.

— Tu seras encore très énervé.

— Il le faut, *mein liebes Kind* [2], il le faut.

Judith désigna un livre qu'Hugo avait posé à côté de son couvert :

— Que lis-tu, mon chéri?

Les yeux d'Hugo étincelèrent :

— Baudelaire! s'exclama-t-il avec animation. J'y ai trouvé un vers qui exprime d'une manière absolument parfaite ce que devrait être ma musique, ou pour parler plus correctement, mon jeu!

— Tu me le dis?

— *Le violon frémit comme un cœur qu'on afflige...*

— C'est d'une beauté poignante!

— Et l'image est si belle, si convaincante!

— Comme j'admire ce don que tu as, Hugo, ce don de toujours déceler ce que les poètes et les musiciens ont écrit de mieux. D'instinct, tu vas aux chefs-d'œuvre! Mais, dis-moi, tel que je te connais, tu as sûrement appris tout le poème par cœur. Tu me le récites, pour me faire plaisir?

Comme à son habitude, Hugo alluma nerveusement

1. Petite fille.
2. Ma chère enfant.

une *Overstolz,* une cigarette allemande de sa marque préférée :

— Tu y tiens, *kleines Mädchen?* fit-il.

— Beaucoup. Il n'y a que toi pour bien dire les poèmes.

— Il y a des diseurs professionnels, tu sais.

Judith secoua la tête :

— Ce n'est pas pareil. Toi, tu as la poésie et la musique dans l'âme...

— Tu m'idéalises, ma Judith.

Le regard de la jeune femme brilla avec une intensité accrue :

— Non, répondit-elle en toute simplicité, je t'aime.

Pour dissimuler l'émoi qui le gagnait, Hugo se leva et, tout en allant et venant impatiemment devant les deux hautes fenêtres de la salle à manger, il déclama d'un ton fiévreux :

Voici venir les temps où, vibrant sur sa tige,
Chaque fleur s'évapore ainsi qu'un encensoir;
Les sons et les parfums tournent dans l'air du soir;
Valse mélancolique et langoureux vertige!

Chaque fleur s'évapore ainsi qu'un encensoir;
Le violon frémit comme un cœur qu'on afflige;
Valse mélancolique et langoureux vertige!
Le ciel est triste et beau comme un grand reposoir.

Le violon frémit comme un cœur qu'on afflige,
Un cœur tendre qui hait le néant vaste et noir,
Le ciel est triste et beau comme un grand reposoir;
Le soleil s'est noyé dans son sang qui se fige...

Un cœur tendre qui hait le néant vaste et noir,
Du passé lumineux recueille tout vestige!
Le soleil s'est noyé dans son sang qui se fige...
Ton souvenir en moi luit comme un ostensoir.

— Tu aimes? demanda Hugo en aspirant vivement la fumée de sa cigarette.

— Enormément!

Judith se redressa et fit un effort pour sortir du rêve mélodieux où l'avait plongée le poème de Baudelaire :

— Et toi, fit-elle en changeant de ton, dis-moi un peu si tu aimes notre installation parisienne.

— J'adore Paris!

La jeune femme laissa errer un regard complaisant de maîtresse de maison satisfaite sur les superbes meubles en merisier de sa salle à manger Directoire :

— Je te parle de notre intérieur, Hugo.

Le violoniste désigna les deux grandes fenêtres qui laissaient entrer avidement le soleil du matin :

— Claire et lumineuse, cette pièce est à ton image, ma Judith!

— Et notre rue, elle te plaît?

— Avec ses boutiques d'estampes, ses bouquinistes et ses magasins de curiosités, elle est faite pour moi, faite sur mesure!

— Hier soir, dans la bibliothèque, en feuilletant de vieux livres, j'ai fait, sur elle, des découvertes passionnantes!

— Sur la rue de Tournon?

— Oui, mon chéri.

— Pourquoi s'appelle-t-elle ainsi, d'abord?

— Parce qu'elle occupe l'emplacement d'un ancien champ de foire qui appartenait au cardinal de Tournon. Ce prince de l'Eglise offrit ces terrains à son valet de chambre pour qu'il y bâtisse des maisons.

— Heureux temps, où les valets de chambre recevaient pareils cadeaux!

— Les personnages les plus célèbres ont habité cette rue, continua Judith. Entre autres Lamartine, Marguerite de Savoie, Balzac, Gambetta, Alphonse Daudet, saint François de Sales, le corsaire écossais John Paul Jones, Louis XIII, Clément Marot...

— Quel singulier mélange!

— Il n'y manque plus qu'Hugo Stiffenacker, fit Judith en riant.

— Eh bien, je serai en appréciable compagnie.

— Ah, j'oubliais, au numéro cinq demeurait Mlle Lenormand, une voyante qui jouissait alors d'une très grande renommée et qu'aimait consulter Napoléon Ier.

— Tiens, tiens, s'exclama Hugo, pensif, ainsi donc Bonaparte consultait des voyantes. Je comprends cela! Avant d'affronter une armée ennemie, il devait avoir le trac, comme nous autres quand nous montons sur scène. Il voulait mettre tous les atouts de son côté, et obliger le destin lui-même à demeurer bonapartiste. D'ailleurs, la plupart des grands hommes de l'Histoire ont été superstitieux. Pense à César! Mais encore une fois, je les comprends. On voudrait être tellement sûr à l'avance des réactions de la foule, afin d'échapper à l'horrible incertitude de l'attente.

— Tu penses à ton public, en ce moment, non?

— Oui, *liebes Kind,* je pense à ce monstre à mille têtes, exigeant, dur, qui ne pardonne et n'oublie aucune faute.

— Pourtant, il te porte aux nues.

— Jusqu'à quand?

— Les critiques te citent au même rang que Menuhin, Isaac Stern, Léonid Kogan et David Oïstrakh.

Hugo se tourna vers la fenêtre et murmura d'une voix sourde, mais d'un ton décidé :

— Je veux arriver au premier rang.

— Mais tu y es, mon chéri.

Farouche, le violoniste lança :

— Ce n'est pas ce que je voulais dire. Je veux la première place!

— Comme tu es ambitieux...

— Quand il s'agit de musique, oui!

— Ce sera dur, tes aînés se défendront.

— Le jour viendra où je les supplanterai.

— Je le crois aussi.

Hugo posa doucement ses longues mains de virtuose sur les magnifiques épaules de son épouse :

— Tu m'aideras, ma Judith, n'est-ce pas? dit-il d'une voix presque haletante. Tu seras toujours à mes côtés.

— Oui, mon chéri, toujours!

— Tu lutteras avec moi.

— Oui...

— Ton amour pour moi sera ma lumière et mon soutien!

— Je suis ta femme, Hugo, chuchota Judith, ton épouse, ta compagne...

— Tu sais combien le monde est envieux, jaloux et mesquin. J'aurai besoin de ta tendresse, de ton dévouement.

— Je te donnerai tout, mon amour, tout...

— Tu es ma source, ma source d'eau vive.

— Chéri...

— Sans toi, je perdrais mon talent et tous mes dons. Sans toi je serais comme une plante s'étiolant à l'ombre, loin du soleil.

Judith eut un sourire mélancolique :

— Et dire qu'il a fallu que je m'évanouisse, fit-elle, pour que tu t'aperçoives de mon amour, tu te rappelles, à « Santa Monica »?

— J'étais aveuglé par une passion stupide!

— L'amour n'est jamais stupide, Hugo.

— Si, celui-là l'était, bête, sans issue. N'en parlons jamais plus, *kleines Mädchen,* veux-tu?

— Jamais plus...

— Ne pensons qu'à l'avenir, à *notre* avenir.

Judith leva ses beaux yeux limpides vers son mari penché sur elle :

— Promets-moi de ne jamais m'abandonner, toi non plus, mon chéri.

— Comment peux-tu imaginer une chose pareille, une telle bassesse de ma part? s'enflamma Hugo.

— Quand tu l'auras conquise, cette première place, quand tu seras à l'apogée de ta gloire, beaucoup de femmes tourneront autour de toi, et des plus belles...

— C'est toi que j'aime, *liebes Kind,* répliqua Hugo avec ardeur, toi seule!

Et il posa ses lèvres sur celles, frémissantes, de sa jeune et adorable épouse.

IV

— Le courrier pour Monsieur et Madame, annonça Mariette, la bonne que Judith avait engagée depuis peu, en entrant dans la salle à manger avec un plateau d'argent sur lequel étaient disposés les journaux, les lettres, les brochures et les revues destinés aux jeunes époux.

— Pour toi, mon chéri, fit Judith en tendant à son mari une longue enveloppe grise.

— Quelle écriture bizarre, remarqua Hugo en haussant les sourcils.

— Quelque admiratrice amoureuse, sans doute, se moqua gentiment Judith.

Hugo fit non de la tête :

— Pas question. Mes admiratrices n'utilisent que des enveloppes roses, répondit-il le plus sérieusement du monde. Roses et parfumées.

— Voyez-moi ça!

— Certaines y ajoutent même des fleurs séchées.

— De mieux en mieux.

— Des photographies...

— Pas possible!

— Eh oui, parfaitement!

— Et tu oses m'avouer ces... commencements d'infidélité? dit Judith toujours sur le même ton badin. Pourrais-tu...

Hugo avait déchiré l'enveloppe et commençait à lire; son front s'assombrit brusquement. Il interrompit sa femme en claquant nerveusement des doigts.

— Attends un peu, attends, ceci est sérieux!

— Un ennui?

— Une lettre anonyme!

— Sans doute quelque violoniste jaloux de tes succès.

Les yeux d'Hugo étincelèrent :

— Non, répliqua-t-il sèchement, il s'agit de toi!

Judith se sentit envahie par une sourde inquiétude :

— De moi? balbutia-t-elle surprise, mais que peut-on dire de moi?

Elle vit son mari pâlir.

— Réponds-moi, mon chéri, implora-t-elle, que dit-on de moi?

— Des choses infiniment déplaisantes!

— Mais *quelles* choses?

— Tu veux... que je... te lise cette lettre? demanda Hugo d'une voix saccadée.

Mais déjà le bon sens américain de Judith avait repris le dessus; elle sentait son inquiétude s'évanouir :

— Si tu y tiens, oui, répondit-elle calmement, mais je ne vois pas ce qu'elle pourrait nous apprendre que nous ne sachions déjà.

Cette calme assurance eut l'air d'exaspérer Hugo; il flamba :

— Comment, tu n'as pas peur, tu n'es pas angoissée?

— Angoissée? rétorqua la jeune femme en faisant mine de réprimer un sourire. Tu n'es pas sérieux, mon chéri.

— Si, très sérieux, cria Hugo.

— Ce n'est pas une méchante lettre anonyme qui me fera peur. *Never* [1] !

— Ecoute!

Monsieur,

La presse du monde entier a parlé de votre mariage avec la richissime héritière américaine, Judith Collins. Félicitations! J'ai vu les photos émouvantes du jeune couple sortant d'une petite chapelle de Manhattan où avait eu lieu une cérémonie très simple mais combien touchante. Encore une fois : félicitations! La mariée était si belle, si radieuse, si lumineuse, et paraissait si pure; je dis bien paraissait, car enfin, Judith Collins avait un passé... De quel droit portait-elle une robe blanche?

— C'est odieux! s'écria Judith, plus irritée qu'inquiète.

— Tu veux que je brise là?

— Non, continue!

— C'est... très laid, toute la lettre.

— Lis, Hugo, lis! Je veux savoir tout ce que cet infâme personnage ose dire de moi.

D'une voix blanche, tremblante par instants, Hugo continua :

Oui, monsieur, je vous le demande, de quel droit se faisait-elle passer pour une pure jeune fille? Car mon regard sonde les reins et les cœurs, et je connais la vérité, la triste vérité, sur tous ceux qui occupent le devant de la scène du monde! Votre femme a un passé, un passé qui doit souvent l'empêcher de dormir la nuit. Elle vous a trompé d'une manière si éhontée! Vous êtes un pur, monsieur, je le sais, et vous méritiez mieux que ce mariage sordide par lequel votre sort s'est trouvé lié à celui d'un être déchu.

1. Jamais.

— Quel ignoble individu! s'exclama Judith qui sentait monter à ses yeux des larmes d'indignation.

— Une épave sans doute, un homme qui n'a plus rien à perdre.

— Ou un fou!

— Je ne crois pas, car il cite un nom.

— D'une personne que je connais?

— Que nous avons connue tous les deux.

— De qui s'agit-il, parle!

— Du docteur Jan Yvarsen...

— Comment, s'écria Judith au comble de la stupéfaction, le docteur Yvarsen? Mon voisin du Cap-Ferrat?

— Oui, le propriétaire de *Journey's End.*

— Mais c'est absurde!

Avec des gestes brusques, qui trahissaient une extrême nervosité, Hugo ralluma une cigarette, aspira et expira violemment la fumée :

— C'est... une affaire très ennuyeuse, lança-t-il.

— Qui donc peut avoir écrit ce... chiffon?

Hugo alla vers la fenêtre, présenta la lettre à la pleine lumière, l'examina :

— Une écriture de médecin, dirait-on, mais d'un homme exalté, exacerbé plutôt, agissant sous l'impulsion de la colère.

— D'où vient-elle?

— Le timbre porte le cachet d'une poste de Nice.

— Et elle est écrite en français?

— Oui, mais à la fin il y a une phrase en allemand.

— Sans faute?

— Un allemand parfait, sans la moindre faute d'orthographe.

— *Strange* [1]...

— Veux-tu que je te lise la suite?

1. Etrange.

La jeune femme se leva, tremblante et révoltée :

— Parfaitement, lis-moi tout le reste, afin que je connaisse tous les crimes dont me charge ce dégoûtant personnage !

— Tu... y tiens vraiment?

— Oui, Hugo.

Une moue dédaigneuse sur les lèvres, Hugo reprit sa lecture interrompue :

Des faits enfin, me direz-vous avec juste raison. Nous y arrivons. Trop tôt sans doute, trop tôt pour votre tranquillité d'esprit. Car à partir de ce jour, vous serez rongé par le doute, sans cesse, nuit et jour; et vous ne pourrez plus regarder votre femme sans voir se profiler derrière elle la silhouette de l'homme qu'elle a connu avant vous. Qui est cet homme mystérieux? Je suis seul à le savoir, et je vais vous fournir la clef de l'énigme : il s'agit d'un surhomme, cher monsieur, d'un médecin et chirurgien célèbre dans le monde entier, d'une sommité médicale, comme on dit, d'un être que toutes les femmes admirent et que tous les hommes (sauf moi, bien entendu, moi qui sonde les reins et les cœurs!) respectent; en bref, il est question du docteur Jan Yvarsen, l'illustre médecin suédois, actuellement domicilié dans sa propriété du Cap-Ferrat, propriété qui porte le nom passablement prétentieux et ridicule de Journey's End.

— Quelle haine transparaît dans ce dénigrement systématique !

— Oui, fit Hugo, une chose est certaine, cet homme est un ennemi acharné, féroce du docteur Yvarsen.

— Pourtant, c'est incroyable.

— Pourquoi?

— Parce que Jan Yvarsen est l'être le plus noble et le plus généreux que je connaisse, après toi-même, mon chéri.

— Tu... prends sa défense?

Judith regarda son mari avec une fière assurance :

— Oui, répondit-elle fermement, puisqu'il le mérite.

— Nous avons tous nos défauts, lui aussi...

— Non! Jan Yvarsen est un homme tout à fait exceptionnel, un être d'élite!

— Quelle ardeur!

— J'ai l'injustice en horreur, tu le sais. Mais... je t'en prie, lis-moi toute la suite, je n'interromps plus.

— Je hais l'auteur de cette lettre, s'exclama Hugo à bout de nerfs, ah! comme je le hais!

La jeune femme se plaça devant son mari et dit d'une voix très égale :

— Je t'écoute, mon chéri, continue.

Et voici les faits. Peu de temps avant vos fiançailles avec miss Judith Collins, par une belle journée ensoleillée, le yacht du docteur Yvarsen, affublé lui aussi d'un nom ridicule, entra dans le port de Beaulieu, avec, à son bord, deux personnes seulement : Judith Collins et Jan Yvarsen. Or tous les familiers du port de Beaulieu vous diront que le docteur Yvarsen ne sort jamais son yacht sans emmener son vieux marin grec, un certain Yannakos...

Pourquoi, ce jour-là, n'avait-il pas pris son aide à bord? La réponse est simple, quoique révoltante : parce qu'il voulait être seul sur son bateau avec Judith Collins, seul avec elle en pleine mer...

Un détail piquant et qui vous fera bondir : miss Collins était en costume de bain. Je n'ai rien d'autre à ajouter.

Si vous avez un tant soit peu d'honneur, vous provoquerez en duel le docteur Yvarsen, ou bien, sans même le prévenir (il ne le mérite pas!) vous lui logerez quelques balles dans la peau! Cet homme s'est assez moqué de vous, il vous a assez nargué. Ne lui avez-vous pas envoyé un faire-part de votre mariage? Il a dû bien s'amuser, ce jour-là! Il me semble entendre les propos humiliants qu'il a dû tenir sur vous, il me semble entendre son rire inextinguible...

Oui, Monsieur, vous avez été cruellement et traîtreusement bafoué. On a abusé de votre bonne foi, de votre pureté d'esprit presque naïve. Je sais que ces révélations vous feront beaucoup de peine, qu'elles vous feront atrocement souffrir. Mais je ne pouvais guère agir autrement : j'en avais assez de voir Jan Yvarsen étaler sa fierté, sa suffisance et son orgueil imbécile à la face du monde, moi qui étais au courant de ses vilenies. Il fallait que ça sorte, vous comprenez, je ne pouvais pas garder plus longtemps pour moi les secrets de cet homme arrogant!

« *Ich habe Sie freudlischst gewarnt, nun ist es an Ihnen zu handeln* [1]. »

— Et voilà, fit Hugo en jetant la lettre sur la table avec un geste de dégoût.

Judith y lança un bref regard :

— Une écriture de fou, observa-t-elle.

— Ou d'alcoolique, mais de toute manière une écriture de médecin.

— Oui, on dirait.

— Tu ne... soupçonnes personne?

— Je ne connais personne capable d'écrire une telle ordure! Je te répète d'ailleurs que l'auteur d'une pareille lettre est un fou. Le style est révélateur : *moi qui sonde les reins et les cœurs!* Quelqu'un de sensé n'aurait jamais écrit cette phrase.

La jeune femme regarda fixement son mari et lui demanda d'une voix changée :

— Dis-moi, Hugo, tu ne crois pas un mot des insinuations de cette crapule, n'est-ce pas?

Hugo eut un geste vague.

— Réponds-moi! Tu n'en crois rien?

1. Je vous ai amicalement prévenu, maintenant, c'est à vous d'agir.

Le violoniste se détourna :

— C'est tout de même troublant, fit-il.

Judith ne put guère se contenir plus longtemps :

— Tu n'as pas confiance en moi? s'écria-t-elle.

— La question n'est pas là, Judith...

Vibrante et tendue, la jeune femme continua sur le même ton :

— Toi, l'être que j'aime, auquel je me suis donnée, tu me crois capable d'une telle bassesse?

Hugo désigna la lettre :

— Cet homme cite des faits.

— Qu'il déforme d'une façon éhontée et malhonnête!

Le violoniste se retourna vers son épouse, livide, les yeux étincelants :

— Tu as été sur ce bateau, oui ou non?

— Oui, répliqua Judith en tordant la ceinture de sa robe de chambre, oui et oui! J'ai été sur ce yacht parce que le docteur Yvarsen m'avait sauvé la vie.

— Sauvé la vie, sauvé la vie, quels grands mots!

— Mais c'est la vérité, Hugo! Je t'avais d'ailleurs tout raconté à l'époque, tu étais au courant!

— Pourquoi était-il seul, ce jour-là, sur son voilier?

— Yannakos avait été retenu à Villefranche, au port de la Darse, pour la mise en cale sèche de quelque yacht!

— Toutes ces coïncidences...

— Mais *quelles* coïncidences? Explique-toi!

— Ce serait plutôt à toi de t'expliquer!

— Je n'ai pas à me justifier!

— Pourquoi t'avait-il prise à son bord?

— Je te l'ai déjà dit cent fois! En nageant, je m'étais hasardée trop loin vers le large. Soudain, j'ai eu une crampe terrible. C'était effrayant, j'avais l'impression que tous les muscles de ma jambe gauche venaient de se déchirer. La douleur se communiquait au corps entier. C'était la première fois que cela m'arrivait, j'étais terrifiée. Alors, j'ai fait la planche, dans l'espoir d'être entraînée vers la côte. Malheureusement, la mer était presque immobile; je restais sur place, craignant de sombrer d'une minute à l'autre.

L'air hagard, elle ajouta d'une voix lointaine :

— J'ai vraiment eu peur de mourir, vraiment...

— Et puis? interrogea Hugo avec un regard farouche et en écrasant sa cigarette dans un cendrier.

— J'ai vu le *Trollhättan* passer non loin de moi, j'ai crié, le docteur Yvarsen m'a entendue et m'a jeté une bouée; j'étais sauvée.

— C'est tout?

— Oui!

— Et il t'a débarquée à Beaulieu?

— Il y avait sa voiture; aussi m'a-t-il ramenée jusqu'à « Santa Monica ».

Hugo se campa devant sa femme et dit d'une voix frémissante :

— Est-ce la vérité, Judith, *toute* la vérité?

Au bord de la crise de nerfs, Judith cria presque :

— Il n'y a eu rien d'autre, rien, rien!

Hugo continua sur le même ton exalté :

— Je t'aime comme aucun homme au monde n'a jamais aimé sa femme, aucun! Si tu m'avais trahi, je te tuerais pour me supprimer ensuite! Oui, oui, je me supprimerais... Car, vois-tu, j'ai l'impression qu'on me cache quelque chose. *Ja, dessen bin ich sicher, man verbirgt mir etwas* [1]!

Puis, sombre et pensif, il quitta la pièce et referma violemment la porte.

Restée seule, Judith prit la lettre anonyme et la déchira en mille morceaux. Puis elle s'effondra sur un fauteuil et éclata en sanglots. Un vers de Baudelaire ne cessait de lui revenir à l'esprit : *Le violon frémit comme*

1. Oui, j'en suis sûr, on me dissimule quelque chose.

un cœur qu'on afflige... comme un cœur qu'on afflige... afflige...

V

Une fois de plus, Ide et Norbert, Fanny et Tom, se retrouvaient tous sur l'aire animée d'un aéroport. Tom, plus bronzé que jamais, ne cessait de bavarder avec le petit James qu'Ide tenait dans ses bras et qui répondait à son grand-père par un gentil babillage.

— Tu supportes mal cette séparation, papa, n'est-ce pas? fit Ide qui n'avait jamais cessé d'appeler papa et maman les parents de son premier mari.

Le visage raviné du planteur se contracta; pour dissimuler son émotion, il se détourna et fit semblant de s'affairer avec sa pipe :

— Je ne sais pas ce qu'elle a aujourd'hui, celle-là, grogna-t-il, pas moyen de la faire tirer convenablement.

Brisée par ce nouveau départ définitif d'êtres chers vers l'Europe, Fanny était en pleurs. Chaque fois que son regard se posait sur le garçonnet, ses yeux s'emplissaient de larmes.

— Je sais que tu souffres, papa, insista Ide, mon enfant était aussi devenu le vôtre...

Très gêné par ces aveux sentimentaux, Tom ôta de sa bouche son éternel brûle-gueule et répondit d'une voix sourde :

— Oui, tu as raison, nous nous sommes attachés à lui comme à notre petit-fils. Avec le nom qu'il porte, tu comprends...

— Norbert ne m'a même pas laissé le temps de visiter une dernière fois la tombe de James. J'aurais voulu, avant mon départ, y déposer un bouquet de pensées.

— Je le ferai à ta place, ma fille.

Ide eut un regard farouche :

— Je quitte l'Afrique contre mon gré, papa.

Et d'un ton de blâme, elle ajouta :

— C'est Norbert qui en a décidé ainsi, pas moi!

— Que veux-tu, mon enfant, c'est la loi, la femme doit suivre son mari.

— Nous étions si heureux ici!

Tom hocha la tête :

— Tu te rappelles ce qu'il disait toujours, Norbert? « Si je préfère l'Afrique du Sud aux autres pays que j'ai connus, c'est parce qu'ici la nature n'a pas encore été souillée par l'homme. Ici, la terre est restée vierge, nos techniques ne l'ont pas encore violée. Ici, l'être humain, véritablement humain, peut vivre en harmonie avec les animaux et les plantes, avec la nature entière. Ici, il peut s'épanouir en toute liberté... »

— Il a dit bien des choses, Norbert...

— Ne sois pas dressée contre lui, dit Tom d'une voix apaisante, il doit avoir de bonnes raisons pour vouloir habiter Paris. Sa célébrité de plus en plus grande...

— Justement, lança Ide, je ne sais pas si elles sont bonnes, ses raisons!

— Ici, il est isolé, comprends-le. Qui est-ce qui s'intéresse à la peinture, au Transvaal? Personne!

— A-t-il besoin de tenir de grands discours?

— Tout homme aime parler de son métier, Ide, ou alors il n'y tient pas. Moi aussi, de temps à autre, je retrouve des planteurs et des éleveurs amis, et nous discutons de nos soucis communs. Rien de plus normal.

— Il a sa femme, pour discuter peinture avec elle, non? Suis-je un esprit inculte? N'ai-je pas tout fait pour m'intéresser et m'initier à son travail?

— Ce n'est pas pareil, Ide.

— Evidemment, il préfère bavarder avec des femmes étrangères qui ont de grandes manières! Moi, je suis simple, et j'ai horreur des airs prétentieux.

Tom baissa la tête et marmonna entre ses dents :

— Tu penses à... cette Roumaine, n'est-ce pas?

« Cette Roumaine » s'appelait Rita Tatarescou. Elle était venue rendre visite aux Verneuil pour interviewer Norbert. C'était une très jolie brune de vingt-six ans, élégante, passablement snob, qui connaissait presque toutes les personnes influentes du Paris artistique, et qui publiait des interviews et des reportages dans de nombreuses revues d'art européennes et américaines. Ide l'avait jugée sophistiquée et antipathique. Au contraire, Norbert avait été enchantée par cette visiteuse; il l'avait priée de passer quelques jours dans leur bungalow et l'avait emmenée faire plusieurs longues promenades dans la brousse, durant lesquelles ils discutaient avec animation des problèmes de la peinture contemporaine et évoquaient ensemble les cafés célèbres de Montparnasse et de Saint-Germain-des-Prés qu'ils avaient fréquentés. La Roumaine adulait le jeune peintre, faisait de constantes allusions à son génie... Quand Rita Tatarescou était repartie, Ide avait poussé un soupir de soulagement. Mais depuis ce jour-là, Norbert était resté rêveur, son épouse le trouvait distant et lointain; puis, inopinément, il avait annoncé sa décision de quitter l'Afrique du Sud pour aller habiter Paris.

— Oui, répondit Ide avec une lueur d'hostilité dans le regard, je pense à cette Rita Tatarescou! C'est cette femme prétentieuse et antipathique qui lui a mis toutes ces idées de grandeur dans la tête!

— Mais Norbert *est* déjà célèbre, non?

— Bien sûr, papa! Cependant, je ne vois pas en quoi sa renommée l'empêcherait de vivre au Transvaal, comme par le passé.

Pensif, Tom alluma sa pipe :

— Là-bas, fit-il, il trouvera un milieu qui lui conviendra davantage...

— N'a-t-il pas sa famille, son fils?

Tom haussa les épaules :

— Comment savoir ce qui se passe en lui?... Vois-tu, mon enfant, chaque homme suit sa propre loi.

— *Ma* destinée, répondit Ide avec obstination, était dans ce magnifique pays que j'ai appris à aimer, dans ce pays où j'avais déjà vécu des jours heureux avec James et où, grâce à vous deux, mes parents ne m'ont pas trop manqué.

— Tu es jeune, Ide, tu t'habitueras vite à la vie parisienne.

— Je ne veux pas m'y habituer!

— Sois raisonnable, Ide, grommela Tom, sois raisonnable...

— Et dire qu'il y a quelques mois seulement, Norbert n'aurait pas voulu quitter l'Afrique pour tout l'or du monde! s'exclama la jeune femme. Tu te souviens, papa? Quand il partait presque chaque jour avec Murray à la recherche des lions, ces bêtes superbes qui lui ont inspiré ses meilleures toiles?

Elle jeta un bref regard sur Norbert qui discutait avec vivacité avec une hôtesse de l'air :

— Pourquoi n'est-il pas avec nous, en ce moment? demanda-t-elle d'un ton irrité. Qu'a-t-il à cancaner avec cette femme?

Tom eut un sourire indulgent :

— Il ne cancane pas, Ide, ne sois pas injuste. Je crois qu'il est en train de s'assurer que votre enfant aura, à bord, tous les soins nécessaires.

— Quoi qu'il en soit, cette hôtesse a l'air d'être en admiration devant lui. Tu ne vois pas les beaux yeux qu'elle lui fait?

Norbert était assurément séduisant, il plaisait aux femmes. Très grand et se tenant toujours très droit, le visage hâlé par le soleil d'Afrique, avec ses blonds cheveux de Viking, il attirait beaucoup de regards. Son habillement avait une légère touche bohème, ce qui ne faisait qu'accentuer son charme.

— On m'a changé mon Norbert, murmura Ide. Il était plus modeste naguère, jamais il ne se serait laissé faire la cour par une pimbêche.

Elle voyait le manège de l'hôtesse de l'air, remarquait ses poses avantageuses et ses attitudes langoureuses. Furieuse, elle lança :

— Regarde-moi ça, papa ! N'est-elle pas impudente?

— Hmm... Disons qu'elle est un peu coquette.

— Tu l'excuses?

Tom eut un geste d'indifférence :

— Moi, tu sais... D'ailleurs, toutes les filles sont comme ça maintenant.

— Et lui?

— Bah, les hommes sont tous les mêmes, mon enfant ; aucun ne reste insensible à ce genre de jeu.

— Il prolonge à souhait la conversation, il se laisse admirer comme un paon !

— Tu exagères, Ide.

— Non, non, Norbert n'est plus le même...

— Ne sois pas trop jalouse, ce n'est jamais bon.

— Il n'y a pas que ça, papa.

— Quoi encore, fillette?

— Ulysse ! Crois-tu qu'il aurait jamais accepté de s'en séparer, auparavant? Tu sais combien il y tenait, à son doberman.

— Je pense qu'il a bien fait de me le laisser, ce chien serait malheureux à Paris.

— Pas plus que moi ! Je trouve détestable d'aller vivre dans une ville où l'air est souillé et pollué par des centaines de milliers d'automobiles, où il n'y a aucun calme et presque aucune verdure !

— Veux Ulysse, veux Ulysse, fit soudain le petit James qui avait entendu le nom du chien.

— S'il comprenait ce qui se passe, il serait bien

malheureux lui aussi, dit sa mère avec une moue d'amertume.

— Bah, il nous aura bientôt oubliés.

— Ni vous ni Ulysse, qui était devenu son camarade de jeux, son ami...

— Tu l'aimais beaucoup, toi aussi, ce chien.

— Oui, papa. Norbert ne l'avait-il pas recueilli en Grèce, à Mikonos? Sur cette île où nous avions forgé notre bonheur?

Ide continua d'un ton rêveur :

— Nous parlions souvent d'Ulysse quand nous étions ensemble... L'affection que nous portions tous les deux à cette bête au regard doux et fidèle était déjà comme un trait d'union entre nous. Chacun vantait le chien pour faire plaisir à l'autre, pour le combler dans ses plus chères affections. N'était-ce pas moi qui avais donné son nom à Ulysse? N'avions-nous pas fait ensemble la première promenade avec le chien? Il y avait là quelque chose qui n'appartenait qu'à nous, que nous nous réservions jalousement. Et tout cela s'en va à présent, s'en va...

Fanny avait suivi avec une inquiétude croissante la conversation entre Ide et Tom. Maîtrisant son émotion, elle sécha ses larmes et s'adressa à la jeune femme :

— Veux-tu remettre le petit James pour quelques instants à Tom, ma chérie? lui demanda-t-elle. Comme ça, ils pourront se faire leurs adieux...

— Mais oui, maman, répondit Ide en mettant le garçonnet dans les bras robustes de Tom, qui rayonna de plaisir.

Fanny prit Ide à part :

— J'ai entendu tout ce que tu viens de dire, fit-elle, et je suis très inquiète.

— Pourquoi?

— Parce que je sens que tu es montée contre Norbert,

que tu cherches mille prétextes pour justifier ta rancune.

— Je hais ce départ! s'écria Ide avec un accent de vibrante sincérité. Je ne cherche aucun prétexte, simplement je suis triste, d'une tristesse indicible, à l'idée de me séparer de vous et du Transvaal!

Fanny secoua obstinément la tête :

— Tu es surtout jalouse, mon enfant... Tu sais qu'à Paris, ton mari sera constamment fêté, entouré de jolies femmes, comme cette Roumaine...

— Rita Tatarescou!

— Qu'as-tu contre elle? Elle ne songe pourtant qu'à faire mieux connaître Norbert.

— Elle est souverainement antipathique!

— Dans ces milieux, les femmes ont souvent un certain genre qui peut nous déplaire. Mais tu ne dois pas oublier qu'on ne peut pas s'habiller et vivre à Paris comme on le fait au Transvaal.

— Il y a partout des gens simples, même à Paris! Cette Rita Tatarescou est snob et prétentieuse! De plus, elle a essayé de jouer les séductrices auprès de Norbert, je l'ai bien vu.

— Elle est jolie, il faut lui pardonner.

— Je ne veux pas d'elle chez moi, là!

— Je te conseille la modération, ma fille. Ne sois pas trop intransigeante vis-à-vis de ton mari.

— N'ai-je pas accepté de le suivre à Paris?

— Oui, mais de mauvais gré.

— Que personne ne me demande de quitter avec le sourire un pays où j'ai été heureuse comme nulle part ailleurs! Où je trouvais partout des traces du passage de mon père! Il y avait une tradition des Yvarsen, ici...

Une moue de mélancolie se forma sur les lèvres de Fanny :

— Ton père, oui... Quel homme extraordinaire! Combien ne nous a-t-il pas manqué!

Mais elle ajouta aussitôt, d'un ton encourageant :

— Là-bas, tu seras plus près de lui, Ide, y as-tu songé?

Une lueur d'espoir brilla dans les yeux de la jeune femme :

— C'est vrai, répondit-elle, je pourrai voir papa plus souvent.

— Et Thérèse aussi, cette chère Thérèse qui a été ma meilleure amie.

— Si bonne, si douce...

— Oui, Ide, ta mère est un être magnifique. Sois toujours très gentille avec elle, et quand tu la verras, parle-lui de moi, de Tom, de ce Transvaal qu'elle a tant aimé.

Fanny sentait l'émotion la gagner de nouveau et les larmes lui monter aux yeux, aussi préféra-t-elle changer de ton et de sujet :

— Sois aussi douce et gentille avec ton mari, mon enfant. Ne deviens surtout pas une épouse acariâtre et vindicative. Sois au contraire conciliante et compréhensive. Il est possible que le succès de Norbert lui soit monté à la tête. A son âge, c'est normal.

— Ce n'est pas cela que je lui reproche, maman!

— Ne lui reproche rien du tout, Ide, cela vaudra beaucoup mieux! Tu as entendu ce que t'a dit Tom? *Ne sois pas trop jalouse, ce n'est jamais bon.* Tu sais que mon mari n'ouvre pas souvent la bouche, mais quand il parle il sait ce qu'il dit.

— Ainsi donc, s'écria Ide, je devrais tout lui passer? Ses airs de grand séducteur! Son badinage avec cette Roumaine!

Fanny eut un geste balayant :

— Des enfantillages!

— Qu'en sais-tu?

L'épouse de Tom pencha la tête de côté et baissa les yeux :

— Evidemment, fit-elle d'une voix changée, si tu as des soupçons...

— Non, répliqua Ide, battant en retraite, heureusement nous n'en sommes pas encore là.

Fanny rejeta la tête en arrière et prit dans les siennes les deux mains de la jeune femme :

— Dans ce cas, je n'ai qu'un seul conseil à te donner, Ide : ne commence pas votre séjour à Paris avec des reproches! Ne fais pas en sorte que Norbert soit dégoûté de son foyer, lassé de tes jérémiades. Car c'est alors, et alors seulement, que tu le perdrais! Il irait traîner dans les cafés d'artistes où il trouverait assez de femmes pour le consoler. Donc, sois raisonnable.

— Tu me demandes de céder.

— Non...

— De me plier à ses caprices!

— Comme je reconnais le caractère des Yvarsen dans ta fougue et ta vivacité! Mais comprends bien que je ne te demande qu'une chose, Ide : de la compréhension.

— J'ai toujours été très compréhensive avec lui!

— A Paris, il faudra l'être davantage encore.

Ide domina sa rancune pour dire :

— J'essaierai, maman...

— C'est promis?

— Promis!

Fanny baissa le ton :

— Et si jamais, par malheur, tes inquiétudes devaient avoir quelque fondement réel, si Norbert devait te délaisser un jour pour une Tatarescou, tu trouverais toujours auprès de nous un havre pour toi et le petit, toujours...

Emues et bouleversées, les deux femmes s'embrassèrent en silence, longuement, tendrement.

— Eh bien, ces effusions, bientôt terminées?

C'était Norbert qui venait vers elles à grands pas,

visiblement agacé par ces adieux qui n'en finissaient plus.

— Là, là, fit Tom en s'approchant d'eux, on ne quitte pas tous les jours l'Afrique, ne sois pas trop brusque, Norbert.

— C'est que l'avion ne nous attendra pas, répondit le peintre pour s'excuser.

Ide fixa sur son mari des yeux étincelants :

— Les effusions sentimentales sont terminées, lança-t-elle, nous sommes à ta disposition!

Norbert la regarda avec surprise :

— Te voilà bien nerveuse, ma chérie.

— Tu ne comprends rien à rien, répliqua Ide furieuse, tu as toujours le mot qu'il ne faut pas dire!

— Allons, allons, intervint Tom, du calme, mes enfants, du calme. Prenez exemple sur le petit James, voyez comme il est gentil.

Ide reprit le garçonnet dans ses bras en le couvant du regard :

— Viens, mon trésor, viens! Heureusement que je t'ai, toi, car autrement je serais bien seule dans cet avion...

— Prenez soin d'Ulysse, dit Norbert pour mettre fin à une scène qui devenait pénible pour tous, chérissez-le!

Tom le rassura :

— Tu sais que Fanny adore les bêtes, Ulysse sera heureux avec nous.

Puis ce furent les ultimes recommandations, les derniers baisers.

— Nous reviendrons vous voir de temps en temps, dit Norbert pour rendre la séparation moins douloureuse.

— Non, non, balbutia Fanny entre deux sanglots, le Transvaal est trop loin... Nous sommes au bout du monde... Vous ne viendrez jamais plus.

— Si, si!

— Non... Maintenant, tout est fini pour nous... Nous resterons seuls, à jamais...

L'avion fonçait vers le nord. Il fendait de gros nuages, et à travers les hublots de la cabine les passagers n'apercevaient qu'une grisaille informe qu'ils devinaient humide et froide. Bercé sur les genoux de sa mère, le petit James s'était endormi. Ide avait fermé les yeux, elle aussi; mais elle ne dormait pas, elle revoyait sans cesse une silhouette séduisante, inquiétante. Rita Tatarescou...

VI

Erling marchait nerveusement de long en large dans le cabinet de travail qu'il s'était aménagé dans son Institut pour la lutte contre le cancer. Installée dans un profond fauteuil, Flavie suivait ses mouvements d'un air soucieux :

— Calme-toi, mon chéri, à quoi bon te mettre dans un état pareil?

— Des années et des années de recherches, et toujours rien! C'est exaspérant!

— Tu t'es attaqué au problème le plus difficile de la médecine de notre temps : la pathologie du cancer. Tu as choisi le chemin le plus étroit, le plus épineux, Erling...

— Le plus long aussi! s'écria le fils de Jan avec un mouvement d'impatience.

— Sans doute, oui, le plus long... Donc, ne t'étonne pas si tu n'es pas encore arrivé à son terme.

— Cette impuissance où nous nous trouvons me révolte.

— Il faut savoir patienter, mon chéri.

— Patienter? Va donc dire cela à un malade qui se sait condamné! Dis-lui qu'il y a de l'espoir, que nous espérons découvrir l'agent pathogène du cancer dans une dizaine ou une vingtaine d'années! Cette nouvelle le réjouira fort, lui qui n'a plus que quelques semaines, ou au maximum quelques mois à vivre.

— Vous arrivez quand même à en guérir certains, soit par intervention chirurgicale, soit par exposition de l'organe atteint à la radio-activité d'isotopes fabriqués dans une pile atomique!

— Certains, oui! Mais les autres? Les nombreux autres?

— Le jour viendra où...

Erling eut un geste coupant :

— Pense un peu à tous ceux que j'ai vus mourir sous mes yeux depuis que j'ai ouvert cet Institut!

— Parlons d'autre chose, Erling, je t'en supplie.

— Non, nous devons avoir le courage de regarder la réalité en face! Ne nous laissons pas bercer d'illusions! Soyons lucides! Par exemple, aurais-tu oublié cette jeune fille de vingt ans, une ravissante Suédoise, que nous avons vue s'éteindre après des souffrances que j'ai à peine pu atténuer?

— Cancer de la gorge, répondit Flavie d'un ton de clinicienne pour dissimuler l'émotion qui la gagnait à cette pénible évocation.

— En ce moment même, nous avons douze malades irrémédiablement condamnés. Eux ne savent pas encore, mais moi je sais!

— Que faire?

Erling haussa les épaules :

— Je ne sais plus...

— Il faut continuer la lutte, mon chéri. Moi, de mon côté, je continuerai mes recherches sur une éventuelle influence nocive du tabac, des cigarettes en particulier.

— Tu n'as aucun résultat définitif en vue, toi non plus, n'est-ce pas?

Flavie baissa la tête :

— Non, fit-elle, toujours pas...

— Tu vois que nous piétinons partout. Rien n'avance ! Et encore une fois, je ne peux pas consoler mes malades en leur promettant de futures découvertes.

— Tu es découragé, mon amour...

— Le combat est par trop inégal, Flavie.

— Le cancer, ce fléau... Quand parviendrons-nous à le vaincre ?

Erling vint se camper devant son épouse :

— Mon père, seul, pourrait nous aider.

— Pourquoi lui, précisément ?

— J'ai fait lire à Bergmann le dossier d'observations qu'il m'avait confié lors de notre séjour à *Journey's End.*

— Et alors ?

— Bergmann est d'accord avec moi : mon père nous dépasse tous de très loin.

— Combien cet aveu doit t'être pénible ! s'exclama Flavie en se rappelant la vive rivalité qui avait naguère opposé le père et le fils.

— Il m'est arrivé d'être injuste envers papa, concéda Erling, mais je sais être objectif quand il le faut.

— En quoi exactement consiste sa supériorité ?

— Je te l'ai déjà expliqué, ma chérie : là où il nous faut analyser deux ou trois cents cas, nous autres chercheurs, mon père tombe juste après l'examen de deux ou trois cas cliniques seulement. Ses déductions logiques tiennent lieu de dix années de recherches !

— En somme, ce qu'il est convenu d'appeler le génie.

— Exactement !

— Dès mon premier contact avec lui, fit Flavie pensive, j'ai réalisé que Jan Yvarsen était d'une autre taille, d'un autre calibre que nous autres.

— Vois-tu, l'histoire des sciences nous révèle l'existence de deux sortes de savants : il y a, d'un côté, l'espèce laborieuse et patiente, qui calcule, recherche, examine, qui accumule de longues et innombrables expériences; les hommes qui en font partie restent en général anonymes, ou alors leurs noms sont imprimés en petits caractères dans les manuels; c'est à cette espèce que j'appartiens...

— Tu es trop modeste, maintenant, mon chéri.

Sans faire attention à cette interruption, Erling enchaîna :

— ... Puis il y a la pléiade des grands esprits, de ceux qui, en un éclair de génie et d'intuition, font les découvertes capitales; ce sont les Galilée, Newton, Darwin, Pasteur, Einstein.

— Claude Bernard, Koch, Fleming.

— Ceux-là mêmes! Or mon père appartient à cette deuxième espèce, ou plus exactement, il aurait pu y appartenir s'il s'était consacré à la médecine théorique et expérimentale plutôt qu'à la pratique chirurgicale et à l'organisation de cliniques.

— Je crois aussi qu'il avait l'étoffe d'un grand savant.

— Le docteur Bergmann m'a dit textuellement : « Après avoir lu les notes de votre père, j'ai compris qu'il est l'homme qui aurait pu vaincre le cancer, s'il avait seulement voulu orienter son activité dans ce sens. »

— Aujourd'hui, il est trop tard...

— Pas tout à fait!

— Que veux-tu dire?

— Il pourrait me donner des conseils, m'expliquer plus longuement ses conclusions relatives aux divers cas qu'il a eu à traiter durant sa carrière de praticien. Ses avis me seraient extrêmement précieux.

— Tu devrais le convaincre de venir à Stockholm.

— Il me l'avait promis! Ne devait-il pas me conseiller pour tout ce qui concerne le côté « clinique » de l'Institut?

— Que veux-tu? Sans doute pense-t-il avoir droit à un repos bien gagné.

— Je ne lui demande aucun travail, uniquement des idées!

— Pourquoi ne pas lui écrire tout cela?

— Je suis las d'attendre, je vais faire mieux : je vais prendre l'avion pour Nice. Une fois à *Journey's End,* je lui exposerai de vive voix ce que je souhaite de lui, et je ne lui laisserai pas de repos tant qu'il n'aura pas fait ses valises pour revenir avec moi à Stockholm!

— Une bonne idée que tu as là, mon chéri.

— Je suis pressé d'aboutir enfin à des résultats concrets, tu comprends?

— Oui. D'ailleurs, ce voyage sera pour toi une détente.

— Pas tellement, car je compte bien emporter mes dossiers!

— Tu ne prendras donc jamais de repos?

— Le cancer ne chôme pas, lui non plus.

— Quand même, tu devrais dételer un peu.

Erling fit non de la tête :

— Tant qu'il restera un seul malade condamné, je demeurerai sur la brèche! affirma-t-il d'un ton résolu.

Le jeune savant eut un geste d'agacement et désigna la pile de lettres que sa secrétaire avait disposée sur son bureau :

— Regarde-moi ça, Flavie, toute cette paperasse qui me fait perdre un temps que je devrais passer au laboratoire!

— Veux-tu que je t'aide?

— Oui, tiens, en voici déjà un paquet. Ce qui est sans intérêt va droit à la corbeille, comme d'habitude!

— D'accord, mon chéri, comme d'habitude.

Flavie réprima à peine une exclamation de surprise :

— Une lettre de papa, s'écria-t-elle en brandissant une enveloppe, je reconnais son papier et son écriture!

— Tu la lis?

Flavie décacheta l'enveloppe :

— Une minute...

Erling vit s'assombrir le visage de son épouse :

— Mauvaise nouvelle? demanda-t-il d'une voix inquiète.

— Pour toi, oui.

— Qu'arrive-t-il?

— Ton père nous informe qu'il a décidé de faire, avec maman, un voyage de tourisme en Italie.

Flavie jeta un bref coup d'œil sur le calendrier :

— A l'heure qu'il est, fit-elle, ils ont déjà commencé leur itinéraire italien, ils sont déjà en route.

— Quelle malchance!

— S'ils étaient partis un jour plus tard, tu aurais pu envoyer un télégramme annonçant ton arrivée imminente : ils t'auraient attendu.

— Où vont-ils exactement?

— Ton père ne précise pas.

— Alors, comment l'atteindre durant ce voyage?

— Justement, il dit que le portier de *Journey's End,* Thibault, est au courant de toutes les étapes de leur itinéraire, avec les noms et les adresses des hôtels respectifs; il fera suivre le courrier.

Les mâchoires d'Erling se contractèrent, un pli volontaire se forma au bas de son front :

— Dans ce cas, lança-t-il, j'irai quand même là-bas!

« S'il est inférieur à son père en certains domaines, pensa Flavie en le regardant avec admiration, il le dépasse sûrement en ténacité; il y a quelque chose de dur, de métallique, d'indestructible en lui, comme s'il avait été trempé dans l'acier le plus pur. »

— Comment feras-tu, mon chéri? demanda-t-elle.

— Je prendrai l'avion pour Nice où je louerai une voiture puissante et rapide. Mon premier arrêt sera à

Journey's End où je me ferai confier l'itinéraire de mes parents.

— Puis tu essaieras de les rattraper, je suppose.

— Oui, et ce sera facile, car tu sais que papa aime aller à la découverte quand il voyage, visiter de vieilles églises et des monuments ignorés; ils ne progresseront pas vite.

— Ne les bouscule pas trop, quand même; maman doit être tellement heureuse de faire ce voyage en compagnie de papa...

Erling se dressa de toute sa hauteur derrière son bureau :

— Mon père est médecin, fit-il d'une voix sèche, il comprendra qu'il y a des impératifs plus urgents que ceux du tourisme! Quand le cancer sera vaincu, nous aurons tout le loisir d'aller flâner dans les villes d'art italiennes.

— Ce jour-là, tes parents ne seront sans doute plus de ce monde.

Les traits d'Erling se crispèrent :

— Tant pis pour eux et tant pis pour nous si nous devons mourir avant d'avoir gagné la bataille! articula-t-il avec une froide insistance. Ce qui importe, c'est notre lutte contre la maladie, notre combat quotidien! Tout doit s'effacer devant lui : liens de parenté, amitié, affection, l'amour même, tout!

« Il a été trempé dans de l'acier, oui, et c'est peut-être pour cela que je l'aime... », pensa Flavie.

VII

— Ecoute-moi ça, fit Erling qui venait d'ouvrir une autre lettre, quelle plaisanterie de mauvais goût!

— De quoi s'agit-il?

— D'une lettre anonyme.

Une moue de dégoût se dessina sur les lèvres de la biologiste :

— J'ai horreur de ça, répondit-elle. Sans doute quelque confrère jaloux.

— Non, non, c'est personnel.

Erling examina l'enveloppe :

— Elle vient de Nice. Elle est écrite en anglais.

— Bizarre.

— Je vais te la lire, tiens :

Monsieur,

Vous êtes appelé à devenir un très grand savant, cela ne fait plus de doute pour personne. La réalisation de votre magnifique « Institut Erling Yvarsen » est déjà une belle victoire. Félicitations! Je me suis laissé dire que votre femme travaillait côte à côte avec vous, elle, l'éminente biologiste qui a jadis remporté de si brillants succès en Afrique du Sud. Elle était tellement en avance sur son âge! Un cerveau, cher monsieur, un cerveau. Malheureusement, un cerveau ne va jamais sans un corps, et le corps nous fait souvent trébucher (moralement, je veux dire!) et nous pousse à faire certaines choses, à commettre certains actes, que nous regrettons ensuite amèrement, ou plutôt, que notre cerveau regrette, lui qui a été entraîné malgré lui dans ces déplaisantes aventures.

Aventure est le mot de circonstance. Vous vous hérissez, cher monsieur, je le sens. Vous, le scientifique, l'homme probe et sévère, vous craignez les complications, les « histoires équivoques » comme vous dites sans doute. Tant pis pour vous! Dans la vie morale comme dans la vie scientifique, la vérité passe avant tout. Moi qui sonde les reins et les cœurs, moi dont le regard radioscopique scrute les êtres, je vais vous l'annoncer, la vérité, si pénible et douloureuse qu'elle soit pour vous! Car je hais le mensonge et l'hypocrisie, je les hais! Oui, monsieur, je suis constamment écartelé sur la croix de la vérité. Le crucifié. Celui que tous rejettent. Moi!

Votre femme a eu une aventure avec un violoniste! Vous connaissez cet homme, vous lui avez serré la main. Inutile que j'écrive son nom, vous l'avez déjà deviné. N'avez-vous jamais eu de soupçons? Etiez-vous vraiment aveugle à ce point-là?

Les deux amants ont eu un entretien particulièrement dramatique lors de votre séjour dans la propriété de votre père, Journey's End, *au Cap-Ferrat. Vous vous rappelez? Le violoniste avait été invité par votre père, en même temps que la richissime Américaine, Judith Collins, chez laquelle il demeurait. A un certain moment, votre femme et lui sont sortis ensemble pour aller se promener dans le parc. Sous vos propres yeux!*

L'entretien fut dramatique, oui! Car le musicien voulait rompre, il en avait assez d'une liaison qui n'avait que trop duré, et sans doute savait-il déjà qu'il épouserait bientôt la riche héritière. Entre lui et Judith Collins, votre femme était un obstacle; il en avait assez de la traîner derrière lui comme un boulet. Vous pensez bien! Entre les millions de l'Américaine et la passion amoureuse de votre épouse, il avait choisi! Il lui a fallu repousser votre femme avec des gestes las et agacés, comme on se débarrasse d'un vieux vêtement trop longtemps porté. Et elle, monsieur, elle s'est jetée devant lui (je le sais de source certaine!), elle l'a imploré, supplié de ne pas la quitter. Elle lui baisait les mains, monsieur, ses longues mains de virtuose qu'elle avait tant aimées. Et lui, il restait distant, hostile même, avec un air de mécontentement sur son visage hautain. A la fin, il a brutalement repoussé votre femme et il s'est éloigné en courant, comme s'il fuyait la gale. Quant à elle, elle éclata en sanglots, son front brûlant appuyé sur le tronc d'un pin.

Oui, je m'en rends parfaitement compte : j'ai l'air de vous raconter quelque méchant feuilleton écrit aux envi-

rons de 1900 et publié dans une suite de numéros de l'Illustration. *Mais ce n'est quand même pas ma faute si votre femme s'est complue dans une aventure désuète, ou plus précisément de style désuet, et passablement ridicule! Avoir une liaison avec un violoniste, se traîner à ses genoux, lui baiser les mains (et dans un parc, encore!), ce n'est vraiment plus permis à notre époque! Pardonnez-moi, cher monsieur, car je suppose que vous estimez mon ironie bien déplacée. Et c'est vous qui avez raison! Votre femme vous a trahi et bafoué, foin d'ironie, l'heure est à la colère, à la juste colère!*

Quand il lui arrive de penser à vous, le violoniste doit sourire avec ironie! Idée intolérable pour vous! Vous qui avez été tourné en dérision...

Un dernier mot : agissez! Agissez vite et bien! Soyez enfin énergique! Ne reculez devant aucune extrémité! Qu'il ne soit pas dit plus longtemps qu'un homme de science a été ridiculisé par un violoneux!

Un ami qui veille.

Erling avait lu cette étrange missive d'une voix neutre et d'un ton très détaché; Flavie l'avait écouté en silence, sans jamais l'interrompre. Maintenant la jeune femme leva les yeux vers son mari et lui demanda posément :

— Tu ne crois pas un mot de tout cela, mon chéri, n'est-ce pas?

— A en juger par l'écriture, fit Erling sans répondre a cette question, cet homme est un drogué ou un alcoolique. On dirait d'ailleurs une écriture de médecin ou de pharmacien. Curieux, curieux...

Flavie se fit insistante :

— Réponds-moi, Erling, crois-tu le moindre mot de ce que cet individu a écrit?

— Je n'en crois rien du tout! Mais c'est gênant, *très* gênant.

— Il doit s'agir d'un fou, ou d'un drogué, comme tu dis.

Songeur, Erling contempla la lettre :

— Et Hugo Stiffenacker? interrogea-t-il.

— Tu ne vas quand même pas le soupçonner? s'écria la jeune femme.

— Il était assez fantasque et hystérique à Hambourg, non?

— Il y a longtemps de cela; depuis, il a beaucoup changé.

— Je sais, je sais, il est devenu un grand virtuose, un homme célèbre, mais l'un n'empêche pas l'autre.

— Je penserais plutôt à un ennemi de Stiffenacker, moi.

Erling approuva de la tête :

— Tu as raison, puisqu'on parle de lui en termes plutôt méprisants, ainsi cette expression *fiddler,* violoneux.

— Cependant, quelqu'un a dû lui dire qu'Hugo m'avait fait la cour, à Hambourg...

— Oui, et que nous l'avons rencontré lors de notre séjour à *Journey's End.*

Erling joua nerveusement avec son coupe-papier :

— Une question, ma chérie...

— Je t'écoute!

— Etais-tu sortie dans le parc avec Stiffenacker? Je ne m'en souviens plus.

Une infime rougeur monta au front de Flavie :

— Oui, répondit-elle, et nous y avons eu une discussion assez violente.

Le fils de Jan releva la tête, son regard se durcit :

— Ah, fit-il, tu ne m'en as pourtant jamais parlé.

— Je ne voyais pas la nécessité de revenir sur ces vieilles histoires.

Erling répliqua d'un ton sec :

— Je suis ton mari, Flavie, tu *devais* me mettre au courant!

Et il ajouta, pensif :

— Il y aurait donc une part de vérité dans ce qu'affirme cet... individu.

— Non, tout ce qu'il prétend est faux! s'exclama la jeune femme, véhémente.

— Pourtant...

— Il a tout déformé, accumulé les mensonges!

— Raconte-moi ce qui s'est passé ce jour-là dans le parc de *Journey's End,* ce qui s'y est très exactement passé, demanda Erling d'une voix glaciale de clinicien.

— Déjà ta confiance en moi est ébranlée! s'écria Flavie.

— Raconte!

Flavie se leva et alla vers la fenêtre; elle appuya son front contre la fraîcheur de la vitre :

— Il m'avait suivie dans le parc, commença-t-elle.

— Où étais-je, moi, à ce moment-là?

— Dans le salon, où tu avais une conversation très animée avec ton père.

— Je me rappelle à présent! Oui, il me parlait des résultats de ses propres études sur le cancer et sa pathologie.

— Au début, Stiffenacker me remémora les soirées de Hambourg. Il fit allusion à cet admirateur passionné du Grand Frédéric et de Voltaire, tu sais, l'exportateur Dobenfeet, celui qui jouait de la flûte traversière et chez lequel on montait de temps en temps du Kleist. Je lui répondis que j'avais beaucoup aimé ce milieu, la gravité solennelle des anciennes demeures patriciennes, les grands jardins silencieux à l'ombre de tilleuls, d'ormes et de chênes vénérables, les nains de plâtre cachés derrière les buissons, les jets d'eau au clapotis mélancolique...

— Venons aux faits! coupa Erling, impatient.

— Qu'est-ce que je fais d'autre, sinon te raconter les faits tels qu'ils se sont produits ce jour-là?

— Mais enfin, tu ne me feras pas croire que vous avez uniquement évoqué les soirées de Hambourg? Tu m'as avoué, à l'instant même, que vous aviez eu une discussion assez violente. Ce n'était certainement pas à propos du talent de flûtiste de Dobenfeet!

— Tu me laisses parler?

— Oui, mais j'ai hâte que tu en arrives au fond de cette affaire.

— Il me raconta qu'il m'avait vue durant le concert qu'il avait donné à Stockholm, quand il y a joué le *Concerto* de Mendelssohn.

— Tu y étais allée seule...

— Parce que tu étais retenu à l'Institut!

— Ce n'était pas un reproche, Flavie, mais une simple constatation.

— Certains hasards de la vie, certaines coïncidences se retournent contre nous, nous accablent.

Avec un geste d'impatience, Erling frappa le rebord de son bureau avec son coupe-papier :

— Personne ne songe à t'accabler, répliqua-t-il, surtout pas moi! Je veux uniquement connaître toute la vérité sur cette entrevue dans le parc de *Journey's End*. Donc, continue ton récit.

— De fil en aiguille, Hugo en arriva à m'avouer qu'il n'avait jamais cessé de m'aimer.

— Et quelle fut ta réaction?

Flavie se détacha de la fenêtre et se tourna vers son mari :

— Avant de répondre à cette question, je voudrais te rappeler ce que tu m'as dit un soir, à Hambourg, le jour où j'avais reçu la visite quelque peu tapageuse d'Hugo Stiffenacker.

— Lorsqu'il t'a dédié une de ses compositions?

— Oui, ce lied sur un poème de Hölderlin.

— Quelles sont ces paroles si mémorables que j'aurais prononcées alors?

— *Comme je regrette de ne pas avoir été là, Stiffenacker devait être terriblement drôle!*

— C'est tout?

— Je t'ai répondu que je ne pouvais pas partager ton enjouement, parce que ce garçon était amoureux de moi et que c'était extrêmement gênant. Quand je t'ai demandé si tu n'étais pas jaloux, tu m'as répliqué textuellement : *Jaloux de Stiffenacker? Comment peux-tu me poser une question pareille! Les sentiments banals et quelque peu ridicules de ce garçon pourraient-ils troubler notre entente? Je n'en crois rien!*

— Je vois où tu veux en venir, ma chérie, fit Erling. Tu oublies simplement une chose : à cette époque-là, Stiffenacker était un être fantasque et grotesque.

— Tu vois cela avec des yeux d'homme. En réalité, il avait déjà beaucoup de charme alors, et je sais que plusieurs de ces dames de Hambourg étaient follement amoureuses de lui!

— Peut-être, mais pas toi.

— Non, pas moi!

— Car je te connais, tu as l'esprit trop critique. Tu es quand même une scientifique, c'est-à-dire un cerveau lucide.

— Si tu es tellement sûr de moi, de ma fidélité, pourquoi cette discussion oiseuse?

— Attention! Entre-temps, Hugo Stiffenacker est devenu un grand virtuose du violon. Ne m'as-tu pas assuré toi-même qu'il jouait comme un dieu?

— C'est exact!

— Il est devenu plus haut de taille encore, distingué et racé; il a complètement perdu son ancien aspect d'éternel étudiant, son côté *Lumpenproletariat*. Aujourd'hui, Hugo Stiffenacker est un homme célèbre, et un homme qui sait ce qu'il veut. La situation a donc changé du tout au tout.

— Hugo a changé, oui, cela est certain, mais pas mon attitude envers lui. J'ai beaucoup d'admiration pour le grand musicien, le génial interprète qu'il est, mais je ne l'aime pas!

— Tu le lui as fait comprendre?

— Sans la moindre équivoque!

— Comment a-t-il réagi?

— Par des propos de plus en plus enflammés, enfin à sa manière.

— Je peux très bien m'imaginer la scène...

— Devant ma fermeté, finalement il a dû s'incliner.

— Et quand vous vous êtes séparés, qu'aviez-vous décidé?

— Il n'était pas question de décider quoi que ce soit, Erling. Je lui avais simplement fait comprendre que sa passion était folle et sans issue, qu'il devait cesser de penser à moi.

Erling prit un air sceptique :

— Est-il seulement possible de faire entendre le langage de la raison à un être aussi exalté que Stiffenacker?

— Il faut bien le croire, puisqu'il se fiançait peu après avec Judith Collins, qu'il a épousée entre-temps.

— Je sais, oui, ils nous ont envoyé un faire-part de New York.

Le fils de Jan reprit la lettre en main :

— Reste à élucider le mystère de ce chiffon anonyme, murmura-t-il avec irritation.

— Si j'étais toi, j'oublierais cette vilaine affaire, nous avons d'autres soucis en ce moment, et plus importants!

Erling secoua la tête avec obstination :

— Pas question! Je veux savoir qui s'est permis de te calomnier de la sorte, et je le saurai!

— Un malade, un pauvre d'esprit, tu l'as dit toi-même.

— Un pauvre d'esprit? Non, Flavie, ceci est trop calculé, trop machiavélique pour avoir été rédigé par un fou.

— Ou un drogué.

— Peut-être... Quelque ennemi d'Hugo Stiffenacker?

— Un violoniste rival, jaloux de ses succès.

— Je finirai bien par apprendre la vérité, et alors, ma chérie, l'auteur de cette lettre aura des comptes à me rendre!

— Qu'envisages-tu de faire?

Erling plia soigneusement la lettre et la mit dans son portefeuille :

— « Santa Monica », la propriété de Judith Collins...

— Elle s'appelle Stiffenacker, à présent, observa doucement Flavie.

— Oui, enfin peu importe! Leur propriété, donc, est située à côté de celle de mes parents; j'y passerai en me rendant là-bas. Je montrerai cet écrit à Hugo Stiffenacker et lui demanderai s'il soupçonne quelqu'un.

— Savoir s'ils se trouvent au Cap-Ferrat.

— Je verrai bien, ma chérie; s'ils devaient ne pas y être, je m'occuperais de cette affaire à mon retour d'Italie.

— Est-il vraiment opportun de soulever cette vieille histoire? Judith sera forcément mise au courant, elle en souffrira.

— Je n'ai pas le choix!

La jeune femme insista :

— Ils viennent de se marier, ne troublons pas leur bonheur!

Les traits d'Erling se contractèrent de nouveau :

— Encore une fois, fit-il d'un ton décidé, je n'y puis rien! Tout plutôt que l'incertitude! Nous *devons* savoir qui s'acharne ainsi contre nous, qui se permet de nous envoyer de telles ordures...

— Il n'y a eu qu'une lettre, jusqu'à présent.

— D'autres peuvent suivre! Non, non, il y va de leur intérêt comme du nôtre, crois-moi.

Puis, plus calmement, il dit :

— Si ta présence n'était pas absolument indispensable en mon absence, je t'emmènerais avec moi...

— Non, non, mon chéri! interrompit Flavie. Nous ne pouvons pas partir tous les deux, et comme c'est toi qui dois discuter avec papa, c'est à moi de rester. N'oublions pas, non plus, que malgré cette brave Hanna, notre petit Jan a besoin de moi.

L'évocation de leur enfant, de ce garçonnet beau, sensible et intelligent qui était né de leur amour, leur fit oublier le cauchemar hideux de la lettre anonyme et les rendit à la réalité, à leur réalité quotidienne tissée de tendresse, d'affection et de compréhension réciproque.

Erling s'avança vers sa ravissante épouse et la prit dans ses bras :

— Pardonne-moi, ma douce chérie, murmura-t-il en la serrant contre sa poitrine, pardonne-moi de t'avoir crue, un seul instant, capable de quelque comportement vil et bas.

Flavie posa sur lui ses grands yeux qui pardonnaient déjà :

— Tu avais été piqué par le dard de la jalousie, chuchota-t-elle. C'est humain, mon grand...

— Trop humain!

— N'y pense plus, mon amour... Dis-moi, quand partiras-tu?

— Demain ou après-demain.

— Déjà?

Et dans un souffle, Flavie ajouta :

— Reviens vite!

Puis leurs lèvres se joignirent...

DEUXIÈME PARTIE

VIII

Judith entra dans la loge d'Hugo; très grand et très mince dans son habit bien coupé, le violoniste accordait son instrument; il avait un air sombre et soucieux. Judith vint l'embrasser :

— Comment te sens-tu, mon chéri?

Les yeux du musicien étincelèrent :

— Je ne puis m'empêcher de penser tout le temps à ce... chiffon! lança-t-il d'un ton agressif.

— Cette lettre anonyme?

— Bien sûr! Elle me tourmente sans arrêt!

Un reflet de tristesse assombrit les yeux de la jeune femme.

— Ne pense plus qu'à Brahms, dit-elle d'une voix suppliante, *forget that nasty letter* [1].

— Je te vois sur ce bateau, seule avec le docteur Yvarsen.

— Tu n'as donc pas la moindre confiance en moi?

Hugo flamba :

— Confiance, confiance, s'écria-t-il avec humeur, comme si nous étions des comptables ou des banquiers!

1. Oublie cette lettre odieuse.

— Calme-toi, Hugo...

Il lui lança un regard farouche :

— Je t'aime passionnément, Judith, et là où il y a de la passion il ne peut pas y avoir en même temps de la confiance!

— Mais de la méfiance et de la jalousie, n'est-ce pas?

Le bon sens américain de Judith se révoltait contre une telle conception de l'amour :

— Je ne vois pas la nécessité de ces déchirements! s'écria-t-elle.

— Tu es américaine, tu ne comprends rien...

— Et je ne vois pas pourquoi l'amour serait obligatoirement accompagné de ces sentiments excessifs!

— Je ne supporte pas la médiocrité, en rien.

— Je ne te demande qu'une seule chose, Hugo...

— Oui, oui, je sais, de te croire, de faire comme si cette lettre anonyme n'avait jamais existé.

— Est-ce au-dessus de tes forces?

— Oui! répliqua-t-il en fixant son épouse droit dans les yeux.

— Tu ne peux pas?

Il secoua la tête :

— Non, non, impossible! Certaines images me hantent, m'empêchent de me concentrer sur autre chose.

— Ta jalousie est... monstrueuse.

— Change-moi, si tu peux.

— Elle nous rendra malheureux.

D'un geste nerveux, Hugo écarta une mèche noire qui avait envahi son front :

— Il vaut mieux être malheureux que tiède, jeta-t-il.

— Tu as le goût de l'abîme, mon chéri.

Le violoniste dressa l'oreille :

— Tu as lu cette phrase dans ce livre que j'ai aperçu sur ta table de chevet, fit-il, dans ce livre sur l'Allemagne et les Allemands.

— Oui, c'est juste, avoua-t-elle.

Hugo regarda pensivement devant lui :

— Il a raison, dit-il, nous aimons les lueurs du crépuscule, la mort, la destruction de soi-même.

— Je pense qu'il existe aussi des esprits pondérés, dans ton pays?

— Il y a partout des épiciers, bien sûr! Hölderlin, lui, disait que...

Judith se réjouissait déjà d'avoir mis la conversation sur un autre sujet, mais elle avait compté sans l'obsession du musicien. Il s'interrompit brusquement :

— L'Allemagne, Hölderlin, que m'importe après tout! C'est de toi qu'il s'agit, de toi et du docteur Yvarsen!

— Encore?

— Tant que je ne saurai pas toute la vérité...

— Tu la connais!

— Peut-être...

— *Do believe me, my dear, do* [1]!

— J'ai l'impression qu'on me cache quelque chose.

— Qui, on?

— Toi, Jan Yvarsen, que sais-je...

— C'est une idée que tu t'es mise dans la tête.

— Il n'y a pas de fumée sans feu, disent les Français.

— Tu me fais mal, Hugo.

— Parce que je t'aime...

— Tu te rappelles ce vers de Baudelaire que tu m'as cité?

— *Le violon frémit comme un cœur qu'on afflige...*

— Ce cœur, c'est le mien.

— Ta souffrance ne durera plus longtemps...

— Que veux-tu dire?

— Bientôt je vais savoir.

— Mais savoir *quoi?*

— Savoir ce qui s'est passé ce jour fatal.

1. Crois-moi, mon chéri, crois-moi!

Judith se sentit inquiète :

— Qu'as-tu l'intention de faire? demanda-t-elle d'une voix changée.

— Je vais crever l'abcès!

— Ce qui veut dire?

— Mettre fin à l'incertitude!

— Explique-toi clairement, je t'en supplie.

— Je veux avoir une entrevue avec le docteur Yvarsen!

— Non!

— Si, j'y tiens absolument!

— Et... que lui diras-tu?

— Je lui rapporterai les termes de cette lettre.

— De cette missive ordurière!

— Il faut qu'il soit au courant de ce qui se trame derrière son dos, qu'il sache qu'il a un ennemi qui le calomnie!

Ce dernier mot rendit l'espoir à la jeune femme :

— Donc, s'exclama-t-elle, tu ne crois rien des odieuses accusations de cet individu, tu as compris qu'il s'agissait de calomnies?

— *Vielleicht* [1]..., murmura Hugo.

Judith donna libre cours à son indignation :

— Le docteur Yvarsen m'a sauvé la vie! s'écria-t-elle d'un ton véhément. Sans sa présence d'esprit, je me noyais, je sombrais au fond de la mer! Et aujourd'hui, on prend prétexte de cet acte pour le salir et le persécuter!

— Qui parle de persécution?

— Tu veux aller à *Journey's End,* non?

— Oui, évidemment.

— Tu vas y porter le trouble et l'inquiétude.

1. Peut-être.

Hugo eut un mouvement d'irritation :

— Ce n'est pas moi qui ai écrit cette lettre anonyme! Ce n'est pas moi qui suis responsable de ses conséquences!

— Mais tu pourrais essayer de les limiter, ces conséquences! Au lieu de cela, tu fais tout pour gonfler cette pénible histoire!

— Je tiens trop à toi pour traiter cette affaire comme une bagatelle!

— As-tu seulement songé à l'épouse du docteur Yvarsen?

— Elle n'est pas au courant, et je ne vois pas...

— Et quand tu iras là-bas?

— Je demanderai à parler au docteur Yvarsen en tête à tête.

— Il n'est pas homme à cacher quoi que ce soit à sa femme.

— Tu l'idéalises!

— Je sais reconnaître les êtres d'exception quand je les rencontre!

— Cette ardeur que tu as toujours à le défendre!

Judith cria presque :

— Parce que j'ai l'injustice en horreur, tu le sais!

Hugo alluma fiévreusement une cigarette :

— De toute manière, sa femme reste en dehors, je te le répète, dit-il d'une voix conciliante.

— Et moi je te dis que le docteur Yvarsen lui dévoilera tout! Elle saura que quelqu'un a osé prétendre ou du moins insinuer que son mari l'avait trompée avec moi! Elle sera blessée dans sa fierté d'épouse et cruellement peinée!

— J'en serai navré.

— C'est tout ce que tu as à répondre?

— Ma décision est prise, j'irai jusqu'au bout!

— Sans te soucier du tort que tu vas causer à autrui?

— Tu penses tout le temps aux autres, jamais à moi!

— Je n'admets pas qu'on fasse souffrir les innocents!

— Quelle grandiloquence!

— Qu'on rende la calomnie pour la gentillesse et la générosité!

Hugo frappa du pied :

— Tu exagères, à la fin! Je ne veux faire souffrir ni calomnier personne!

— C'est pourtant ce que tu obtiendras!

— En agissant avec tact...

— Tu es un exalté, Hugo, tu le sais bien! Dès qu'on touche une de tes cordes sensibles, tu deviens passionné, tu oublies tact et discrétion!

— Voilà que tu me traites de paysan du Danube!

— Ne sois pas grotesque!

— Et tout cela pour défendre ton Yvarsen!

— S'il n'avait pas été là, *mon* Yvarsen, il y a longtemps que je serais morte!

— Quelqu'un d'autre t'aurait sauvée!

— Il n'y avait personne d'autre.

— Tu dis ça...

— Parce que c'est la vérité!

— Et d'ailleurs, n'importe qui aurait agi de même à sa place!

— Ça ne m'intéresse pas, c'est lui qui était là, c'est lui qui m'a tirée de la mer, et pas « n'importe qui »!

— Une coïncidence...

— A laquelle je dois la vie!

— Tu ne songes qu'à vanter cet homme, à me chanter ses mérites!

— Et toi, tu ne penses qu'à le dénigrer!

— Il n'est pas agréable d'entendre son épouse porter aux nues un autre homme! Comprends-le enfin!

— Tu es d'une jalousie révoltante!

— C'est mon droit, mon devoir même!

— Tu es monstrueux, en ce moment!

— Combien d'insultes me jetteras-tu encore à la tête?

— Tu me pousses à bout!

Ils étaient dressés l'un en face de l'autre, Judith, rouge d'indignation, Hugo très pâle :

— Sans doute as-tu peur que j'apprenne la vérité, *toute* la vérité!

— Tu devrais avoir honte de dire des choses pareilles, honte!

L'amour et la jalousie leur avaient fait perdre toute retenue; chaque nouvelle réplique exacerbait leurs sentiments, aigrissait leur rancune réciproque. Soudain, Hugo jeta sa cigarette et prit sa femme dans ses bras; il la serra contre lui et l'embrassa avec une sorte de rage amoureuse :

— Hugo, gémit-elle, mon amour...

Le musicien redressa la tête et contempla longuement sa femme :

— Comme tu es belle, ce soir, ma Judith..., murmura-t-il. Dans cette robe noire qui souligne la souplesse élégante de ta ligne, avec l'auréole de ta chevelure, tes épaules de madone italienne, ton corps aux proportions classiques, tu n'as jamais été plus désirable.

— Nous ne nous disputerons jamais plus, n'est-ce pas, mon chéri?

— Jamais, *kleines Mädchen,* mais il faut que j'aille là-bas.

— Je t'accompagnerai...

— Cela vaudra peut-être mieux, oui...

— Nous partirons dès demain pour « Santa Monica ». Maintenant, mon chéri, ne pense plus qu'à ta musique.

— Le public sera difficile, ce soir.

— Tu ne te sens pas en forme?

— Si, si, mais... j'ai un peu le trac.

— Il y a si longtemps que tu désires jouer avec Charles Munch et le Philharmonique de Boston.

— Oui, mais là j'ai été bousculé, ma chérie. On me

téléphone hier pour me demander si je pourrais remplacer Dimitri Davidov, tombé malade.

— Tu as accepté sans la moindre hésitation.

— Oui, parce que c'était Munch qui devait diriger! Naturellement, nous n'avons pu organiser qu'une seule répétition...

— Une fois de plus, tu vas conquérir le public, Hugo, j'en suis certaine.

Le musicien alla pensivement vers son violon, le caressa de la main.

— Promets-moi de penser à moi, ma chérie, dit-il d'une voix sourde et en regardant sa femme avec des yeux brillants, de penser à moi et à notre amour pendant que je jouerai. Tu seras ma force...

Une heure plus tard, sous les lustres étincelants de la salle de concert, devant un public déchaîné et enthousiaste, Hugo Stiffenacker récoltait un nouveau triomphe.

IX

Yannakos s'impatienta :

— Alors quoi, s'exclama-t-il, tu n'es pas capable de décrire ce rôdeur?

Octave Thibault, le portier de *Journey's End,* prit un air vexé :

— Tu n'as pas besoin de crier, Yannakos, répondit-il de sa voix toujours un peu plaintive. Ce ne sont pas tes cris qui vont m'éclaircir la mémoire.

— Qu'est-ce qu'il te faut, alors?

D'un mouvement de la tête, le portier désigna son épouse, une petite femme replète qui s'affairait autour d'eux :

— Demande à Elise : les deux fois qu'il est venu, il faisait nuit noire.

Une moue de mépris apparut sur le visage bronzé, buriné, du vieux Grec :

— Et toi, tu ne vois rien, la nuit, non? fit-il en haussant les épaules.

— Je suis comme tout le monde, maugréa Thibault.

— Comme tous les médiocres, oui!

— Tu as fini d'insulter mon mari? lança Elise Thibault de sa voix aigrelette.

— Toi, patronne, répliqua Yannakos, sers-nous du vin au lieu de bougonner.

— Il a raison, ouvre-nous une bouteille de rosé.

Elise jeta un coup d'œil furieux aux deux hommes attablés face à face :

— Toujours boire, grommela-t-elle, pour ça vous n'êtes jamais fatigués, vous autres! Vous pourriez prendre exemple sur Monsieur, tiens.

— Monsieur n'a jamais méprisé une bonne goutte, fit Thibault.

— Oui, mais il sait boire avec modération, pas comme vous!

Les Thibault avaient été installés par Jan dans le pavillon qu'il avait fait construire à l'entrée de *Journey's End.* Octave Thibault, un homme assez fort et ventru, toujours en manches de chemise et gilet, faisait fonction de portier tout en s'occupant de l'entretien du parc et des jardins; quant à sa femme, elle aidait à la cuisine et participait aux gros travaux de nettoyage aux côtés de la bonne, Francine. Avec la bonne, le couple constituait tout le personnel domestique de *Journey's End,* car Jan n'avait pas voulu de chauffeur, préférant conduire lui-même sa superbe Bentley noire.

Depuis le départ de Jan et Thérèse pour l'Italie, Thibault avait aperçu à deux reprises un rôdeur qui s'était introduit dans le parc. Yannakos, alerté, avait décidé de venir passer une nuit dans le pavillon du portier, afin de pouvoir intervenir le cas échéant. Maintenant, il essayait de se faire expliquer ce qui s'était passé exactement :

— Raconte-moi dès le début, demanda-t-il en levant le verre de rosé qu'Elise venait de lui servir.

Thibault contempla son verre d'un air morose :

— J'aime pas raconter, moi, fit-il, ça me fatigue tout de suite la tête.

— Fais un effort!

— Monsieur et Madame sont partis il y a trois jours, commença le portier d'une voix traînante et geignarde.

— Ça, on le sait!

— Si tu ne fais que l'interrompre, dit Elise en colère, il ne pourra jamais t'expliquer! Après, tu diras encore que c'est de sa faute, qu'il est bête et je ne sais quoi.

Yannakos abattit son poing sur la table :

— Toi, la patronne, fiche-nous la paix!

— Allez, allez, intervint Thibault qui avait commencé à se rouler une cigarette de tabac gris, ne criez pas. Restez tranquilles, tous les deux.

— Tu te laisses insulter par lui?

— Allez, allez, répéta Thibault, ça suffit comme ça. Je m'en vais tout dire, tout...

— Tu te décides enfin? grogna le Grec.

— C'est avant-hier qu'il est venu pour la première fois.

— Où l'as-tu vu?

— Là où le parc descend vers la mer. Je faisais ma ronde...

— A quelle heure?

— Il devait être dix heures du soir, quoi.

— Qu'est-ce qu'il faisait quand tu l'as surpris?

— Il se tenait derrière un pin, je crois bien qu'il guettait.

— Il y avait de la lune, avant-hier, donc tu as dû bien le voir.

— La nuit, c'est la nuit.

— Tu es aveugle, ou quoi?

Thibault branla sa grosse tête à moitié chauve :

— Je ne suis pas un chat, moi.

Yannakos réprima un mouvement de rage :

— Qu'a-t-il fait quand il s'est vu découvert? questionna-t-il.

— Eh, il s'est sauvé!

— De quel côté?

— Vers la mer, pardi.

Le portier poussa un gémissement plaintif :

— Aaah, il y a longtemps que je dis à Monsieur de faire élever un mur du côté du rivage, rien à faire, il ne veut pas.

— Près des rochers?

— Oui, vers le sentier qui vient de Passable. « Bah! qu'il me dit toujours, Monsieur, ce sentier est assez dangereux, personne n'aura idée de s'y promener la nuit. »

— Alors quoi, la propriété du patron n'est pas fermée sur le bord de mer?

— Il y a juste quelques fils de fer, faciles à enjamber.

— Misère!

— Madame, elle aussi, était contre. Elle ne voulait pas de mur. Elle disait qu'il boucherait la vue sur la grève.

— Donc, d'après toi, ce rôdeur serait venu et reparti par le sentier des rochers?

— Y a pas d'autre moyen.

— As-tu essayé de le poursuivre?

Thibault redressa sa lourde carcasse :

— Fallait pas y penser, bougonna-t-il, il était beaucoup plus agile que moi.

— Comment était-il?

— Une silhouette noire, quoi.

— As-tu vu son visage?

Le portier dévisagea Yannakos d'un air sombre :

— Je t'ai déjà dit trois fois que je l'ai aperçu de dos, répondit-il.

— Il était grand ou petit?

Une lueur apparut dans les yeux de Thibault :

— Il est petit, répliqua-t-il, ça je l'affirme!

— C'est tout ce que tu peux dire?

Octave Thibault hocha la tête :

— Pour avant-hier, oui.

— Et hier soir? demanda Yannakos d'un ton qui trahissait son extrême impatience.

— Il est revenu.

— Tu es sûr que c'était le même?

— Formel!

— Raconte un peu ce qui s'est passé.

— Il se tenait près du garage.

Yannakos fit claquer sa langue :

— Inquiétant, observa-t-il, très inquiétant.

— J'estime que c'est grave..., renchérit Thibault d'une voix caverneuse.

— Et qu'est-ce qu'il faisait, près du garage?

— Ça, je n'en sais rien! Je peux seulement te dire qu'il portait quelque chose qui ressemblait à un bidon d'essence.

Le vieux marin siffla entre les dents :

— Le brigand! Il était donc venu pour voler de l'essence!

Le portier secoua obstinément la tête :

— Non, il n'a rien volé dans le garage, j'ai vérifié.

— Mais ce bidon?

— Sais pas.

— Il l'a peut-être dérobé dans une autre maison. Et il essayait de s'enfuir par votre parc?

— Aucune idée.

— N'avais-tu pas l'impression qu'il venait d'une autre propriété?

— Me demande pas trop, grommela Thibault en vidant son verre.

Yannakos ajusta son éternel serre-tête noir :

— Je ne comprends plus rien à cette maudite histoire! lança-t-il, rageur. Tu ne vas quand même pas prétendre que ce bonhomme s'est introduit chez vous, la nuit, pour vous apporter de l'essence?

Thibault haussa ses massives épaules :

— Je ne prétends rien du tout, moi.

Il reprit son air morose et se plongea dans la contemplation de la cigarette dont il venait d'achever la laborieuse confection :

— Le papier ne vaut plus rien, de nos jours, remarqua-t-il. Tu vois comme il colle mal?

— Tu nous embêtes, avec tes cigarettes! gronda Yannakos.

— C'est important, qu'une cigarette soit bien roulée et collée, dit le portier.

Il s'obstinait dans son attitude bovine.

Elise Thibault vint au secours de son époux :

— Quoi, fit-elle en se tournant vers Yannakos, tu lui reproches ses petits plaisirs, maintenant? Il n'aurait même plus le droit de se rouler ses cigarettes?

Le poing du marin s'abattit de nouveau sur la table :

— Suffit! clama-t-il avec une grimace de colère qui terrorisa le couple débonnaire. Nous ne sommes pas là pour des radotages de vieille femme, mais pour une affaire sérieuse! Toi, la patronne, reverse-nous du vin et retourne à tes casseroles!

Une fois de plus, il s'adressa à Thibault :

— Et alors, hier soir, quand il t'a vu, qu'est-ce qu'il a fait?

— Comme avant-hier, il s'est sauvé.

— Et naturellement tu l'as laissé échapper?

De grosses rides chagrines barrèrent le front du portier :

— Tu as l'air d'insinuer que je n'ai pas fait mon devoir, gémit-il.

Yannakos le regarda avec sévérité :

— C'est sûr, répliqua-t-il d'un ton accusateur, c'est sûr que tu n'as pas fait ton devoir de portier!

— Il est trop agile pour moi, se lamenta Thibault, je te l'ai déjà dit. Il court, il court, et moi je suis là et je ne vois plus rien...

— Le patron sera mécontent, crois-moi.

— Monsieur est compréhensif, lui, cria Elise de sa cuisine.

— Il sera furieux! trancha le vieux marin.

— Je l'ai quand même chassé.

— Tu aurais dû le retenir, l'identifier!

— Il est si rapide, si rapide...

Yannakos poussa un soupir de découragement :

— Avec toi, la propriété du patron est bien gardée, observa-t-il, ironique.

— Je fais de mon mieux, quand même...

Le Grec eut un grand geste balayant :

— Assez de jérémiades et de lamentations! s'exclama-t-il. Dis-moi plutôt si ton bonhomme s'est sauvé par le sentier des rochers, hier soir aussi.

— Sûrement, je l'ai vu qui dévalait le parc, vers la mer. Il faisait très clair, les nuages venaient de se dissiper sous la lune.

— Et ce bidon, il l'a emporté avec lui?

— Eh oui, il ne l'a pas lâché.

— Bizarre...

— Tu vois que j'ai bien fait de te prévenir.

— Pour ça, c'est sûr...

Yannakos se leva :

— Je vais aller faire un tour dans le parc, annonça-t-il.

— Tu veux que j'aille avec toi?

— Inutile!

— A deux, on se sent plus en sécurité.

Le Grec ricana :

— Tu juges tout le monde d'après toi-même, n'est-ce pas? Je ne suis pas un gamin, moi, figure-toi, je n'ai pas peur de la nuit!

Thibault se leva avec une mine offensée :

— Tu me prends vraiment pour un poltron...

— Un poltron et un pleutre!

— Puisque c'est comme ça, je vais t'accompagner quand même. Après tout, c'est moi qui commande ici, en l'absence de Monsieur!

— Qu'est-ce qu'il t'a dit, le patron, avant de partir? fulmina Yannakos.

Thibault baissa les yeux :

— « S'il devait survenir un ennui quelconque, vous n'auriez qu'à appeler Yannakos! » dit-il d'une voix de martyr.

— C'est donc à moi de prendre les décisions!

— Décide, Yannakos, je suivrai tes ordres.

— Je ne te demande pas non plus de ramper à mes pieds! éclata Yannakos.

— Alors, tu n'as pas d'ordres à me donner?

Le Grec fit une horrible grimace :

— Tu te moques de moi? lança-t-il d'un ton exaspéré.

— Non, Yannakos, je suis sérieux. Tu as dit toi-même que cette affaire était inquiétante, il faut donc bien que nous nous organisions, que l'un de nous deux prenne le commandement, donne des ordres...

— Fiche-moi la paix, avec tes ordres!

— C'était pour toi.

— Nous ne sommes pas à la caserne, ici!

Le portier se rassit, d'un air résigné :

— Puisque tu n'as pas besoin de moi, déclara-t-il, je vais continuer à rouler mes cigarettes.

— C'est ça, occupe-toi de tes cigarettes!

— Et toi?

— Quoi, et moi?

— Tu vas... te hasarder seul dans le parc?

— Naturellement!

Thibault changea de ton et se donna subitement un genre mystérieux. Désignant une large commode qui occupait le fond de la pièce, il dit à voix basse :

— Je conserve un revolver, dans le tiroir du bas, pour les cas où j'aurais à me défendre. Tu comprends, légitime défense...

Yannakos fit la moue :

— Pas pour moi, ces instruments-là, répondit-il, ça part trop vite, et une fois que c'est parti, tu ne peux plus l'arrêter.

Thibault hocha la tête d'un air entendu :

— Là, tu as raison...

— Je préfère faire confiance à mes bras, va!

— Et s'il était armé, l'autre?

— Pas sûr qu'il revienne, cette nuit.

— Mais s'il revenait, eh?

Le Grec haussa les épaules :

— Bah, nous verrons bien. Toi, ne bouge pas d'ici, si tu m'entends appeler ou crier, tu viens!

Elise apparut sur la porte de sa cuisine :

— C'est quand même nous qui avons toutes les responsabilités, dit-elle. Octave est portier, il a les clefs de la maison, si quelque chose devait arriver...

Yannakos la congédia d'un geste brusque et sortit du pavillon en claquant la porte derrière lui.

X

Alors qu'il descendait l'allée principale en s'éloignant de la villa, Yannakos perçut soudain un bruit furtif et entrevit, sous la pâle clarté de la lune, une silhouette noire se mouvant entre deux palmiers :

— A nous deux, murmura-t-il.

Il allait se jeter à la poursuite de cette ombre, quand il entendit une voix féminine demander :

— Qui est là? C'est vous, Thibault?

Il s'approcha de l'endroit d'où provenait la voix et reconnut Francine, la petite bonne de *Journey's End.*

— C'est moi, Yannakos, répondit-il.

Puis, d'une voix intentionnellement rogue, il interrogea :

— Que fais-tu là à cette heure, Francine?

La jeune fille vint à la rencontre du marin :

— J'étais en train de me promener dans le jardin, expliqua-t-elle de sa voix encore un peu enfantine.

— Tu as bien choisi le moment!

— Monsieur m'en a donné la permission.

— Comment cela? Il n'est pourtant pas là, le patron...

— Oui, oui, mais il me dit souvent : « Francine, lorsque vous avez terminé votre journée, vous pouvez sortir dans le jardin et le parc, et vous promener tant que vous voudrez. » Il m'a seulement défendu d'aller me baigner dans la mer, parce que je ne suis pas assez bonne nageuse.

— Quel discours, dis donc! Tu parles toujours autant?

Francine baissa la tête :

— Excusez-moi, monsieur Yannakos, fit-elle, je voulais simplement dire que Monsieur m'a accordé l'autorisation de sortir dans le jardin.

— Je sais, je sais! Tu vas me le répéter dix fois?

— Il est si gentil avec nous tous, Monsieur...

— Trop bon, grommela Yannakos, voilà ce qu'il est, beaucoup trop bon!

— Et Madame, qui est si douce, si compréhensive...

— Et toi, il y a longtemps que tu devrais être au lit!

La bonne fit un geste d'excuse :

— Je n'ai pas pu dormir, monsieur Yannakos, c'est pour cela que je suis sortie.

Yannakos dressa l'oreille :

— Qu'est-ce qui t'a empêchée de dormir? Un... bruit?

— Oh! non, je suis excitée à l'idée de partir demain, c'est tout! Je pense, je réfléchis, je m'imagine le voyage, et avec tout cela je n'arrive pas à m'endormir.

— Tu t'en vas?

Francine battit des mains :

— Pour huit jours, oui!

— Et où vas-tu?

— Je profite de l'absence de Monsieur et Madame pour aller passer des vacances chez ma tante de Marseille. Les patrons sont au courant, vous savez... D'ailleurs, c'est Madame qui m'a conseillé d'aller me reposer chez ma tante!

Et elle demanda, avec la naïveté de son âge :

— Vous aimez Marseille, monsieur Yannakos? Moi, je trouve que c'est une ville magnifique! Et les habitants sont si avenants! Ah! si vous connaissiez ma tante, elle a toutes les qualités!

— Assez de papotage, ma petite Francine! lui dit Yannakos qui n'avait pu s'empêcher de sourire. Si tu prends le train demain matin, il faut te coucher maintenant.

— Je m'en vais, je m'en vais, pépia Francine en se dirigeant vers la masse sombre de la maison. Bonne nuit, monsieur Yannakos!

Le marin la suivit d'un regard amusé, puis, sur ses silencieuses espadrilles, il s'enfonça dans le parc.

Yannakos s'était assis sous un pin, à l'extrémité de la propriété, non loin du sentier des rochers. Une lune blanche et ronde, accompagnée d'un cortège d'étoiles clignotantes, voguait dans le ciel méditerranéen. Le vieux marin grec, qui avait su garder l'enthousiasme de la jeunesse, était toujours saisi d'admiration par le spectacle grandiose de la nature. Rien ne lui paraissait « normal », comme allant de soi : une étoile filante, les flots phosphorescents de la mer, l'élégance pensive des pins, tout lui semblait un nouveau prodige, un miracle. Sensible au troublant mystère de la création, il regardait, écoutait, sentait et touchait avec une sorte d'émerveillement craintif le monde des formes, des couleurs et des êtres. « Regarde-moi cette lune, se dit-il, n'est-il pas incroyable qu'elle soit là? Si douce, si caressante, si voluptueuse! Elle passe au-dessus de nous avec langueur, nous contemple amoureusement, pour s'effacer pudiquement dès que survient l'arrogant soleil. Un miracle, je te dis! Bien sûr, il y a ces nigauds qui réduisent tout à des chiffres, à des mesures, ceux qui lorgnent le ciel avec de grosses lunettes et que tous les ânes de ce monde appellent des savants. Mais qu'est-ce qu'il sait, un de ces as..., astro..., un de ces astronomes, quand il a aligné des colonnes de chiffres et de mesures sur la lune? En tout cas, beaucoup moins que moi, qui suis allongé sous les branches miraculeuses de cet arbre et qui me laisse caresser le visage par elle. Moi, je vibre avec la lune, je la sens, elle est sur moi, elle me touche jusqu'au fond du cœur. Ce qu'ils ne comprennent pas, ces grands nigauds, c'est qu'on ne connaît pas avec son cerveau, mais avec son cœur. Je me demande pourquoi ils ont encore un cœur, tous ces mesureurs et calculateurs... Pour ce qu'il leur sert! N'importe quel pâtre grec en sait plus long sur la lune et les étoiles que tous ces prétendus savants! Voilà mon idée à moi, Yannakos! » Puis il pensa à la Grèce, à la fontaine de son village natal : « Elle avait de l'allure, notre fontaine! Avec les quatre cyprès qui l'entouraient... J'allais m'asseoir sous l'un d'eux et je regardais les jeunes filles qui venaient prendre l'eau, qui allaient et venaient avec leur démarche ondulante. Moi, je leur souriais... » Et sur ces charmantes images de sa lointaine jeunesse, Yannakos s'endormit.

Quand il rouvrit les yeux, il constata, d'après le trajet qu'avait parcouru la lune entre-temps, qu'il s'était assoupi pendant plus d'une heure : « Misère, pensa-t-il en se levant, je me fais vieux! Je ne suis même plus capable de monter la garde! Et dire que le patron me fait confiance! En réalité, je ne vaux pas mieux que cet endormi de Thibault! »

Secouant rageusement les épines de pin qui collaient contre son chandail, il se donna un coup de poing sur la poitrine :

— Tu baisses, Yannakos, tu baisses!

Se rappelant sa brusquerie envers le couple des Thibault, il fit une grimace de dépit et pensa avec contrition : « Je leur ai parlé trop rudement, à lui et Elise! De quel droit as-tu fait ça, Yannakos? Ce sont de braves gens, après tout. Un peu bêtes, évidemment; mais qui ne l'est pas? Oui, oui, il va falloir que j'arrange ça, que je leur apporte quelques bonnes bouteilles de vin de Grèce! Ou bien ce tonnelet d'olives noires que mon neveu m'a envoyé. Oui, ce petit baril leur ferait plaisir... »

Puis il se fâcha contre lui-même :

— Voilà que je me mets à radoter comme une vieille! Suffit!

Il lança d'une voix de conspirateur :

— Allons voir s'il ne se passe rien autour de la maison! Guetter des bruits louches! Si je pouvais le surprendre, ce bandit...

Après avoir fixé son serre-tête, il se dirigea vers l'intérieur de la propriété, farouche et résolu, silencieux comme un chat.

Quand il arriva à la hauteur de la villa, le vieux marin

remarqua soudain qu'une fenêtre du rez-de-chaussée était ouverte. « Attention, se dit-il, ça, ce n'est pas régulier, pas normal. A moins que Francine, par négligence... Aaah! » Le cœur battant et les nerfs tendus à l'extrême, il fit un bond et se plaqua contre le tronc d'un palmier : venant de l'intérieur de la maison, un homme venait d'enjamber le rebord de la fenêtre; l'inconnu regarda à droite et à gauche, sembla scruter les coins obscurs du jardin, ceux où ne parvenait pas la lumière laiteuse de la lune, puis il marcha vers un buisson où il se baissa, comme pour chercher quelque chose...

Les pensées du marin se précipitèrent : « Il est petit! Donc, toujours le même! Qu'est-ce qu'il manipule? On dirait un... bidon! Oui, c'est ça, un bidon! Il ne s'était pas trompé, Thibault! Il me tourne le dos, maintenant! Pas de temps à perdre! Agir, vite! Lui sauter dessus avant qu'il se retourne! Prouverai au patron qu'il avait raison d'avoir confiance en moi! Vite! »

Yannakos émit un grand hurlement de triomphe et s'élança vers l'inconnu; celui-ci se redressa comme un ressort, mais déjà le Grec était sur lui, le saisissant de ses bras nerveux et vigoureux.

— Canaille, gronda furieusement le marin, canaille! Je vais t'apprendre à respecter la demeure du patron!

Puis, au comble de la colère, il se mit à invectiver contre l'intrus dans sa langue maternelle.

Les deux hommes luttaient avec acharnement et férocité; comme ils étaient de force presque égale, aucun des deux ne parvenait à l'emporter... A un certain moment, l'inconnu réussit à libérer sa main droite, qu'il plongea dans une poche de sa veste pour en tirer une matraque. Yannakos eut le temps d'apercevoir le cylindre de caoutchouc brandi au-dessus de sa tête, il voulut parer le coup, mais trop tard... la matraque vint s'abattre sur le sommet de son crâne; il eut l'impression que dix mille soleils éclataient dans son cerveau, qu'une pluie de feu tombait sur lui. Avant de perdre conscience, il entrevit la silhouette fugitive de l'intrus disparaissant sous les pins, vers la mer, et il lui sembla entendre deux coups de feu tirés dans le jardin.

XI

— Comment te sens-tu, mon chéri?

Erling vida d'un trait son verre d'eau minérale :

— Fatigué, la gorge sèche.

— Après cet interminable entretien avec le docteur Bergmann..., observa Flavie avec un sourire indulgent.

— Il fallait bien que je donne mes dernières recommandations, nous avons tellement de travaux et de recherches en cours.

— Et tes malades?

— Je les quitte, le cœur lourd...

Flavie prit la main de son époux :

— Je t'aime quand tu parles ainsi, sur ce ton chaleureux, fit-elle. Dans ces moments-là, des reflets de tendresse passent dans tes yeux.

— Parce que, d'habitude, je suis une brute sans âme et sans sentiments, un robot de clinique et de laboratoire?

La jeune femme fit semblant de gronder son mari :

— Voyons, voyons, veux-tu ne pas être méchant avec moi!

Erling eut un mouvement d'humeur :

— Cela m'agace d'être toujours pris pour ce que je ne suis pas, répliqua-t-il. Pour un homme dur, un cœur sec. Et, songeur, il ajouta : je l'ai déjà dit à maman quand nous avons séjourné à *Journey's End.* Je ne crois pas vous avoir jamais fourni les raisons d'un tel jugement.

— C'est-à-dire que tu es très distant, quelquefois, un peu hautain même; cela peut jeter un froid.

— Ce n'est pas à moi de faire mon éloge. Mais enfin, qu'on ne confonde pas la probité et la rigueur du chercheur avec je ne sais quelle sécheresse d'esprit!

Flavie fit non de la tête :

— Pas moi, mon chéri, pas moi qui te connais bien.

— Ma Flavie...

— D'ailleurs, tu as changé, ces derniers temps, surtout au contact de tes malades. Certes, on a toujours l'impression que tu as été trempé dans de l'acier...

— Quelle image!

— ... mais dès que tu parles des sujets que tu as en traitement, ta voix se fait plus chaude, plus vibrante.

Erling approuva :

— Ils ont introduit un élément humain dans mon travail, vois-tu.

— Bien sûr! Devant une éprouvette, on ne ressent rien, aucun sentiment; tandis qu'au contact des êtres, des êtres souffrants...

— Je comprends mieux mon père, aujourd'hui.

— Vous qui étiez tellement divisés!

— L'opposition classique entre générations différentes, la rivalité entre père et fils. Du passé, tout cela, du passé!

— Tu admets ses mérites...

— Son génie!

— Et tu réalises qu'en optant pour la médecine pratique, il a choisi la voie juste...

— Pour lui, c'était la voie juste, oui. Et c'est aussi la plus belle!

— Commencerais-tu à être fatigué de ton laboratoire?

— Pas question, ma chérie! Je suis et je reste un chercheur, un scientifique!

— Alors?

— Je voudrais jouer sur les deux tableaux!

— Faire de la recherche et de la pratique?

— Exactement! Chacune de ces activités profitera à l'autre, je serai en même temps savant et médecin.

— Une tâche redoutable, mon chéri...

— Tant mieux!

— Quelle vitalité il y a en toi! Quelquefois, tu me fais peur...

— Je veux admettre de plus en plus de malades à l'Institut, en faire une clinique pour cancéreux autant qu'un centre de recherches.

— D'où ta hâte à demander les conseils de ton père...

— Oui, il faut qu'il vienne, vite!

Plusieurs cas urgents avaient obligé Erling à remettre son départ de vingt-quatre heures. Pressé de rejoindre son père, il avait finalement décidé de prendre l'avion de nuit. Désireuse de rester aux côtés de son mari jusqu'à la dernière minute, Flavie l'avait accompagné à l'aéroport de Stockholm. En avance sur l'horaire, ils s'étaient installés dans un coin confortable du bar. Et la conversation avait commencé. Une conversation qu'ils auraient souhaitée beaucoup plus longue.

— Ce tailleur bleu te sied à ravir, ma chérie, observa Erling en enveloppant sa femme d'un regard complaisant.

Flavie lui adressa un sourire de reconnaissance :

— Qu'un homme pressé comme toi trouve le temps de complimenter son épouse sur sa toilette, voilà qui est plutôt rare! s'exclama-t-elle.

Erling passa une main caressante sur l'épaule de Flavie :

— Tu es restée aussi radieuse et ravissante qu'au jour

de notre mariage, et je sais que je ne le dis pas assez souvent.

La jeune femme rougit de plaisir :

— Il ne faut pas exagérer, mon chéri, protesta-t-elle néanmoins, sur moi aussi l'action du temps est visible, je n'ai pas échappé à la loi commune.

— L'action du temps, la loi commune, fit Erling en riant, tous ces termes te trahissent, on entend bien que tu es une scientifique!

— *J'aime* mon travail, dit Flavie, soudain grave.

Erling approuva avec enthousiasme :

— Nous avons choisi le plus beau métier : guérir!

— Tu as eu la chance d'avoir pour père un homme exceptionnel, mon chéri; il t'a mis sur la bonne voie, il t'a guidé, souvent contre ton gré et à ton insu.

— Et j'étais tellement dressé contre lui!

— Aujourd'hui encore, tu ne sais pas quelle dette tu as envers tes parents, envers ces deux êtres si extraordinairement nobles et généreux.

— Si, si, je commence à le réaliser...

— Souviens-toi de cette folle jalousie qui, pour un peu, aurait fait de toi un ennemi de Jan Yvarsen.

Erling regarda fixement devant lui :

— Yvarsen..., fit-il d'un ton songeur, ce nom m'a ouvert toutes les portes du monde médical et scientifique.

— Grâce au rayonnement et au prestige de ton père.

— Oui, et dire que je lui en voulais, à l'époque!

— Ingrat...

— J'aurais voulu tout conquérir par mon propre mérite, tu comprends?

— Il me semble normal et humain que chaque génération confie à la suivante son acquis d'expérience, de sagesse et même de renommée.

— On comprend cela à partir de trente ans. Avant, on est nécessairement révolté contre ses anciens.

— L'essentiel, c'est que tu aies passé cet âge, que tu sois enfin disposé à collaborer avec papa et à accepter ses conseils.

Erling eut un mouvement d'impatience :

— Je les lui demande d'urgence, ses conseils! Plus question de vanité professionnelle. Ce qui compte, c'est d'accumuler un maximum de moyens d'action contre la maladie, d'intensifier constamment notre lutte!

Le visage de Flavie s'assombrit :

— Eux qui doivent être si heureux en Italie, qui doivent se sentir si libres et débarrassés de tout souci, tu vas les surprendre et les ramener brutalement à la triste réalité.

— Pourquoi brutalement?

— C'est inévitable.

— Rassure-toi, ma chérie, pour une fois je saurai être diplomate! Je tâcherai de convaincre mon père, tout en ayant l'air de suivre ses avis.

Cette réplique amusa la jeune femme :

— Aurais-tu lu récemment Machiavel? s'exclama-t-elle.

Erling consulta sa montre :

— C'est l'heure, ma chérie! s'écria-t-il.

Flavie eut une moue de tristesse :

— Dommage, nous étions si bien ici, dans notre coin.

— Je reviendrai bientôt, ma chérie, et nous pourrons nous retrouver ici même...

Et Erling scella cette promesse d'un long regard caressant.

Une heure plus tard, Flavie entrait sur la pointe des pieds dans la chambre du petit Jan. L'idée de se coucher avant d'avoir effleuré d'un baiser ému le visage de son enfant lui était simplement intolérable. Le garçonnet avait huit ans maintenant, mais il avait conservé cette beauté, cette grâce presque séraphiques qui le distinguaient quatre ans plus tôt. Ce qui frappait surtout quiconque le regardait, c'étaient ses grands yeux bleus moirés de gris, ces yeux posés sur notre monde avec une espèce d'étonnement grave et qui semblaient refléter une ineffable pureté d'âme. Par son intelligence vive, inquiète et interrogeante, Jan était considérablement en avance sur son âge; alliée à une sensibilité très fine et toujours en éveil, elle annonçait un être d'élite. Grâce à lui, l'ancienne maison de tante Brita, où Erling et Flavie avaient décidé d'habiter, était perpétuellement ensoleillée, illuminée...

Après avoir allumé la veilleuse, Flavie s'approcha du petit lit et contempla son enfant d'un regard tendre et doux. « Qu'il est beau, pensa-t-elle, qu'il est beau et émouvant avec cette broussaille de cheveux dorés, ce visage aux traits si fins, si harmonieux! Mais comme le temps passe! Il me semble que c'était hier après-midi que je l'ai vu jouer dans le jardin de Hambourg, alors qu'il y a déjà quatre ans de cela! Dans ce jardin où il aimait s'asseoir par terre, entre les plates-bandes et les massifs de fleurs, à feuilleter un livre d'images ou à jouer et bavarder avec Otto, son petit âne à roulettes, aux longues oreilles de velours... Tout près de là clapotait notre jet d'eau, entouré d'une romantique couronne de capucines et d'iris. Hambourg... Nos soirées chez les Stadelmann et les Dobenfeet..., Hugo Stiffenacker... Cette lettre... »

XII

— Tu ne penses plus qu'à cette femme, s'écria Ide, c'est évident!

— Tu divagues...

— Cette vile séductrice!

Norbert jeta rageusement sa cigarette et l'écrasa sous son talon.

— Deviendrais-tu sale aussi, maintenant? fit la jeune femme.

D'une voix tremblante de colère, le peintre demanda :

— Que signifie ce « aussi », voudrais-tu m'expliquer?

Ide traversa la pièce d'un pas nerveux et alla s'effondrer dans un fauteuil; elle était très pâle, toute couleur s'était retirée de ses joues et de ses lèvres. Norbert s'approcha d'elle d'un air inquiet :

— Tu te sens mal, ma chérie? dit-il d'une voix changée.

Les yeux d'Ide étincelèrent :

— Ne m'appelle surtout pas « ma chérie »! lança-t-elle. Garde tes élans de tendresse pour l'*autre!*

— Comme tu es injuste...

— Crois-tu que je sois assez sotte pour ne pas me rendre compte de votre manège?

— Il n'y a rien entre elle et moi, tu m'entends, *rien!*

— Mensonge!

— C'est toi que j'aime, Ide.

— Tu dis cela sur un ton qui manque de conviction.

Norbert tourna les yeux vers la fenêtre. Une large fenêtre qui donnait sur le carrefour Vavin; le néon d'une enseigne lumineuse jetait sur son visage une traînée sanglante.

— Si tu tiens absolument à me blesser..., murmura-t-il.

Ide poussa un soupir de lassitude et de tristesse :

— C'est la vérité, répondit-elle en pressant un mouchoir contre ses yeux, l'horrible vérité : tu as été séduit par cette... aventurière!

Le peintre frappa du pied :

— Non!

— La vérité te met hors de toi.

— Tout cela n'est que le fruit de ton imagination trop

fertile ! Au lieu de m'importuner avec tes éternels soupçons, tu ferais mieux d'écrire des romans !

— Ton ironie bon marché n'est guère de mise, en ce moment ! D'ailleurs, elle n'est qu'un masque.

— Assez !

— Ne crie pas, tu vas me réveiller mon petit James qui dort à côté.

— Tu me pousses à bout ! Dis-moi un peu ce qu'il dissimule, ce masque, d'après toi ?

Ide haussa les épaules :

— Ta lâcheté, c'est clair.

— Une insulte n'a jamais été une explication.

— Ton refus d'être lucide.

— Je ne me cache rien du tout !

— Si ! Tu manques de courage, tu n'oses pas t'avouer que Rita Tatarescou t'a tourné la tête.

— Je n'ai pas à me l'avouer, puisque c'est faux !

— Regarde-moi droit dans les yeux et répète ce que tu viens de dire, mais regarde-moi bien.

— Pas question que je fasse le guignol pour te faire plaisir ! répliqua Norbert avec un geste de mauvaise humeur.

— Tu n'oses pas...

— Ta jalousie finira par te rendre folle !

— Nous sommes arrivés il y a deux jours, et tu as déjà trouvé le moyen de la rencontrer trois fois !

— Tu sais qu'ils ont l'intention de publier un livre sur moi, chez Skira, et tu sais aussi que c'est Rita qui écrirait le texte si ce projet devait aboutir. Donc...

— Tu ne manqueras jamais de prétextes pour tourner autour d'elle !

— Au lieu d'être fière et contente qu'on fasse un livre sur l'œuvre de ton mari, tu débites des insanités !

— Te voilà goujat à présent, de mieux en mieux !

Norbert frappa du poing sur un guéridon, faisant

tressaillir les porcelaines qui y étaient disposées, et s'écria :

— Tu es exaspérante, exaspérante!

Ide le fixa d'un air de défi :

— Casse le mobilier, si tu en as envie. De toute manière, il est laid.

Elle regarda autour d'elle avec une moue de mépris.

— Dans ce studio que tu as loué sans me consulter, tout est hideux, je n'ai jamais vu une telle accumulation d'horreurs!

— Tu sais parfaitement bien que c'est du provisoire.

— N'as-tu pas l'air de t'y plaire?

— Parce que j'aime ce quartier.

— Forcément, puisque c'est aussi celui de Rita Tatarescou!

— La paix!

— C'est elle qui te donne des leçons de grossièreté?

Norbert se pencha vers son épouse en joignant les deux mains dans un geste implorant :

— Cesse de me harceler, Ide, je t'en supplie! Dès que les Messageries Maritimes nous auront livré les meubles que nous avons fait suivre du Transvaal, nous nous installerons dans l'appartement neuf que je vais acheter boulevard Montparnasse et que tu aménageras alors selon ton goût.

— Nous resterons donc dans le quartier de cette femme, puisqu'elle habite rue Delambre.

— Rita Tatarescou n'a rien à voir avec le choix de notre appartement, comprends-le! Je ne vais quand même pas t'apprendre que Montparnasse a toujours été une sorte de village de peintres et de sculpteurs... Je me sens chez moi, ici!

— Avant notre mariage, tu avais ton atelier rue Bonaparte, non?

— Certes, mais...

— Alors, pourquoi n'avoir pas plutôt choisi Saint-Germain-des-Prés?

Norbert s'éloigna de nouveau vers la fenêtre :

— Pas moyen de discuter avec toi, ta jalousie t'égare! Tu es comme ta mère, tiens! Quand tu parles de Rita, j'ai l'impression de l'entendre fulminer, elle, contre cette malheureuse Sigrid!

Ide se redressa, rouge d'indignation :

— Je t'interdis de faire allusion à maman sur ce ton! Tu n'as pas le droit, tu m'entends? Pas le droit!

— Tu ne te gênes pas pour me dire ouvertement tout ce qui te passe par la tête! Je ne vois vraiment pas pourquoi je n'en ferais pas autant!

— Maman doit rester en dehors de nos disputes! Et je n'admets pas que toi, mon mari, tu prennes la défense de Sigrid, de celle qui a été l'ange noir de notre famille!

Elle ajouta, plus calme :

— Elle est morte, que Dieu ait son âme! Je ne veux pas dire du mal d'elle. Cependant...

Norbert interrompit avec véhémence :

— Vous n'avez jamais fait que médire d'elle, dans votre famille! Ta mère, surtout! Figure-toi que, pour les Verneuil, Sigrid a été une fée, l'être le plus généreux que la terre ait jamais porté!

— Tu dis ça parce qu'elle vous a laissé son argent! Mais sa générosité envers vous ne réparait pas sa conduite coupable envers la première femme de mon père, celle dont je porte le nom, et plus tard envers ma mère!

— Ta mère lui enviait son charme, comme toi-même tu envies celui de Rita.

De plus en plus enflammée, Ide quitta son fauteuil et marcha vers son mari :

— N'as-tu pas honte de me tenir un tel langage? s'écria-t-elle.

Norbert la dévisagea froidement :

— Nous en sommes à la minute de la vérité, non? répliqua-t-il avec une sorte de nonchalance. Ce ton mit le comble à l'irritation de la jeune femme.

— Tu avoues donc ne pas être insensible à la « beauté du diable » de cette aventurière? Tu avoues que tu es tombé amoureux d'elle? interrogea-t-elle d'un ton de plus en plus fiévreux.

Le peintre enfonça ses deux mains dans les poches de sa veste et déclara avec hauteur :

— Mes sentiments à l'égard de Rita ne regardent qu'elle et moi. Je n'ai pas de comptes à te rendre.

Puis il lança avec fougue :

— Elle est superbe, voluptueuse, envoûtante! Je m'imagine Sigrid à son image, sauf qu'elle était blonde...

— Tais-toi!

— Sigrid devait exercer la même attirance sur les hommes, les séduire, leur apporter cet élément de passion et de frénésie dont ils ont besoin, à moins d'être de médiocres petits-bourgeois!

Il prit un air songeur :

— Quand j'étais petit, elle surgissait parmi nous comme une créature de rêve. Flavie pourrait te raconter...

— Tais-toi enfin!

— Ta mère et toi, vous détestez ce genre de femmes. Et veux-tu savoir pourquoi, veux-tu que je te le dise?

Ide secoua nerveusement la tête :

— Non, non, je ne veux rien savoir!

— Mais si... Il faut le dire!

— Et surtout n'évoque plus maman! Je t'interdis de parler d'elle. Tu m'entends, je te le défends!

Norbert haussa les épaules :

— Je n'ai que faire de tes interdictions!

Le menton en avant, une lueur de défi dans les yeux, il articula sur un ton sarcastique :

— Vous haïssez les femmes telles que Sigrid et Rita

parce que vous sentez instinctivement que la préférence des hommes ira toujours à elles et que, comparées avec elles, vous paraîtrez infailliblement...

Il chercha le mot le plus fort, qu'il lança avec une moue blessante :

— ... fades!

— Tu es un monstre!

— Sa beauté me met le sang en feu, quand je pense à elle. Quand je la vois devant moi, le monde entier est comme transfiguré!

Ide pressa ses deux mains contre ses tempes et cria d'une voix désespérée :

— Non, Norbert, ce n'est pas vrai! Tu n'aimes pas cette femme!

— Je la désire!

Chaque parole de Norbert était une longue épine s'enfonçant dans le cœur de la fille de Jan. Tout son univers se désintégrait : l'homme qu'elle avait aimé d'un amour total et plein d'abnégation, le père de son enfant, l'insultait, la bafouait, se targuait devant elle des sentiments passionnés que lui inspirait une autre femme! Rita Tatarescou... Ide essaya de la voir avec des yeux d'homme, de faire abstraction de la profonde antipathie qu'elle ressentait à son égard. Et elle dut bien s'avouer que la Roumaine était décidément très séduisante : grande, svelte, avec un corps aux courbes provocantes, elle avait de magnifiques cheveux bruns tirant sur un noir soyeux, et d'extraordinaires yeux verts en forme d'amande très effilée. Oui, elle s'était trompée; quand elle l'avait trouvée seulement jolie, c'est qu'elle la voyait avec les yeux de la jalousie. Dès qu'elle avait aperçu pour la première fois Rita Tatarescou, une crainte secrète, une sourde angoisse s'était emparée d'elle, la peur de perdre Norbert... Et maintenant cet obscur pressentiment se révélait fondé! Maintenant, son mari lui avouait sans ambages qu'il n'avait plus qu'un seul désir, qu'un seul but : posséder Rita Tatarescou!

Qu'était-il devenu, celui qu'elle aimait naguère appeler *son* Norbert? Le géant blond, affectueux et intelligent, sensible et tendre, aujourd'hui c'était cet étranger hautain qui la narguait en lui dévoilant ses désirs les plus charnels. Un instant, Ide souhaita ressembler à la Roumaine, avoir sa beauté du diable, afin de pouvoir rivaliser avec elle, de reconquérir l'amour de son mari. Cependant, sa pudeur, sa vertu foncière reprirent aussitôt le dessus et elle jugea un tel désir comme indigne d'elle.

Après son éclat insolent, Norbert s'était tu. A présent, il allait et venait dans la pièce, les yeux baissés, visiblement gêné de s'être laissé aller à de tels excès de langage. Soudain, il parut prendre une résolution et s'approcha d'Ide avec une mine conciliante :

— Pardonne-moi, ma chérie, murmura-t-il, j'avais perdu la tête, je ne... je ne savais plus ce que je disais.

Il fit un geste d'excuse et enchaîna :

— Cette femme m'excite les sens, je ne le nie pas, mais... nul n'est responsable des... réactions de ses instincts. Je tâcherai de ne plus la voir, d'oublier ce qui m'attirait en elle. Je... Nous irons habiter en dehors de Paris... Patiemment, avec ténacité, nous essaierons de... reconstruire notre bonheur.

Sa voix se fit presque timide :

— Tu... veux bien?

Debout devant lui, très droite, Ide le regardait en silence, mais avec des yeux qui le jugeaient. Néanmoins, la tentation était grande pour elle d'accepter la proposition de Norbert, de parier sur un nouveau bonheur possible entre eux. Mais non, la fierté et la dignité d'Ide l'emportèrent, trop de paroles humiliantes et vexantes avaient été prononcées contre elle et Thérèse :

— Non, répondit-elle sèchement.

— Tu refuses? dit Norbert en faisant un pas en arrière.

Et, d'une voix redevenue subitement agressive :

— Tu ne veux pas me pardonner?

Ide s'enfonçait les ongles dans les paumes de ses mains, afin de résister, de ne pas céder à la terrible pression de ses nerfs tendus à l'extrême :

— Non, répéta-t-elle sur le même ton sec.

Alors Norbert perdit tout à fait le contrôle de lui-même :

— Dans ce cas, hurla-t-il, blême de rage, si tu veux jouer les mijaurées, je n'ai plus qu'à prendre la porte!

— Va-t'en!

Il se rapprocha d'elle, livide, et lui cria au visage :

— C'est *elle* que je vais aller retrouver, *elle, elle!* J'ai envie de son corps souple et chaud! Je brûle de caresser ses épaules galbées, sa poitrine ferme, sa taille mince et bien prise, ses hanches rondes et pleines, ses longues jambes de bête de race! Je veux enfin l'embrasser, l'étreindre!

Ide ne sourcilla pas :

— Tu es ignoble, dit-elle, va-t'en.

Norbert se précipita vers la porte. Sur le seuil, il se retourna et toisa Ide de haut en bas :

— Je vois, fit-il d'un ton saccadé, que tu as décidé de me faire un enfer chez moi. A l'avenir, mon « chez moi » sera donc chez Rita, auprès d'une vraie femme, enfin!

Et il sortit en refermant la porte sur lui avec fracas.

Dès qu'elle se trouva seule, Ide perdit toute son assurance. Pendant quelques secondes, elle demeura figée sur place, hébétée. Puis elle s'évanouit et s'effondra sur le tapis, inerte.

XIII

— Est-ce que j'ai rêvé, ou quoi? fit Yannakos en revenant à lui. Quand ce brigand m'a frappé sur la tête, il m'a semblé entendre deux coups de feu...

Octave Thibault se pencha sur le fauteuil où, avec l'aide de sa femme, il avait installé le vieux marin grec :

— Moi qui les ai tirés, répondit-il avec une lueur de fierté dans les yeux.

— Tu l'as eu, le cochon?

— Oh! non, j'avais tiré en l'air, je voulais seulement lui faire peur.

Le portier se mit à rire en hennissant, comme s'il s'était agi de quelque grosse farce :

— Qu'est-ce qu'il a couru! s'esclaffa-t-il. Fallait le voir, comme il prenait ses jambes à son cou!

Yannakos porta la main à son crâne et découvrit ainsi l'énorme bosse que le coup de matraque y avait laissée. Campée devant le fauteuil, les deux poings sur ses hanches, Elise lança de sa voix criarde :

— Je t'ai mis des compresses froides! Demande à Octave : je les ai posées doucement, doucement...

Thibault prit un air important :

— Formel! glapit-il. Elise m'a stupéfié! Adroite comme une infirmière, qu'elle était! Tu lui dois une fière chandelle, tu sais.

— Je vous donnerai un tonnelet d'olives de mon pays, grogna le Grec.

Elise clama aussitôt :

— Nous, ce qu'on fait, c'est de bon cœur! On ne veut rien pour nos services! Entre honnêtes gens, on se soutient!

— T'aurais vu comme il a détalé! s'esclaffa encore Thibault.

— Tu aurais mieux fait de viser ses pattes! gronda Yannakos.

— Pouvais pas, il faisait pas assez clair. Et puis quoi, je te dirai, je ne sais pas viser avec un pistolet...

— A quoi il te sert alors?

Thibault branla sa grosse tête :

— A faire peur, répondit-il hilare, à faire peur! Tu tires quelques bons coups de feu en l'air, et les bandits filent comme des lièvres! Ha, ha, c'était magnifique de le voir se débiner!

— Il m'a eu avec sa matraque, bougonna Yannakos. Autrement je finissais par le terrasser! Je l'avais!

— A quoi ça ressemble exactement, une matraque? s'enquit Elise.

— Une espèce de tube de caoutchouc avec des lames de fer dedans.

— Il aurait pu te tuer!

— Que sûr, fit Thibault, il l'aurait certainement achevé si je n'avais pas eu l'idée de me servir de mon revolver.

— Tu vois, Octave t'a sauvé la vie! Après, tu diras encore qu'il est bête ou endormi!

— Vous aurez le petit baril, maugréa Yannakos, c'est promis.

— Et moi, je te répète qu'on ne veut rien pour nos actions charitables!

— J'ai fait mon devoir, déclara Thibault avec un rien de solennité, rien de plus.

— Octave est le portier, renchérit aussitôt Elise, il a des responsabilités. C'est la raison pour laquelle il a agi, il s'est exposé. Après tout, ce bandit aurait pu lui tirer dessus, le blesser, qui sait...

Elle porta une main effrayée devant sa bouche :

— ... le tuer!

Thibault hocha gravement la tête :

— Elle a raison, c'était risqué. Mais voilà, comme elle

dit aussi, Elise, je suis le portier! J'ai toutes les clefs, moi. Une charge!

Yannakos essaya de se redresser dans son fauteuil :

— Bouge pas encore! s'écria Elise. Ta tête doit rester reposée.

— J'en ai assez d'être vautré là comme un fainéant!

Le vieux marin regarda autour de lui :

— Où sommes-nous ici? demanda-t-il d'un ton rogue.

— Dans le grand salon, répondit Thibault, c'est ici qu'il préparait son mauvais coup.

— Quel mauvais coup? Qu'est-ce que ça veut dire?

Le portier se donna des airs de mystère :

— Il est vrai que tu n'es pas encore au courant, toi, dit-il, d'une voix chargée d'inquiétants sous-entendus.

— Explique-toi! s'impatienta Yannakos.

— Devine un peu ce qu'il était venu faire ici, devine...

— Ce n'est pas le moment de jouer aux rébus ou aux devinettes! Vas-tu enfin te décider à parler?

Thibault prit d'abord du recul, comme pour ménager ses effets. Puis il jeta, d'un ton à la fois triomphateur et menaçant :

— Notre rôdeur est un incendiaire!

Il tendit un doigt accusateur vers le milieu de la vaste pièce :

— Regarde!

Yannakos releva légèrement la tête et aperçut, sur le tapis du salon, un petit tas de bois d'allumage. Il y avait aussi plusieurs chiffons, qu'il devina imbibés d'essence.

— Tu comprends, maintenant, pourquoi il se promenait toujours avec un bidon? s'exclama le portier.

— Dire qu'il a versé de l'essence sur les deux fauteuils Louis XVI que Madame préfère! se lamenta Elise.

— Il avait jeté ses chiffons un peu partout, expliqua Thibault. Si nous étions venus un peu plus tard, la villa flambait!

— C'est moi qui l'ai dérangé dans son sale travail, proclama Yannakos pour remettre les choses au point. Moi, et personne d'autre! Vous deux, vous vous teniez calfeutrés dans votre pavillon!

Bonasse, le portier acquiesça :

— Tout le mérite te revient, c'est juste! Tu as osé te hasarder seul dans le jardin et monter la garde... Je le rapporterai au patron, fais-moi confiance!

— Le patron, il faudrait le prévenir, dit Yannakos.

Thibault fit oui de la tête :

— Et la police? demanda-t-il. Ne faudrait-il pas la mettre au courant? Ils feraient une enquête, eux autres. Ils retrouveraient peut-être notre bonhomme.

— Ça, c'est au patron à décider! trancha le marin. Nous ne pouvons pas prendre sur nous de laisser entrer la police dans la maison.

— Il n'a pourtant rien à cacher, Monsieur! s'exclama Elise d'un air indigné.

— Suffit, la patronne! Fiche-nous la paix. Moi, je répète que ce n'est pas à nous de prendre cette initiative!

— Je crois qu'il a raison, hasarda Thibault avec un regard timoré vers son épouse.

— Pourquoi, alors, m'as-tu empêchée de faire de l'ordre ici? clama Elise. Pourquoi n'as-tu pas voulu que j'enlève toute cette saleté, ce bois et ces chiffons? Tu crois que c'est beau sur le tapis, tu crois que ça l'arrange?

Thibault se tourna vers Yannakos :

— Je lui avais dit de ne toucher à rien, sauf aux chiffons qui traînaient sur les fauteuils et qui auraient pu les abîmer, de tout laisser comme nous l'avons trouvé. A cause de la police, tu comprends. Ils n'aiment pas qu'on remette de l'ordre, rapport aux empreintes digitales.

Il leva le nez vers le plafond, parut méditer :

— Tu risquerais d'effacer les traces des malfaiteurs, de les brouiller, tu vois?

— Laisse-moi tranquille avec tes histoires! Je n'ai pas besoin de tes leçons, figure-toi!

Thibault ignora cette repartie coléreuse du marin :

— J'ai même interdit à Francine d'entrer dans le salon, dit-il. Puis il ricana : Elle doit se tenir derrière la porte, tiens, et essayer de comprendre ce que nous disons.

— Elle a été réveillée par les deux coups de revolver d'Octave, la pauvrette, expliqua Elise.

Les époux Thibault, subitement, presque en même temps, baissèrent la tête.

— On a encore quelque chose à te dire, murmura le portier de sa voix geignarde. Tu décideras s'il faudra en aviser Monsieur.

— Je ne pensais pas faire mal, gémit Elise en dépliant un énorme mouchoir à carreaux rouges pour essuyer les larmes qui commençaient à couler sur ses joues.

— Qu'est-ce qu'il y a encore? aboya Yannakos. Vous êtes là tous les deux à tourner autour de moi et à me rebattre les oreilles avec vos sornettes! Si vous avez encore quelque chose à m'apprendre, faites-le et qu'on en finisse!

Il se leva péniblement de son fauteuil et fit quelques pas sur le tapis :

— Misère, fulmina-t-il, je me sens faible comme un gamin!

Il s'adressa rageusement à Thibault :

— Alors quoi, tu parles?

— Il y a une quinzaine de jours, dit le portier en fixant les yeux à terre, Elise a été abordée par un homme qui ressemblait assez à l'incendiaire.

— Le petit démon?

— Oui! Elle revenait de Nice où elle avait fait son marché. L'homme se trouvait avec elle dans le car de Saint-Jean.

— Où est-ce qu'il t'a accostée? demanda Yannakos à Elise qui gémissait de plus en plus bruyamment.

— Près de... la propriété du roi des Belges... Il était descendu... du car, derrière... moi, balbutia-t-elle.

— Il t'a parlé?

— Oui, oui, il a... dit qu'il était journaliste et qu'il... qu'il préparait un article illustré sur Monsieur.

Elle ajouta d'une voix piteuse :

— Il m'a posé des tas de questions, et... naturellement, j'ai répondu.

— Naturellement!

— Il était si... gentil, poli et cultivé... Comme Monsieur...

— Et il t'a dit son nom, d'où il venait?

Elise secoua la tête :

— Oh! non, il a seulement posé des questions. Il a dit qu'il... ne voulait pas... importuner Monsieur, et que.. comme ça, son article serait une... surprise pour Monsieur.

— Et toi, la patronne, tu n'étais que trop contente de cancaner. C'est du joli!

— Il voulait surtout des... renseignements sur la... famille de Monsieur.

Elle ne put s'empêcher de prendre une mine chafouine :

— C'est qu'on en sait des choses, nous...

— Tu n'as pas à t'en vanter, commère! se fâcha Yannakos.

— Elle pouvait pas savoir..., intervint timidement Thibault.

— Peux-tu le décrire, au moins, ton « journaliste »? demanda le marin.

— Tu sais bien que je suis myope! pleurnicha Elise.

— Misère de misère!

— Je peux te dire... une chose, c'est qu'il avait... un accent.

— Quel genre d'accent?

— Pas comme toi, pas comme un Grec ou un Italien. Non...

Elle réfléchit longuement, se décida enfin :

— S'il n'avait pas été petit, je l'aurais pris pour un Allemand.

— Un Allemand? s'exclama Yannakos.

— Oui, comme le monsieur qui a épousé la demoiselle américaine, le violoniste...

— Ou un Suédois, dit Thibault, un compatriote de Monsieur.

— Bizarre, très bizarre...

Puis Yannakos se ressaisit :

— Allons, ne perdons pas de temps en vains bavardages! Il n'y a qu'une seule chose à faire : prévenir le patron! Donc, il faut téléphoner en Italie, essayer de le joindre. Où se trouve-t-il en ce moment?

Le portier tira une feuille de papier de sa poche :

— Tu vois que j'ai pensé à tout, fit-il d'un air important.

— Je ne veux pas de radotages, mais un renseignement!

— Calme-toi... Voyons, voyons... Cette nuit, ils sont descendus à l'hôtel Corallo, à Imperia.

— Tu as le numéro de téléphone?

— Non, mais je peux le demander.

— Alors, fais vite!

— Pas maintenant, Yannakos, il est presque une heure du matin... Inutile de réveiller Monsieur et Madame en pleine nuit...

Yannakos eut un geste d'impatience :

— Pour une fois, tu as raison! lança-t-il. Mais nous téléphonerons demain, à la première heure!

Et, songeur, il ajouta :

— J'ai l'impression que le patron a un ennemi, un ennemi acharné qui rôde autour de nous. Le petit démon!

XIV

Pour les voyageurs qui, venant de la Côte d'Azur, pénètrent en Italie par la riante *Riviera dei Fiori,* c'est-à-dire par l'itinéraire Vintimille-San Remo, l'Italie ne commence réellement qu'à partir d'Imperia. A Vintimille, Bordighera, Ospedaletti et San Remo, presque tout le monde parle ou comprend le français.

San Remo est une station balnéaire et mondaine comme il y en a des centaines sur le pourtour de la Méditerranée, avec les magasins de luxe qu'on trouve aussi bien à Vichy et à Spa, les salons de thé qu'on a déjà vus à Baden-Baden ou à Rapallo, un casino qui rivalise en hideur prétentieuse avec ceux de Monte-Carlo et de Cannes, les hôtels de l'époque victorienne qui s'appellent invariablement Excelsior, Bellevue, des Anglais, et enfin l'inévitable église russe avec ses coupoles et ses croix dorées.

A partir d'Imperia, tout change. Plus de marchands de cartes postales bariolées, plus de boutiques de « souvenirs », plus de garçons de café qui vous répondent en français quand vous voulez pratiquer votre italien, plus de bruyantes bandes de touristes surchargés de jumelles, d'appareils photographiques et de caméras. Enfin l'Italie, avec ce que ce merveilleux pays a de plus original et de plus séduisant.

Imperia est un chef-lieu de province constitué par la fusion de deux communes : Porto Maurizio et Oneglia. Les guides sont très laconiques en ce qui concerne ces deux villes, et c'est un tort. Sur Porto Maurizio, nous apprenons que ce fut un port romain plus tard rattaché à la République de Gênes. D'Oneglia, on nous dit que cette cité fut jadis le fief des Doria, qui jouèrent un rôle si important dans l'histoire de Gênes, puis des Savoia, dont le destin devait se confondre avec celui de l'Italie tout entière. Mais les souvenirs dynastiques sont loin de rendre justice à cet endroit d'un charme incomparable...

Celui qui monte vers la vieille ville de Porto Maurizio a la grisante impression de faire un voyage dans le temps, un voyage dans l'époque florissante de la Renaissance italienne. Contrairement à beaucoup d'autres cités anciennes, on y découvre, outre les ruelles serpentines et les escaliers très étroits, des rues qui s'élèvent en rampes très larges vers le sommet de l'agglomération, donnant ainsi à la ville un aspect de grandeur et de générosité architecturale absolument unique. Partout, des palais, des *palazzi,* aux entrées monumentales surmontées de blasons et de devises latines, de ravissants balcons en fer forgé, de pittoresques petites places où coule l'eau vive et claire de clapotantes fontaines, de charmantes églises, telle celle de Saint-Pierre, véritable joyau du XIIIe siècle, restaurée et modifiée à l'âge baroque. Et tout cela presque perpétuellement baigné dans la lumière dorée du soleil méditerranéen...

La première chose qui frappe quiconque arrive à Oneglia, c'est l'odeur d'huile d'olives, très âcre et persistante qu'on sent dans tous les quartiers de cette ville qui est un des plus grands centres européens de fabrication et de commerce de l'huile. Dans le port, qui est d'une extraordinaire poésie, face aux adorables maisons bleues et roses, les flots balancent les bateaux venus des quatre coins du monde, surtout d'Espagne, les flancs chargés d'olives...

Jan et Thérèse avaient passé à Imperia une véritable journée d'enchantement.

A Porto Maurizio, ils avaient médité dans l'incomparable déambulatoire du couvent des Clarisses, dont les arcades vénérables donnent directement sur la mer Ligure, de la hauteur de la colline sur laquelle est construite la ville, et où le génie du lieu se manifeste avec une force presque enivrante.

A Oneglia, Jan s'était intéressé aux impressionnantes installations des fabriques d'huile, tandis que Thérèse avait évoqué Guy de Maupassant qui a si admirablement décrit ce port.

Le soir, la tête encore pleine des images variées et multicolores de la journée, ils s'attablèrent à la terrasse d'une *liquoreria* de la piazza Dante, en face de l'ancien hôtel de ville d'Oneglia, superbe édifice construit dans le style typique des palais génois. Au milieu de cette place entourée d'arcades, montait et descendait un jet d'eau dont la ruisselante féerie, par l'artifice d'un projecteur installé à sa base, passait successivement par toute la gamme des couleurs.

— Si nous commandions deux verres de marsala à l'œuf, pour nous remonter un peu, fit Jan qui regardait avidement autour de lui, visiblement séduit par le charme bourdonnant de la vie italienne.

— Comme tu voudras, mon chéri, répondit Thérèse.

Et, prenant la main de son mari, elle murmura :

— Cette journée a été magnifique, je me sens comblée...

— Espérons qu'on nous laissera goûter ce voyage jusqu'au bout, soupira Jan qui pensait à la lettre anonyme.

— Qui donc pourrait nous en empêcher? s'exclama son épouse.

Un instant, Jan faillit s'ouvrir à elle, lui révéler le contenu de l'étrange et inquiétante missive; réflexion faite, il préféra se taire, laisser Thérèse dans la douce euphorie de cette soirée enchantée.

— Te voilà bien songeur tout d'un coup, dit Thérèse à laquelle aucune variation de la physionomie de Jan ne pouvait échapper.

L'air interrogateur, elle ajouta :

— Une ombre vient de passer sur ton visage...

Jan s'efforça de sourire :

— Illusion, ma chérie, répondit-il.

Et pour faire diversion, il interrogea :

— Au fait, t'ai-je dit que j'ai récemment appris que le docteur Bloom n'était plus à la tête de l'hôpital de Prétoria?

— Pas du tout!

— C'est Schipper qui me l'a écrit.

— Cornelius Bloom, fit Thérèse, songeuse, il t'avait presque obligé à prendre ta revanche sur le destin. Tu te rappelles?

— Je pense bien! Ce malade qui était mort sous mes mains... Hémorragie interne causée par le développement normal, la progression dévastatrice du mal de Richter... Mon abattement, mon désespoir après cet accident...

— Puis il y a eu cet autre cas de maladie de Richter.

— A Johannesburg, oui...

— Bloom t'a convaincu d'opérer malgré ton état de démoralisation, en dépit de ton extrême découragement.

— Sans doute se sentait-il responsable de ce qui était arrivé, dit Jan pensif.

— Qu'entends-tu par là, mon chéri?

— Il se savait fautif.

— Bloom?

— Lui-même!

Thérèse était intriguée :

— Tu m'expliques? fit-elle. Car enfin je ne vois pas en quoi il aurait pu être blâmé, lui.

Jan se pencha vers son épouse :

— Tu te souviens que j'ai fait cette première opération à contrecœur, celle qui a tourné au désastre...

— Oui, je me rappelle... Nous étions assis dans le salon de notre appartement de Prétoria, Ide, qui ne s'était pas encore remariée en ce moment, et nous deux.

Jan approuva de la tête :

— Oui, et comme souvent à cette époque, nous cherchions un emplacement pour la future maison de nos rêves, de *Journey's End.*

— Nous ne nous étions pas encore décidés pour le Cap-Ferrat.

— Je venais de proposer Tanger, quand le téléphone sonna dans mon cabinet de travail.

— Quelle mémoire tu as, Jan! Quelquefois, tu me stupéfies...

— C'était Schipper, à l'appareil. Il me demandait d'intervenir, d'opérer dans les soixante minutes.

— Parce qu'il n'avait pas pu contacter Bloom, n'est-ce pas?

— Oui. Et justement, Bloom était alors le médecin-chef de l'hôpital de Prétoria, c'est lui qui aurait dû opérer!

Thérèse but quelques gouttes de marsala, puis dit :

— Il est venu chez nous après l'opération, à trois heures du matin, alors que toi, tu t'étais enfermé dans ton cabinet de travail.

— Désespéré, totalement abattu!

— C'est moi qui ai ouvert la porte au docteur Bloom. Je me rappelle que je l'ai reçu plutôt froidement, sans aménité. Sa présence était nécessaire. Je lui ai demandé où il était passé.

Thérèse s'exclama :

— J'ai été si injuste envers lui!

— Certainement pas! répliqua Jan. Une fois de plus, ta connaissance intuitive et presque instinctive des êtres, ton pressentiment des actes inavoués ne t'avaient pas trompée.

— Je ne comprends pas...

— Rappelle-toi, que t'a-t-il répondu quand tu lui as posé cette question que tu estimes injuste?

— Que Schipper aurait dû savoir qu'il était allé au Cercle néerlandais, qu'il avait laissé à sa secrétaire un mot dans ce sens.

— Ce qui était faux!

— Qu'il avait laissé un mot?

— Oui, et surtout qu'il était allé au Cercle néerlandais!

Thérèse était stupéfaite :

— Il t'aurait donc menti? s'écria-t-elle.

— Oui, précisément!

— Incroyable...

— C'est pourtant la vérité.

— Et... où était-il en réalité, ce soir-là?

— Dans un bar louche et très mal famé de Prétoria.

— Comment l'as-tu appris?

— J'ai fait ma petite enquête personnelle, vois-tu. La vie m'a rendu tellement sceptique...

— Pourtant, tu n'as jamais parlé de cette découverte à personne, il me semble.

— Jamais! Je voulais lui laisser sa chance, tu comprends? D'autant plus qu'il s'était montré très correct à mon égard.

— C'est juste.

— Après tout, la vie privée de mes médecins ne me regardait pas. N'oublie pas non plus que nous avons quitté le Transvaal peu après.

— Et d'après ce que tu m'as toujours dit, Cornelius Bloom était quand même un excellent chirurgien, qui n'avait jamais commis aucune erreur.

— Il était alors le meilleur chirurgien de toute l'Afrique du Sud, là-dessus je suis formel!

— Donc, tu ne pouvais laisser à personne d'autre la direction de l'hôpital de Prétoria...

— Non, je n'avais pas le choix! D'ailleurs, à part cet... incident très fâcheux, Bloom ne m'avait jamais fourni aucun motif de mécontentement.

— Néanmoins, fit Thérèse avec une moue songeuse, un homme qui ment...

— Je sais bien, cette découverte était très gênante! Par la suite, je me suis souvent demandé si j'avais bien fait de la taire. Je te dirai même que la nouvelle de son départ a été comme une sorte de soulagement pour moi, puisque désormais du moins, je ne suis plus responsable des fautes ou erreurs éventuelles du docteur Cornelius Bloom.

— Schipper t'a-t-il dit pourquoi Bloom est parti?

— Non, il m'a seulement écrit que Bloom était retourné en Europe et que Jansens l'avait remplacé à la tête de l'hôpital.

Jan se sentit subitement très mélancolique. Evoquer son ancienne activité professionnelle le laissait toujours triste et déprimé. La nostalgie du passé montait en lui. Il se revoyait sous la lumière crue du scialytique, penché sur un malade, le bistouri à la main. Mais ce soir-là, il ne voulut pas succomber à la tentation du passé, se livrer aux images envahissantes de cette époque glorieuse. Il décida de réagir promptement, regardant Thérèse avec un sourire radieux et confiant :

— Buvons à l'heureuse continuation de ce merveilleux voyage! s'exclama-t-il en levant son verre et en trinquant avec Thérèse.

TROISIÈME PARTIE

XV

— Es-tu content de ton triomphe à Paris?

— Triomphe est un bien grand mot, *kleines Mädchen* [1].

— Charles Munch l'a employé, lui aussi, et il est certainement excellent juge.

— Quel homme extraordinaire! Il dirigeait comme un dieu!

— Il a dit la même chose de ton jeu, mon chéri.

— J'ai encore beaucoup de progrès à faire...

— Ton ambition est trop tyrannique, elle ne te laissera jamais en repos.

— Je veux conquérir la première place, je te l'ai déjà dit!

Hugo et Judith, installés sur la terrasse de « Santa Monica », allongés dans deux chaises longues, contemplaient le coucher de soleil.

— Ce matin, quand nous sommes arrivés, observa la jeune femme, le temps était couvert. Maintenant, il ne reste plus un nuage!

1. Petite fille.

— Fréquent dans ces pays, lança Hugo en allumant une cigarette. C'est le vent du large qui a nettoyé le ciel.

— Quel panorama superbe! Je ne m'en lasserai jamais.

— Oui, *liebes Kind* [1], la mer est d'une exceptionnelle beauté, ce soir. Ne dirait-on pas qu'elle s'est mise spécialement en frais pour nous accueillir dignement?

Judith sourit :

— Tu aimerais que la nature soit sensible à nos états d'âme, n'est-ce pas? Que nous la trouvions toujours adaptée à nos besoins du moment?

— Et pourquoi pas? L'homme n'est-il pas le couronnement de la Création?

— Regarde : le phare du cap d'Antibes vient de s'allumer!

— Il va hâter la venue de la nuit.

— Les lumières artificielles chassent toujours celle du crépuscule.

— *Ich liebe diesen Augenblick* [2] *!*

Hugo se redressa sur sa chaise longue :

— Quelle solennité, dit-il d'un ton exalté, quelle grandeur!

— Les premières étoiles apparaissent dans le ciel, encore timides, à peine visibles.

Le violoniste tendit un doigt nerveux :

— *Das ist* mein *Stern* [3] *!* s'écria-t-il.

— Ton étoile?

— Oui, là, juste au-dessus de nous!

— Je la vois maintenant, oui...

— Elle nous protège, elle veille sur nous.

1. Chère enfant.
2. Que j'aime cet instant!
3. Voilà *mon* étoile!

Judith se pencha vers son mari :

— A Paris, tu viens de gagner une nouvelle victoire, mon chéri. Ici, nous venons de retrouver l'admirable paix méditerranéenne... Pourquoi ne pas profiter de ces merveilleuses circonstances pour oublier la lettre?

Elle sentit aussitôt qu'Hugo se cabrait :

— *Unmöglich!* répliqua-t-il. *Ganz einfach unmöglich* [1] *!*

Judith eut un geste de lassitude :

— Tiens-tu donc tellement à nous gâcher notre séjour ici?

— Sommes-nous venus sur la Côte pour avoir une entrevue avec le docteur Yvarsen, oui ou non?

— Bien sûr, mon chéri, mais...

Hugo ne la laissa pas continuer :

— Donc, fit-il d'une voix où poignait déjà une certaine irritation, il n'y a plus à revenir sur cette question!

Cependant, Judith n'était pas femme à se laisser désarmer si facilement :

— Ne crois-tu pas, dit-elle, que le destin nous invite à ne pas insister? Puisque les Yvarsen ne sont pas chez eux, puisqu'ils sont partis pour l'Italie? N'est-ce pas comme un signe?

Le violoniste expira violemment la fumée de sa cigarette :

— Yannakos les a eus au bout du fil ce matin. D'après lui, ils devaient rentrer ce soir! Dans ces conditions, je ne vois pas pourquoi tu soulèves ce problème.

— Qui parle de problème? C'est d'une sensation qu'il s'agit!

— Je t'en prie...

— Si, Hugo! Je sens, presque inconsciemment, que nous devrions oublier cette lettre anonyme et ne pas

1. Impossible! Tout simplement impossible!

venir importuner les Yvarsen avec cette répugnante affaire!

Hugo cita de mémoire :

Si vous avez un tant soit peu d'honneur, vous provoquerez en duel le docteur Yvarsen... Cet homme s'est assez moqué de vous, il vous a assez nargué. Ne lui aviez-vous pas envoyé un faire-part de votre mariage? Il a dû bien s'amuser ce jour-là. Il me semble entendre les propos humiliants qu'il a sans doute tenus sur vous, il me semble entendre son rire inextinguible...

— Que t'importe le délire épistolaire de ce fou! s'écria Judith, hors d'elle. Ainsi donc, il n'a servi de rien que j'aie déchiré cette ordure, puisque tu en as appris les phrases par cœur, ces phrases odieuses et mensongères.

— Je n'ai rien appris par cœur, mais je n'ai rien oublié non plus.

— Si tu me faisais vraiment confiance, tu n'y penserais plus!

— Ce soupçon est comme une écharde dans ma chair...

— Tu me fais mal, Hugo, très mal.

— *Ich will die Wahrheit kennen, die* ganze *Wahrheit* [1] *!*

— Tu répètes toujours la même chose.

— Parce que c'est toujours la même obsession qui me hante! Je te vois sur ce bateau, seule avec Jan Yvarsen.

— Yvarsen est un homme parmi les plus nobles et les plus généreux! s'exclama Judith avec force. Tu devrais avoir honte de le croire capable d'une bassesse quelconque! Sans parler de moi-même...

— Nous n'étions pas encore liés à ce moment-là. Donc, tu étais absolument libre de tes actes.

— Mais le docteur Yvarsen était un homme marié!

— Pour certains, ce n'est pas un obstacle.

1. Je veux connaître la vérité, *toute* la vérité!

— On voit bien que tu le connais mal!

— Ce qui me gêne aussi, c'est ton ardeur à le défendre...

— C'est parce que je n'ai jamais toléré l'injustice!

— Dès qu'il est question du docteur Yvarsen, aucun terme n'est assez fort ni assez éloquent pour exprimer ses hautes qualités et ses innombrables mérites! Cela devient agaçant, à la fin, irritant même!

— Cela prouve tout simplement que je ne peux pas dissimuler mes sentiments. *I simply cannot lie*[1] *!*

D'un geste rageur, Hugo jeta sa cigarette : minuscule étoile filante, elle décrivit une longue courbe et disparut sur le gravier du jardin.

— Déjà quand j'étais petite fille, continuait Judith, je ne pouvais pas...

— A quels sentiments viens-tu de faire allusion? interrompit Hugo.

— Aux sentiments d'admiration que j'éprouve pour le docteur Yvarsen!

D'une voix très triste, la jeune femme ajouta :

— Ta jalousie te rend odieux, Hugo, méconnaissable...

— Tu me préférerais tiède, indifférent?

Judith ne répondit pas.

— Pour moi, s'écria Hugo, l'amour est une passion totale et absolue! Je n'y admets aucune tiédeur, aucun accommodement petit-bourgeois!

— L'amour, fit Judith, devrait être d'abord et avant tout le sentiment le plus humain. Celui, par conséquent, dont les excès indignes devraient être absents. *Yes, that's what I think, first of all love should be human*[2].

— Justement, je déteste tout ce qui est moyen, c'est-à-dire médiocre. Je n'aime que ce qui est excessif!

— Quelquefois, tu en deviens monstrueux...

1. Je ne peux simplement pas mentir.
2. Oui, c'est ce que je pense, avant tout l'amour devrait être humain.

Hugo se leva et alla s'adosser contre un cyprès qui semblait monter la garde auprès d'eux. La nuit était venue. Déjà les lucioles exécutaient leur silencieux ballet de points lumineux.

— Je te le répète, dit Hugo d'une voix vibrante, sans toi ma vie n'aurait plus aucun sens! Sans toi je serais perdu!

— Et ton art, fit doucement la jeune femme, ta musique?...

— La musique me dévore, elle ne me soutient pas.

— C'est vrai, je te sens brûlé par ton feu intérieur...

Après une hésitation, Judith dit, d'une voix un peu timide :

— Si je ne craignais d'être trop romantique, je dirais qu'on a l'impression que tu te consumes à la flamme de ton génie.

Hugo répondit avec une vivacité presque frénétique :

— Il ne faut pas avoir peur d'être romantique, car notre époque a besoin de romantisme et de passion! Mais il ne faut pas parler de mon génie, car je n'en ai pas!

— Que t'arrive-t-il? Pourquoi dis-tu cela?

— Parce que je suis doué uniquement pour jouer du violon.

— Etre doué, *très* doué, ou avoir du génie, n'est-ce pas...?

— Pareil? Non! Avoir du génie, en musique, cela veut dire être capable de composer, de *créer* de la musique, et non pas d'interpréter celle des autres!

Et Hugo avoua :

— Ce soir, plus qu'aucun autre jour, j'aurais voulu exprimer mes sentiments les plus profonds, les plus authentiques, dans le seul langage qui me convienne parfaitement. Et voilà, je me sens incapable d'écrire de la musique. En dehors de mon ridicule concerto pour contrebasse, du temps de mon séjour à Hambourg, je n'ai rien su faire depuis! Rien!

— Je suis persuadée que le génie de la composition te viendra, lui aussi!

— Non, jamais!

— Pense à Wagner, qui n'a commencé que relativement tard à composer ses œuvres. Et quelles œuvres! Tu as encore toute la vie devant toi!

— Tu ne sens pas cette odeur de brûlé? s'exclama soudain Judith en se redressant sur sa chaise longue.

Hugo huma l'air :

— Si, si, fit-il, c'est étrange... C'est comme s'il y avait un incendie tout près...

Il s'interrompit et, tournant la tête, s'écria d'une voix alarmée :

— *Mein Gott, das Haus der Yvarsen steht in Flammen*[1] *!*

XVI

— Ne roule pas trop vite, mon chéri, dit Thérèse. La nuit, la route me fait peur, tu le sais. Tous ces phares qui viennent à notre rencontre...

Jan relâcha légèrement la pression sur l'accélérateur :

— C'est que j'ai hâte d'arriver, expliqua-t-il, hâte de retrouver *Journey's End.*

— Nous aurions dû partir ce matin, quitter Imperia immédiatement après avoir reçu ce coup de téléphone. D'autant plus que, tu me l'as dit, Yannakos paraissait inquiet, pressé de nous voir revenir.

— Oui, il parlait d'un ton presque angoissé, ce qui est vraiment exceptionnel chez lui.

— Pourquoi, aussi, ne m'as-tu pas révélé plus tôt

1. Mon Dieu, la maison des Yvarsen est en flammes!

l'existence de cette lettre anonyme? Je suis là pour partager tes soucis, Jan...

— Je voulais te laisser goûter en paix ton itinéraire italien.

— Alors que toi, tu étais rongé par cette sourde inquiétude? Non, il ne fallait pas.

— Je me demande qui est cet homme acharné contre moi.

— Un fou!

— Peut-être, mais un fou dangereux!

— *Ils disent que je suis devenu un être dégénéré... J'ai acquis un regard radioscopique, je sonde les reins et les cœurs... Je plane au-dessus des eaux... Vous êtes l'homme que je hais le plus au monde, Yvarsen, l'homme dont le seul nom me fait grincer des dents et me jette dans de frénétiques crises de rage... Eh bien, maintenant, pleurez, hurlez sur les malheurs qui vont vous arriver... Je ne reculerai devant aucun crime pour vous nuire... Votre ennemi qui veille...* Tout cela sent la démence.

— L'analyse de l'écriture me fait conclure à un cas de schizophrénie.

— Aiguë?

— Non, le mal viendrait seulement de se déclarer.

— Ne m'as-tu pas dit qu'il pourrait, aussi, s'agir d'un drogué?

— Certainement! Son écriture vacillante et son style délirant en témoigneraient. Morphine ou cocaïne.

— Je ne comprends vraiment pas, fit Thérèse en secouant la tête. Car enfin, nous ne connaissons personne qui pourrait s'adonner à des vices pareils.

— Sait-on jamais...

— Quand même!

— La plupart des hommes mènent, en dehors de leur vie sociale, mondaine et connue, une existence secrète, occulte, où ils donnent libre cours à leurs instincts, à leurs tendances les plus viles.

— Quelle image pessimiste de l'humanité!

— Vision désabusée, plutôt.

— Et si c'était une femme? s'exclama Thérèse après un silence.

— Je ne crois pas, l'écriture est masculine.

— L'auteur de la lettre a pu vouloir donner le change...

— Il est presque certain que l'expéditeur de cette lettre haineuse et l'agresseur de *Journey's End* sont une seule et même personne. Or c'est un homme qui a tenté de mettre le feu.

— Quelle haine féroce il doit nourrir contre nous, pour vouloir incendier notre maison! C'est affreux...

— N'oublie pas qu'il a failli tuer ce fidèle Yannakos!

— Heureusement qu'il était là!

— Oui! Les Thibault ont dû dormir, comme d'habitude.

— Ils sont bien braves, quand même.

Les traits de Jan se durcirent :

— Tu me connais. Je tiens toujours à traiter le plus généreusement possible les gens qui travaillent pour moi, dit-il, mais je veux aussi qu'ils fassent leur devoir! A chacun sa tâche!

— Elise n'a jamais failli en rien.

— Ne les défends pas trop.

— Cette femme m'est très dévouée, Jan. Je n'ai pas eu à me plaindre d'elle jusqu'à présent.

— Sans doute, mais Octave Thibault, lui, est devenu assez fainéant et endormi ces derniers temps.

— Pourtant, il soigne si bien les arbres!

— C'est son travail, il me semble!

— Et ces superbes massifs de fleurs qu'il a disposés en face de la véranda? N'a-t-il pas fait preuve de beaucoup de goût en les aménageant?

— Il a suivi tes instructions, je le sais. C'est à toi que revient le mérite de la beauté de nos jardins, des agréments de notre parc! Sans tes judicieuses directives, Thibault serait perdu!

— Décidément, tu es dressé contre lui...

— Octave Thibault est le portier de *Journey's End,* lança Jan. (Sa voix autoritaire de « grand patron » lui revenait toujours quand il était irrité.) Et j'exige qu'il remplisse scrupuleusement toutes les obligations attachées à cette fonction! Il est absolument inadmissible que des inconnus puisse pénétrer à leur guise dans ma propriété. Ce n'est ni un moulin ni un pigeonnier!

— Ne sommes-nous pas un peu responsables de cet état de choses, mon chéri?

— Et pourquoi donc, s'il te plaît?

— N'avons-nous pas refusé de faire construire un mur sur le bord de mer, de faire solidement clôturer le parc du côté de la grève?

— Juste, murmura Jan entre ses dents.

— Un passage de cette lettre, surtout, m'a inquiétée, avoua Thérèse.

— Lequel?

— *Croyez-moi, Yvarsen, je ne reculerai devant aucun crime pour vous nuire...*

— Bah, vantardise de déséquilibré.

— Cependant, n'a-t-il pas déjà donné un commencement d'exécution à ses menaces?

— N'y pense plus, ma chérie. Reste calme...

— C'est impossible!

— Je conviens avec toi que la situation est grave, que cet homme est probablement un individu très dangereux. Mais nous devons garder notre sang-froid.

— Pour une femme, ce n'est guère facile.

— Je suis à tes côtés, Thérèse...

— Ce n'est pas pour moi que j'ai peur, mon chéri.

— Connaissant ton caractère, je m'en doute bien!

Thérèse était devenue très pâle :

— S'il devait t'arriver un malheur, dit-elle d'un ton qui trahissait une extrême émotion, je ne pourrais plus vivre, Jan, je ne pourrais plus...

Sa voix se brisa dans un sanglot.

— Je t'en supplie, ma Thérèse, maîtrise-toi. Ne te laisse pas impressionner par les invectives de ce fou. Je saurai me défendre!

Thérèse pressa son mouchoir sur ses yeux :

— Et si ce misérable devait s'attaquer à nos enfants? balbutia-t-elle.

Les mâchoires de Jan se contractèrent. D'instinct, il accéléra.

XVII

— Voulez-vous que je vous dise la bonne aventure, monsieur?

Erling fit non de la tête.

— Pour deux cents francs seulement, je vous livre tous les secrets de votre avenir, insista la gitane.

— Non, non.

— Acceptez, pour une fois! Nous autres gitanes, nous n'inventons rien, nous ne vous apprenons que ce qui est écrit dans votre main et que vous ne pouvez pas lire! Allons, monsieur, soyez gentil!

Avec un geste de lassitude et un soupir, Erling accepta :

— Si vous y tenez, fit-il.

Dans son for intérieur, il envoyait la bohémienne à tous les diables. Il avait horreur de toute superstition et de toute pratique divinatoire, aussi bien de l'astrologie, de la chiromancie que de l'interprétation des songes. Mais, plutôt que de s'engager dans une discussion avec cette femme à l'esprit probablement inculte, il préférait la laisser faire, en finir au plus vite.

— Vous me donnez votre main, monsieur?

— Faites vite, je vous en prie!

La gitane jeta un coup d'œil inquisiteur sur les lignes de sa main, puis elle dit, en le regardant du coin de l'œil :

— Vous aimez commander, vous.

— Peut-être...

— Vous avez des doigts de... pianiste ou de médecin, de chirurgien; mais... vous n'êtes pas artiste, donc...

Erling coupa court :

— Je suis médecin! lança-t-il sèchement.

— Chef de clinique, sûrement.

— Si vous voulez, oui.

— Vous êtes marié et père d'un enfant, d'un bel enfant.

Intéressé malgré lui, Erling demanda :

— Fille ou garçon?

La gitane parut scruter sa main, son visage aussi :

— C'est un garçon, répliqua-t-elle enfin. Il est très intelligent, en avance sur son âge. Un enfant très fin et sensible.

— Juste, avoua Erling.

— Votre femme est très belle, aussi.

— Ça, c'est une banalité que vous pouvez dire à tous les hommes, fit Erling, ironique, aucun ne vous contredira.

La gitane eut un sourire indulgent :

— Vous avez raison, monsieur, mais je peux vous préciser que votre femme est blonde.

Pour dissimuler sa stupéfaction, le fils de Jan fit mine de s'emporter :

— Ne deviez-vous pas me dévoiler les secrets de l'avenir? s'écria-t-il. Tout ce que vous venez de me dire est du présent.

— Patience, monsieur, patience.

— Finissons-en!

— Votre fils sera très célèbre...

Erling se sentit frémir :

— De quelle manière? questionna-t-il avec avidité.

— Je ne vois pas exactement... Attendez...

Les pensées d'Erling galopaient : Si c'était notre petit Jan qui... Mais non, tout cela est du bluff! Tu ne vas quand même pas faire crédit à ces boniments de sorcière! Pourtant, elle ne s'est pas trompée une seule fois, pas une seule fois... Jan célèbre... Pourquoi? Saura-t-elle le dire? Le vainqueur du cancer, ce serait donc lui? Il faudra donc encore des années et des années de recherches. Flavie et moi, nous resterions perdants... » Il sentait naître en lui une violente amertume : « Plutôt ne pas savoir, plutôt ignorer aussi longtemps que possible l'échec de mes propres travaux. Sans doute mon fils me dépassera-t-il un jour, mais j'aurais voulu gagner moi-même la bataille à laquelle j'ai consacré ma vie. Oui, j'ai toujours espéré que Flavie et Erling Yvarsen entreraient dans l'histoire de la science comme les vainqueurs du cancer... Une vaine espérance... Cependant, je ne m'avouerai jamais battu! jamais! »

Erling retira brusquement sa main à la chiromancienne :

— Suffit! ordonna-t-il. J'en ai assez de vos bavardages!

Il tendit un billet de mille francs :

— Prenez cela et laissez-moi en paix!

La gitane prit le billet, mais elle ne quitta pas sa table. Elle demeurait en face de lui, à le contempler d'un air songeur.

— Qu'attendez-vous? s'emporta Erling. Cette comédie va-t-elle encore durer longtemps? Avez-vous envie que j'appelle le garçon, pour qu'on vous mette à la porte de l'établissement?

— Toi, dit la bohémienne, tu as peur que ton fils

ne devienne un jour plus grand que toi, c'est pourquoi tu préfères ignorer l'avenir.

— Comment avez-vous pu... ?

— Ecoute-moi! Un jour, je suis allée au théâtre... Il y a longtemps de cela. J'étais encore jeune et belle, comme ta femme! Je n'ai retenu qu'une seule phrase de la pièce qu'ils ont jouée, et je te la répète maintenant : « Il y a plus de choses entre le ciel et la terre que dans ta science, étranger... »

Et sur cette paraphrase de Shakespeare, la gitane glissa silencieusement vers une autre table.

— Monsieur prendra-t-il un café après son fromage?

C'était le garçon qui s'était approché, la mine déférente. Erling releva la tête et répondit d'un ton agacé :

— Oui, mais très fort!

— Très serré? à la mode italienne?

— Exactement!

« Je me suis presque férocement attaché à ce petit être né de notre amour, pensait Erling, je l'aime peut-être plus qu'aucun père n'a jamais aimé son enfant. Et pourtant, malgré mon affection et ma tendresse pour lui, je ne voudrais pas qu'il nous ravisse le bénéfice de la victoire... Il y a encore bien d'autres batailles à gagner en médecine... Le cancer, c'est moi qui veux le vaincre, moi et Flavie! »

Par suite d'une panne de moteur, l'avion qu'Erling avait pris à Stockholm avait dû faire un atterrissage forcé en Allemagne. Le jeune savant avait déjeuné à Francfort, puis il était monté dans un autre appareil, qui l'avait déposé à Nice dans la soirée. Après avoir loué une voiture rapide, une Lancia, qui lui permettrait de rattraper ses parents, il avait décidé d'aller dîner dans le calme du vieux Nice, dans une de ces sympathiques et pittoresques ruelles qui serpentent autour de la cathédrale. A la fin du repas, la gitane chiromancienne lui avait involontairement rappelé son obsession de tous les jours : le cancer; vaincre le cancer!

Quand il eut bu son café, Erling se rendit dans la cabine téléphonique et composa le numéro de *Journey's End;* il voulait prévenir le portier de son arrivée, afin qu'Elise Thibault lui préparât une chambre. Il entendit le téléphone sonner à l'autre bout du fil, dans le pavillon des Thibault, mais personne ne répondit. « J'aurais dû les appeler plus tôt, pensa-t-il, il est tard, ils sont certainement déjà couchés. Mais c'est quand même bizarre qu'ils n'entendent pas la sonnerie... » Après avoir attendu une dizaine de minutes, il refit le même numéro; cependant, le silence persistait. « Auraient-ils profité du départ de mes parents pour s'absenter aussi? se demanda-t-il. Ce serait quand même invraisemblable, avec le courrier qu'il faut faire suivre et les oiseaux de maman qui exigent des soins quotidiens... Bah! en voiture ça ne me fera qu'un trajet de vingt à vingt-cinq minutes! Allons voir! »

Un quart d'heure plus tard, Erling roulait à toute allure sur la basse corniche, entre Nice et Villefranche. Entendant soudain l'avertisseur si caractéristique des pompiers, il serra sur sa droite et ralentit afin de laisser la voie libre : trois voitures rouges le dépassèrent aussitôt en trombe. A ce moment, arrivé au virage d'où la vue s'étend sur le Cap-Ferrat, il aperçut, non loin du phare, une vive lueur rouge. Réalisant subitement que cette lueur d'incendie marquait l'emplacement exact de *Journey's End,* il eut l'impression de vivre un cauchemar : « Ce n'est pas possible, murmura-t-il, ce n'est pas possible... Pas ça! Pas la maison de leurs rêves... » Puis il appuya brutalement sur l'accélérateur.

XVIII

Journey's End flambait... Que s'était-il passé? Le matin, à la première heure, Yannakos avait téléphoné à Imperia pour mettre Jan au courant des événements de la nuit; puis, encore souffrant du coup de matraque que lui avait assené le mystérieux agresseur, il s'était rendu chez lui, à Beaulieu, pour se reposer et reprendre des forces. Allongé sur son lit, dans sa chambre très modeste, Yannakos avait passé la journée à ruminer des plans de vengeance contre l'inconnu qui l'avait traîtreusement frappé; le soir venu, au lieu de retourner à *Journey's End* pour y monter la garde comme il l'avait décidé, il s'était endormi.

Les Thibault venaient de terminer leur dîner, quand on avait frappé à la porte de leur pavillon. Comme il guettait avec anxiété l'arrivée du marin grec, Octave Thibault avait ouvert; il s'était trouvé en face d'un homme masqué, de petite taille, qui le menaçait d'un revolver. Quelques instants plus tard, les deux époux étaient ligotés sur des chaises, tandis que l'inconnu masqué se dirigeait à grands pas vers la villa. Ce fut tout ce qu'Hugo et Judith, qui avaient alerté les pompiers, purent tirer du couple terrorisé.

Erling arriva presque en même temps que les pompiers. Après avoir échangé quelques paroles hâtives avec les Stiffenacker, il courut vers le capitaine qui commandait les opérations :

— Je suis le fils du propriétaire, s'écria-t-il, y a-t-il quelque chose à sauver?

L'officier secoua la tête :

— Rien à faire, monsieur, c'est du travail d'incendiaire, ça, et du bon travail! Tous les étages paraissent avoir été arrosés d'essence! Mes hommes ont déjà trouvé trois bidons vides!

Erling se refusait à l'évidence :

— Et les papiers, les souvenirs de famille? s'exclama-t-il. Enfin tout ce qui est irremplaçable!

Le capitaine eut un geste éloquent vers la villa. Elle n'était plus qu'un gigantesque brasier.

— Impossible! Comme vous voyez, le feu est encore avivé par le vent du large. Je ne peux envoyer aucun de mes hommes dans cette fournaise. Encore moins pour sauver des paperasses! Il s'agirait de vies humaines, mes hommes tenteraient l'impossible; mais comme il n'y avait personne dans la maison quand l'incendie s'est déclaré...

— Non, non..., bredouilla Octave Thibault qui s'était approché d'eux, il... n'y avait personne dans la villa... Francine, la... bonne, est partie ce matin... auprès de sa tante de... Marseille.

Après cet effort oratoire, le portier sombra de nouveau dans la torpeur hagarde où l'avait jeté la violence dont il avait été victime.

— Eh bien, fit le commandant des pompiers, elle l'aura échappé belle, la petite!

— Que comptez-vous faire? demanda Erling.

Le capitaine haussa les épaules :

— Vous le voyez bien, monsieur : circonscrire l'incendie, limiter le désastre, éviter que des flammèches ne portent le feu ailleurs.

— La maison de mes parents est donc condamnée?

— Il ne subsistera que la carcasse des murs et des décombres calcinés...

D'un ton impératif, le capitaine ajouta :

— Maintenant, monsieur, je vous prie de vous écarter et de nous laisser faire notre travail!

Erling se mit à l'écart de la foule de curieux et de voisins qui se pressaient dans le parc. Il était atterré : tous les biens terrestres de ses parents se consumaient sous ses yeux. Les meubles préférés de Thérèse, les dossiers de son père, ces dossiers si précieux pour la valeur des observations cliniques qui y étaient consignées, les mille souvenirs de famille, la correspondance intime, les albums de photographies, toutes les traces qu'un couple laisse de son passage sur cette terre, tout cela était ravagé et détruit par les flammes furieuses. Heureusement, Judith avait songé à faire transporter la volière dans son propre jardin. Erling savait que la mort des oiseaux, tués par la brûlure de flammèches ou étouffés par la terrible chaleur qui se dégageait du brasier, eût risqué d'être un coup fatal pour sa mère.

Soudain, par-dessus le vacarme des moteurs et des pompes, du sifflement haineux des flammes et du bourdonnement de la foule, Erling perçut le crissement de pneus d'une voiture brutalement freinée; puis, immédiatement après, il entendit un cri de désespoir qui le bouleversa jusqu'aux larmes : il avait reconnu la voix de sa mère! Il se retourna et vit la Bentley noire, qui venait de stopper à une vingtaine de mètres du sinistre; ses parents venaient d'en descendre; livides, les traits décomposés, ils s'avançaient vers lui.

Erling courut au-devant de sa mère. Il la reçut contre sa poitrine :

— Maman, ma petite maman, lui dit-il d'une voix qu'il rendit très douce, ne pleure pas... Surtout, ne pleure pas... Nous te reconstruirons une maison, papa et moi... Si, si, et elle sera encore plus belle que celle-là...

Ecrasée par l'immense chagrin qui s'était emparé d'elle à la vue de sa demeure en flammes, Thérèse était incapable de proférer une parole. Elle ne cessait de sangloter. Erling essaya de la consoler :

— Tu viendras habiter chez nous, lui dit-il. Chez nous, où tu retrouveras ton cher petit-fils... Maman, maman, nous ferons tout au monde pour te rendre le sourire, pour te revoir heureuse...

Thérèse releva la tête, une lueur d'angoisse dans les yeux, et demanda d'une voix brisée :

— Et... mes petits oiseaux..., Erling, que... sont-ils devenus dans... cette tourmente? *Couronne-d'Azur...*

Il s'empressa de la rassurer :

— Dès le début de l'incendie, les Stiffenacker ont fait transporter la volière chez eux. Tu n'as rien à craindre, maman, tes oiseaux sont sains et saufs.

Thérèse secoua la tête :

— Un... pieux mensonge..., mon enfant. Ils sont tous morts..., après d'atroces... souffrances...

— Tu veux les voir?

— Oui!

Erling se tourna vers Judith et Hugo qui s'étaient approchés :

— Puis-je vous confier ma mère?

Judith prit Thérèse doucement par un bras :

— Venez, madame, souffla-t-elle, je vais vous conduire vers vos petits amis.

Hugo soutint l'épouse de Jan par l'autre bras et dit :

— Je crois qu'ils vous attendent, madame... L'un d'eux, surtout, avec une charmante couronne bleue.

— *Couronne-d'Azur...,* murmura Thérèse.

Resté seul, Erling, du regard, chercha son père. Jan se tenait devant la maison en flammes, entre deux palmiers. Sa haute silhouette se découpait en ombre chinoise sur le flamboiement jaune, mauve et rouge, du brasier. Ses épaules ne s'étaient pas affaissées, pas une parole de plainte ne lui avait échappé. Très droit, un peu hautain, il était solitaire mais invaincu.

XIX

J'ai longtemps hésité, Yvarsen, mais puisque aujourd'hui je n'ai plus rien à perdre, autant jeter le masque! Je m'appelle Cornelius Bloom, et vous me connaissez bien. J'ai commencé à vous haïr à partir d'un certain jour où vous avez jugé utile de m'humilier. Rappelez-vous vos paroles d'alors! « Savez-vous que vous êtes indirectement responsable de la mort d'un homme? Où étiez-vous quand on avait besoin de vous? A courir la gueuse, peut-être, non? »

Vous m'avez soulevé de terre, vous m'avez secoué avec brutalité. Pendant ces minutes qui me parurent interminables, je brûlais d'envie de vous planter un couteau dans le cœur!

Il ne faut jamais rappeler à un homme ses défauts physiques. Vous m'avez crié au visage : « Avez-vous jamais entendu parler du serment d'Hippocrate, petit bonhomme? » Grave erreur de psychologie, Yvarsen. Je ne vous ai jamais pardonné ce « petit bonhomme »!

Au début, ma haine devait être inconsciente, instinctive, mais je suis sûr qu'elle fut immédiatement féroce. Et d'autant plus que je vous avais menti! Apprenez donc, Yvarsen, que je ne me trouvais pas au Cercle néerlandais ce soir-là, mais dans le bar le plus mal famé de Prétoria, à la « Rose Blanche ». Ha! ha! je vous ai bien eu, n'est-ce pas? Vous êtes si crédule et naïf, mon pauvre...

Si, par la suite, j'ai fait tout mon possible pour vous faire perdre le sentiment de culpabilité dont vous étiez affligé depuis cette première opération malheureuse d'un cas de Richter, c'est que je convoitais le poste de directeur et de médecin-chef de l'hôpital de Prétoria. Pour obtenir ce poste définitivement, il me fallait bien vous être agréable! Et puis quoi! à ce moment je n'étais pas encore l'être dégénéré, la loque humaine, que je suis devenu entre-temps. Loin de là, il y avait encore place en moi pour des sentiments nobles et généreux! J'avais mauvaise conscience, et je ne songeais qu'à réparer ma faute et mon mensonge.

A la « Rose Blanche », j'avais fait la connaissance d'une très jolie fille nommée Olga. Une opulente Polonaise. J'en devins fou! Je retournais tous les soirs dans ce bar qu'elle fréquentait régulièrement, rien que pour la voir! Mais à ses yeux je ne comptais pas, je n'existais pas. Pour elle aussi, je n'étais qu'un « petit bonhomme »! Cependant, ma passion ne faisait que s'exacerber, au fur et à mesure qu'Olga repoussait mes avances. Pour ne pas être constamment obsédé par mon malheur, je fis le premier pas dans le chemin qui devait me mener à la complète déchéance : je me mis à boire!

Bientôt, la boisson ne me suffit plus, le soulagement procuré par l'alcool n'était pas assez radical : je m'adonnai à la drogue! Dans ma position, il m'était très facile de m'en procurer. Vous aviez quitté le Transvaal. A l'hôpital, j'étais désormais seul maître à bord. Durant des mois et des mois, j'ai pris de la morphine et de la cocaïne; pendant un certain temps, j'ai également fumé de l'opium... Grâce à mes précautions et à la résistance de mon organisme très solide, personne ne se douta de rien!

Mais tout arrive à sa fin... Bientôt, on chuchota derrière mon dos, et des rumeurs étranges sur mon compte se répandirent dans le milieu médical. Finalement, je devins incapable d'opérer : mes mains étaient agitées d'un perpétuel tremblement convulsif. C'était la fin de ma carrière, la fin du brillant chirurgien, la fin de tout!

A l'hôpital, ils m'ont mis à la porte, discrètement, proprement, sans scandale, comme ils savent faire en

Afrique du Sud. J'étais devenu un élément non récupérable.

Quand j'ai commencé cette lettre, j'étais lucide, Yvarsen, très lucide... A présent, ma matière grise devient fluide, se met à couler. Des images montent en moi, images érotiques ou morbides (à propos, avez-vous remarqué que ces deux termes sont synonymes?), évocations désolées.

Connaissez-vous ces vers de Baudelaire?

Et de longs corbillards, sans tambours ni musique,
Défilent lentement dans mon âme; l'Espoir
Vaincu, pleure, et l'Angoisse atroce, despotique,
Sur mon crâne incliné plante son drapeau noir.

Peut-être ai-je mal cité et commis des erreurs. Peu importe! Cet état d'âme est le mien.

Vraiment pas le moment de citer de la poésie! C'est la drogue qui agit, Yvarsen, la cocaïne... Envie de vous rire au nez! De vous narguer, vous bafouer, vous insulter!

Je suis revenu en Europe dans la seule intention de vous nuire et vous abattre. Pourquoi vous, précisément? Parce que vous avez tout ce que je n'ai pas pu avoir : un physique avantageux, une femme qui vous adore, une famille qui vous vénère, une carrière glorieuse, la célébrité et la richesse matérielle. Trop de choses, Yvarsen! Vous avez rendu les dieux jaloux. Et c'est moi qui suis l'instrument de leur vengeance, le bras du Seigneur, ha! ha!

Voulez-vous que je vous dise? Ma passion pour Olga s'est transmuée en un gros rat hargneux qui m'a dévoré les entrailles et rongé tout l'intérieur du corps. Je ne suis plus qu'une peau, une peau flasque et répugnante!

A l'éminent médecin que vous êtes (ces qualificatifs imbéciles!), j'épargnerai la description de ma rapide déchéance physique et morale. Le mal progresse à une vitesse effarante! Opium, morphine, cocaïne, sans oublier l'alcool... J'augmentais les doses de plus en plus, jusqu'au moment où... Baste, cela suffit! Disons, pour abréger, que je suis condamné à mort. Seulement, voici : j'ai décidé de choisir moi-même la date de l'exécution. Vous comprenez? J'en ai assez de pourrir vivant; dès que toutes mes affaires seront en ordre, et surtout quand j'aurai réglé mes comptes avec vous, je ferai usage du pistolet que je porte toujours sur moi depuis quelque temps. Le théâtre de ce monde me fatigue (sans doute parce qu'on m'a attribué un rôle de vilain!). Je suis pressé de trouver la sortie, l'issue de secours, en quelque sorte!

J'ai fait des études brillantes. Vous savez que j'ai été le meilleur chirurgien d'Afrique du Sud, probablement aussi le meilleur médecin! Depuis mon plus jeune âge, j'ai toujours eu l'habitude d'être le premier; je n'ai jamais voulu m'accommoder de la deuxième place!

A cause d'une femme, de la faiblesse d'un soir, j'ai tout perdu, y compris l'honneur. Comprenez-vous maintenant mon ressentiment, ma haine contre vous qui n'avez jamais failli et qui avez récolté tous les prix d'excellenc distribués par la vie?

Une fois en Europe, je me suis fixé à Nice, afin d'être à proximité de votre maison, de pouvoir frapper quand l'envie m'en prendrait. Naturellement, j'allais fréquemment à Saint-Jean et à Beaulieu où, en questionnant adroitement certaines personnes, j'obtenais les renseignements nécessaires sur vous, votre famille. Si vous savez être patient et persévérant, ils vous racontent absolument tout ce que vous voulez; c'est avec une facilité déconcertante que vous les faites parler.

Ah! Yvarsen, Yvarsen, j'aurais encore tant de choses méchantes à vous dire! tant de choses folles! Cliniquement parlant, mon cas serait très intéressant à étudier. Ma lucidité décroît de minute en minute... Mon état mental est assimilable à celui de la démence précoce. Passionnant, n'est-ce pas? Quand je vous ai envoyé ma première lettre, anonyme celle-là, j'en faisais également parvenir une à votre fils et une autre à Hugo Stiffenacker, le célèbre violoniste qui est devenu le mari de Judith Collins. Mon intention était de jeter le trouble dans l'esprit de tous les gens qui vous connaissent ou qui simplement sont en rapport avec vous. D'autres lettres anonymes devaient suivre : j'avais élaboré tout un plan de bataille, de bataille contre vous et votre réputation! Malheureusement, le temps presse et je suis dans l'impossibilité de réaliser ces projets de grande envergure!

J'aurais voulu vous voir ramper à mes pieds!

La cocaïne, mon vieux, c'est un paradis artificiel, et comme le Paradis tout court n'est qu'un mythe, une chimère, tous les jours je prie Dieu qu'il me donne « ma cocaïne quotidienne »!

Mon regard est radioscopique, je sonde les reins et les cœurs. Croyez-moi, Yvarsen, j'en sais long sur vous!

Olga était comme... un modèle de Delacroix, tenez. Si jamais vous passez par le musée du Louvre, à Paris, regardez bien les toiles de ce grand peintre. Peut-être comprendrez-vous l'intensité de ma passion.

Pourquoi m'a-t-elle traité de « petit nain »? Jour funeste... Je ne vois vraiment pas pourquoi je vous raconterais ma vie... Allez à tous les diables!

Quelquefois, à la « Rose Blanche », elle me faisait des sourires ensorceleurs, des mines espiègles; c'est quand elle avait besoin d'argent! Elle m'a pourri, Olga, en vraie pourrisseuse qu'elle était. Mais je vous interdis de dire du mal d'elle, à tous, à vous tous!

La Femme, Yvarsen, c'est le mauvais ange de l'Homme. Suis très satisfait de cette définition, bien qu'elle fasse un peu Strindberg. Une de ces envies d'un grand verre de cognac! Vous permettez?

La chevelure d'Olga, blonde et soyeuse, était toujours très parfumée... J'aurais voulu m'y noyer. La Toison d'Or.

Je suis votre ennemi qui veille, moi, Cornelius Bloom. Caïn ne haïssait pas Abel comme moi je vous hais, vous! Ma haine est devenue mon énergie vitale. Je ne subsiste plus que pour elle et par elle!

De la série de catastrophes qui vous a été annoncée par moi, celle qui a fondu sur vous hier était la première : la villa dont vous étiez si fier, la maison de vos rêves, flambait! Pfuïtt, comme une allumette! Plus rien que des décombres fumants. Du bon travail d'incendiaire, Yvarsen, vous devez le reconnaître! Joint à la foule des curieux (j'adore le risque! j'aime jouer le tout pour le tout!), je contemplais mon œuvre avec une satisfaction presque voluptueuse. Les incendiaires sont des artistes, Yvarsen, le saviez-vous? Ah! ces admirables flammes jaunes et mauves, sveltes et élancées! Ces flamboiements roses! Ces crépitements, ces sifflements! La danse frénétique des flammèches! Oui, oui, un bel incendie est bien le spectacle le plus grisant et le plus total qu'on puisse imaginer...

Comme je comprends Néron, aujourd'hui.

Quand votre femme a poussé ce grand cri de désespoir, je me suis senti comblé au-delà de toutes mes espérances. J'ai savouré ce cri, sans cesse je l'ai fait retentir dans mes oreilles. Sublime!

Mais vous-même, espèce de salaud, vous ne vous êtes pas effondré! Je vous apercevais, debout devant le brasier, hautain comme à votre ordinaire, avec cette insolente assurance qui me met hors de moi! Même dans un moment pareil, alors que tous vos biens étaient dévorés par le feu, vous conserviez cet air supérieur qui me fait voir rouge, vous mainteniez une distance entre vous et les autres! Ah, j'avais une folle envie de m'emparer d'une hache, de m'attaquer à vos jambes pour vous abattre, comme un arbre gênant! J'aurais taillé dans la chair vive, frappé, frappé...

J'ai compris une chose maintenant, Yvarsen : il n'y a qu'une seule manière de vous nuire véritablement, c'est de vous détruire! Pour cette raison, j'ai décidé de vous tuer, et de mes propres mains!

C. B.

P.-S. — *Inutile de courir à la police, de leur montrer cette lettre! J'ai définitivement quitté Nice et ma chambre d'hôtel. Cornelius Bloom est devenu une ombre errante, une ombre qui n'a qu'une seule idée, une idée fixe : assassiner Jan Yvarsen!*

XX

Jan relut lentement la lettre qu'on venait de lui apporter. Elle avait été trouvée dans la boîte de « Santa Monica »...

Après le sinistre, les Stiffenacker s'étaient spontanément offerts à héberger Jan et Thérèse, de même qu'Erling. *Journey's End* n'était plus qu'un amas de ruines. Quant au jardin et au parc, ils avaient été dévastés par la foule, les pompiers, les voitures. Ainsi, la propriété, splendide vingt-quatre heures plus tôt, n'offrait plus qu'une image de désolation. Deux silhouettes voûtées erraient parmi les décombres, espérant vainement trouver quelque objet épargné par les flammes : Elise et Octave Thibault.

Thérèse s'était couchée dans la chambre spacieuse et confortable que Judith avait mise à la disposition des Yvarsen. Pour recouvrer son équilibre, elle avait besoin de repos et de sommeil dans un décor paisible... Jan, lui, ne pouvait pas dormir; il lui fallait mettre de l'ordre dans ses pensées, tirer le bilan de cette nuit catastrophique, prévoir les premières dispositions à prendre. Au moment où il entrait dans le salon où il comptait se recueillir dans le calme, une domestique des Stiffenacker lui avait remis la lettre du médecin hollandais.

Jan avait eu rarement dans les mains un document aussi extraordinaire que cette hallucinante confession. La lecture de cet étrange message l'avait littéralement frappé de stupeur...

Ainsi donc, l'énigme était résolue! L'ennemi avait jeté son masque! Le mystérieux agresseur de *Journey's End,* le criminel incendiaire, n'était autre que l'ancien médecin-chef de l'hôpital de Prétoria!

Malgré la terrible épreuve qu'il venait de subir du fait de la félonie de Bloom, malgré la perte de la quasi-totalité de ses biens, Jan ne se sentait point de haine pour son ancien subordonné. A ses yeux, Cornelius Bloom était un malade, un malade très dangereux, certes, mais un malade quand même!

Cependant, la confession de l'ancien médecin-chef se terminait sur une menace bien précise: *J'ai décidé de vous tuer, et de mes propres mains... Cornelius Bloom n'a plus qu'une seule idée, une idée fixe: assassiner Jan Yvarsen!* Fallait-il prévenir la police, qui de toute manière enquêtait déjà pour identifier l'incendiaire de *Journey's End?* Fallait-il confier au parquet la confession de Cornelius Bloom?

Jan était également préoccupé par la mention, dans cette singulière missive, de lettres anonymes envoyées à son fils et à Hugo. Il décida de crever l'abcès sur-le-champ, de convoquer les deux hommes dans le salon et de leur montrer la confession de l'incendiaire.

— Quelle étrange histoire! s'écria Hugo quand il eut pris connaissance, après Erling, de la lettre de Bloom.

— Un cas clinique, observa Erling, laconique.

— Et que vous a-t-il raconté à vous? demanda Jan en s'adressant au musicien.

— Puis-je... vous dire la vérité? s'inquiéta Hugo, hésitant.

Jan le regarda droit dans les yeux :

— Nous sommes là pour faire la vérité sur cette ténébreuse affaire, répondit-il. Je vous en prie, si vous l'avez sur vous, lisez-nous cette lettre.

— Impossible! Judith l'a déchirée en mille morceaux! Mais je puis vous la citer de mémoire!

— Nous vous écoutons!

— Tout cela est faux et mensonger! s'exclama Jan, quand Hugo eut récité le texte, moins les insinuations les plus blessantes qu'il avait préféré taire.

— Je vous crois, docteur! répliqua Hugo avec un accent de profonde sincérité.

— Quand j'ai fait la connaissance de miss Collins, elle vous aimait déjà. Elle ne cessait jamais de parler de vous!

— Je vous avouerai qu'après avoir reçu cette lettre anonyme, j'ai été très malheureux... J'étais tourmenté, torturé par le doute; j'avais la pénible impression qu'on me cachait quelque chose. Puis quand je vous ai revu hier soir, dans des circonstances dramatiques, aux côtés de votre épouse, j'ai compris l'inanité de mes soupçons!

— A toi maintenant, fit Jan en se tournant vers son fils. Dis-nous ce que ce pauvre malheureux t'a écrit.

— Facile, répondit Erling en tirant un papier de son portefeuille. Je vais tout simplement vous la lire.

Avant même qu'il eût achevé la lecture, il fut interrompu par Hugo qui, d'un ton véhément, remit les choses au point, raconta ce qui s'était passé, en réalité, entre Flavie et lui, comment la jeune femme l'avait éconduit, comment elle lui avait ôté tout espoir de jamais voir son amour partagé.

— Quel but poursuivait-il, ce fou, en nous envoyant ces lettres stupides? s'écria Erling hors de lui.

— Il voulait semer la haine et la discorde autour de moi, expliqua Jan.

— Heureusement, je n'ai jamais mis en doute, un instant, la fidélité de Flavie!

Sombre, Hugo avoua :

— En ce qui me concerne, j'ai eu des doutes, des soupçons... Oui, oui, j'ai été très injuste envers Judith!

— Eh bien, lui dit Jan, allez vite retrouver votre femme, embrassez-la et faites-vous pardonner!

Un instant plus tard, par la large baie donnant sur la pinède, Jan et Erling virent passer Judith et Hugo. Un couple enlacé, un couple heureux...

— Quels sont tes projets immédiats, papa? demanda Erling lorsqu'il fut seul avec son père.

Jan regarda pensivement devant lui :

— Je ne sais pas encore, murmura-t-il, mais j'ai l'impression que nous ne resterons pas ici...

— Tu ne veux pas faire reconstruire *Journey's End?*

— Cette décision dépendra aussi de l'avis de ta mère...

— Bien sûr, mais toi-même?

Une lueur de nostalgie passa dans les yeux de Jan :

— J'aimerais revoir mon pays natal, dit-il d'une voix lointaine. Revoir ma Suède...

Erling était ravi :

— Justement, s'écria-t-il, j'étais venu ici pour vous ramener à Stockholm!

Et il fit part à son père de ses plans et de ses intentions.

— Avant d'aborder nos plans d'avenir, dit enfin Jan, je voudrais d'abord te remercier pour tout ce que tu as fait pour nous, hier soir.

— Mais c'était normal! s'exclama Erling. Je suis votre fils!

— C'est la Providence qui t'a guidé vers *Journey's End* en cette soirée fatale. Vois-tu, dans les moments d'extrême détresse, on aime sentir sa famille autour de soi, les êtres sur lesquels on peut compter en toute circonstance. Pour ta mère, ta présence aura été très salutaire. Grâce à toi, à tes paroles consolantes, elle a été un peu moins terrassée par le terrible malheur qui vient de nous frapper.

— Si vous veniez en Suède, je te promets que maman serait choyée et gâtée par nous! Et puis il y a le petit Jan qui vous attend.

— Mon petit-fils...

— Si tu voyais comme il a grandi depuis que tu l'as rencontré la dernière fois! Et tellement en avance sur son âge!

— Nous viendrons, Erling, nous viendrons sûrement!

— Et *Journey's End,* qu'en feras-tu?

— Il m'est venu une idée tout à l'heure... Au lieu de vendre la propriété, je vais y faire construire une clinique pour les petits poliomyélitiques, une espèce d'asile médical qui sera en même temps une école.

— Tu resteras généreux et magnanime jusqu'à la fin de ta vie!

— Dans le parc, pour faire plaisir à Thérèse, je ferai aménager un refuge pour animaux.

Le visage d'Erling s'assombrit :

— Tu as oublié quelqu'un, dans tes projets, papa, dit-il.

— Qui donc?

— Cornelius Bloom!

— Oui, oui, je vais réfléchir à cette question.

— Il faut agir, papa, et vite! Cet homme te prévient ouvertement qu'il a l'intention de t'assassiner, et le drame de la nuit dernière prouve que ses menaces sont sérieuses; je te conseille de prévenir la police, et sans plus tarder!

Jan secoua la tête :

— Je voudrais trouver une solution plus humaine qu'une simple dénonciation à la police, une solution... médicale pour ainsi dire, car Bloom est un malade.

— Un fou dangereux!

— Je vais aller faire quelques pas dans le parc, pour éclaircir mes idées. Je te ferai part de ma décision concernant Bloom.

— Ne soit pas trop charitable, papa. Cet homme est ton ennemi acharné!

— Nous verrons, Erling, nous verrons...

Jan était descendu vers la mer. Soudain, il entendit derrière lui des pas précipités, un souffle haletant. Quand il se retourna, ce fut pour apercevoir un petit homme, au teint blafard, à la peau ridée, qui venait vers lui :

— Vous, Bloom! s'exclama-t-il après avoir reconnu l'ancien médecin-chef. Comme vous avez changé!

— Je vous interdis de poser sur moi votre sale regard professionnel! cria Bloom d'une voix stridente. Et puis d'abord, méfiez-vous! Je ne suis pas toujours la loque dont j'ai l'air! Loin de là! Quand mes forces me reviennent, elles sont décuplées! Je suis terrible dans ces moments-là, invincible!

Il ricana :

— Votre Grec en a fait l'expérience!

— Soyez raisonnable, dit Jan d'un ton conciliant, votre cas n'est pas désespéré, on peut vous guérir. Oubliez vos idées criminelles! Je ne porterai pas plainte contre vous; au contraire, j'userai de toute mon influence pour vous faire admettre et soigner dans une clinique de désintoxication.

Bloom était devenu blême de rage :

— Comment, hurla-t-il, après toutes les insultes que je vous ai écrites, après l'incendie que j'ai allumé, vous ne me haïssez pas? Vous osez avoir pitié de moi? Vous osez vraiment? Savez-vous que votre pitié n'est que le comble du mépris?

Il tira un pistolet de sa poche et le braqua sur Jan :

— Voilà ce que je fais de votre sale pitié! Je la méprise, je la rejette en vous abattant comme un chien!

— Ne faites pas ça, Bloom, cria Jan, vous êtes fou!

— Fou? hurla le petit homme. Bien sûr que je suis fou, et je vais vous le prouver!

Au moment où il allait appuyer sur la détente, Erling, que cet éclat de voix avait attiré, surgit derrière son père et se jeta en avant, pour tenter de dévier l'arme.

Le coup de feu partit quand même, mais la balle se perdit vers la mer. Avec un petit cri furieux et du même geste qu'aurait un enfant pour se débarrasser d'un jouet dont il ne voudrait plus, Bloom lança son pistolet contre un rocher; puis, avant même qu'Erling pût songer à le retenir, il fit quelques bonds jusqu'au sentier du bord de mer, le dévala à toute vitesse. Erling se mit aussitôt à sa poursuite; étant plus jeune et mieux rompu aux exercices physiques, il courait plus vite. Il allait rattraper le dément quand celui-ci, avec un hurlement atroce, glissa et tomba dans le vide pour aller s'écraser sur un rocher énorme, hérissé de pointes...

Quand Erling revint vers son père, Jan demanda d'une voix blanche :

— Il est... mort?

— Oui, je suis descendu sur le rocher pour m'en assurer.

Et, en clinicien, il précisa :

— Fracture du crâne et rupture de la colonne vertébrale. La mort a dû être instantanée.

Jan prit la main de son fils, la serra dans les siennes; ils restèrent ainsi, immobiles, un long moment, atterrés par le drame rapide et sanglant qui venait de se dérouler sous leurs yeux.

Dans le parc de « Santa Monica », Thérèse est venue à la rencontre de Jan. Sous sa belle chevelure argentée, son visage, marqué par le chagrin récent, est d'une extraordinaire noblesse, d'une certaine solennité grave. Ses yeux, d'une douceur ineffable, sont le reflet d'une âme trempée dans le malheur mais qui a toujours su conserver sa lumineuse pureté :

— Encore une mauvaise nouvelle, mon chéri, murmura-t-elle. Thibault vient de me remettre une lettre d'Ide. C'est un véritable appel au secours : Norbert l'a quittée!

Sans dire un mot, très pâle, les traits crispés, Jan a pris le bras de son épouse. Très doucement, il la guide vers un promontoire d'où la vue s'étend, superbe, sur le panorama qui leur est devenu si cher :

— J'ai aimé ce pays, cette mer, dit-il d'une voix sourde, mais nous devons partir... Tom Starner avait l'habitude de dire que chaque homme devait suivre sa propre loi... Je commence à croire que ce malheureux Bloom a été l'instrument du destin. Un destin qui m'oblige à le reconnaître : ma loi est de terminer mes jours dans le merveilleux pays qui m'a vu naître.

— Ta Suède..., où nous avons été si heureux...

— Où nous le serons encore, ma chérie.

Sa voix se fit décidée :

— D'abord, nous irons à Paris. Quand notre chère petite Ide nous appelle, nous ne devons pas tarder!

Puis, songeur, il conclut :

— Mais ensuite, nous irons retrouver la maison de tante Brita.

— Oui..., souffla Thérèse en s'appuyant contre lui. La maison de tante Brita...

TABLE

LE DERNIER AMOUR DE JAN

L'ENNEMI DE JAN

Achevé d'imprimer en juin 1979
sur les presses de l'imprimerie Bussière
à Saint-Amand (Cher)
pour le compte de France Loisirs
123, boulevard de Grenelle, Paris

Dépôt légal : 2ᵉ trimestre 1979.
— Nº d'édit. 4328. — Nº d'imp. 982. —
Imprimé en France